카리나 호반착Karina Chowanczak과
롤라 카베손 가르시아Lola Cabezón García에게

나탈리아 브리수엘라Natalia Brizuela에게

치나 아이언●의 모험

<hr>

● 　치나china는 전통적으로 여자 가우초gaucho를 가리키는 말이다. 이는 원주민 언어인 케추아어에서 유래한 표현으로 소녀, 더 나아가 여성을 의미한다. 가우초는 17세기부터 19세기 중반까지 아르헨티나, 우루과이, 브라질, 파라과이, 칠레, 볼리비아 남부 지역의 평원에 거주했던 사람들로 말을 타고 가축을 다루는 데 능했다. 가우초는 고기를 먹고, 가죽을 활용하고, 마테를 마시며 생활했다. 아르헨티나에서는 가우초가 주인공으로 등장해 사회 불의를 고발하는 가우초 문학이 형성되었는데 호세 에르난데스의 『가우초 마르틴 피에로』(1872)와 『마르틴 피에로의 귀환』(1879)이 대표작이다. 철이나 쇠를 뜻하는 주인공의 성姓 아이언Iron을 스페인어로 옮기면 피에로Fierro다.

이 책의 한국어판 저작권은 그린북 에이전시를 거쳐
저작권자와 독점 계약한 움직씨 출판사에 있습니다.
저작권법에 의해 한국 내에서 보호를 받는 저작물이므로
무단 전재와 복제를 금합니다.

Las aventuras de la China Iron
by Gabriela Cabezón Cámara
© 2019 by Gabriela Cabezón Cámara
All rights reserved.

Published in agreement with Greenbook Agency,
Korean translation © 2026 by Oomzicc Publisher

가브리엘라 카베손 카마라 지음

조혜진 옮김

구픽

3부 내륙 깊숙한 곳

표지 설명
새, 하늘, 들판, 불꽃 같은 자연물을 벡터 그래픽을 통해
상징적으로 표현했다. 표지 윗부분은 뾰족한 패턴이 녹색과
주황색으로 배경을 이루어 마치 거친 들판이나 산맥 사이로
피의 강 혹은 불이 흐르는 듯한 느낌을 준다. 맨 위에는
노란색 다이아몬드 안에 하얀 태양이 아이콘처럼 자리하고 그
밑에 한국어 제목인 "치나 아이언의 모험"이 유려한 서체로
적혔다. 그 아래에 스페인어 원제인 "LAS AVENTURAS
DE LA CHINA IRON"이 병기되었다. 표지 한가운데는 새,
뭍 동물, 물 동물, 식물, 인간이 한 몸을 이룬 검은 생명체가
날개를 펼쳐 날아오르는 형상이다. 이 생명체의 이름은
치나다. 표지 아랫부분은 맑은 하늘색 면으로 탁 트인 하늘과
잔잔한 호수를 연상시킨다.
전자책 TTS(Text to Speech) 기능을 이용할 독자들을
위해 표지 설명을 덧붙인다.

일러두기
- 본문의 각주는 옮긴이 주이며 일부 편집부에서 보완했습니다.
- 성별 대명사는 구분하지 않았습니다. 3인칭 단수는 모두 '그',
  복수는 '그들'입니다.

1부
사막

눈부신 빛

그것은 눈부신 빛이었지. 강아지는 거기 남은 몇 안 되는 개들의 상처 입은 먼지투성이 발 사이로 신나게 뛰어다녔어. 가난은 균열을 부추기고, 깊이 파고들지. 가난은 제 피조물들의 피부를 휑한 바람으로 서서히 할퀴고, 말라비틀어진 가죽으로 만들고, 갈라지게 하고, 원치 않는 모양으로 망가트리기도 해. 하지만 그 강아지는 아직 괜찮았어. 강아지는 살아 있다는 기쁨을, 가난이라는 불투명한 슬픔이 채 닿지 않은 빛을 내뿜었지. 난 말이야, 가난에 대한 인식이 다른 어떤 생각보다 부족하다고 확신해.

우리에게 굶주림은 없었지만, 죄다 우중충한 회색이고 먼지투성이였어. 모든 것이 너무 칙칙해서 강아지를 보자마자 나는 내가 원한 것이 무엇인지 단번에 깨달았지. 빛나는 것을 원한다는 걸. 빛을 처음 본 건 아니었어. 게다가 나는 이미 아이들을 낳은 뒤였지. 평원이 빛을 잃은 것도 아니었고. 평원은 비가 오면 눈부시게 빛났고, 물에 잠기더라도 되살아났어. 평원은 본래의 평평함을 잃고 곡식, 천막, 주위를 돌아다니는 인디오, 풀려난 여자 포로, 등에 가우초를 태운 채 헤엄치는 말들로 펄떡펄떡 날뛰었지. 그러는 사이 황금빛 물고기 도라도dorado들은 번개처럼 빠르게 펄쩍 뛰어올랐다가 깊은 곳으로, 범람하는 강의 한가운데로 하강했어. 기슭을 삼키는 강물의 파편마다 하늘이 조금씩 비쳤지. 그 모든 것을 보는 것이 현실로 믿기지 않았어. 어떻게 온 세상이, 바다를 향해 몇 백 레구아légua●나 돌면서 천천히 하강하는 진흙탕의 소용돌이로 흘러갈까.

처음에는 사람, 개, 말, 송아지 들이 옥죄는 것으로부터, 빨아들이는 것으로부터, 우리를 죽이려는 물의 힘으로부터 도망치며 싸웠어. 하지만 몇 시간이 지나자 더 이상 몸부림은 없었지. 그 무리

● 일반적으로 한 시간 동안 걷는 거리를 나타낸 단위인데 그 수치는 국가와 지역에 따라 다르다. 스페인의 옛 시스템에서 1레구아는 5,572미터에 해당했다.

는 길고 넓게 뻗었어. 숫양들과 다른 가축들은 바로 그 강과 마찬가지로 거칠게 이동했고, 물에 잠기기보다는 수평축이 있는 팽이처럼 앞다리와 뒷다리를 위로, 앞으로, 아래로, 뒤로 향한 채 빙글빙글 돌며 물에 휩쓸리느라 정신이 없었지. 그 가축 무리는 빠르게 밀집해 앞으로 나아갔고, 산 채로 들어와 수 킬로그램의 썩은 고깃덩어리가 되어 나갔어. 수평으로 빠르게 떨어지는, 소들의 물살이랄까. 내가 사는 땅에서 강은 그렇게 떨어졌어. 물에 빠져 죽는 것과 떼려야 뗄 수 없는 속도로 흘렀지. 그래서 말인데, 난 다시 처음의, 모든 것을 흐릿하게 하는 먼지 얘기로 돌아갈래. 이전에 다른 광채를 한 번도 본 적이 없는 것처럼, 마치 헤엄치는 소도, 소들의 반짝이는 가죽도 결코 본 적이 없는 것처럼, 한낮의 햇살 아래에서 젖은 돌같이 빛을 발하는 평원도 절대 본 적이 없는 것처럼, 홀렸던 그 강아지의 광채 얘기로 돌아갈 거야.

　　강아지를 본 순간부터 나는 광채를 추구할 수밖에 없었어. 그래서 그 강아지를 키우기로 했지. 강아지에게 에스트레야estreya◐라는 이름을 지어 줬고 지금도 그게 녀석의 이름이야. 내 이름은 바꿨지만. 지금 나는 치나, 조세핀 스타 아이언 이 타

◐　에스트레야는 스페인어로 '별'을 뜻한다. 밝음, 안내, 희망을 상징하며 흔히 라틴계 문화권에서 여자아이 이름으로 쓰인다.

라리라라고 불려. 그때부터 나는 오직 두 개의 이름을 써. 원래 내 것이 아니었던 피에로를 영어로 옮긴 이름 아이언, 에스트레야의 이름을 지을 때 함께 고른 스타라는 이름만을 쓰지. 이름이라. 나한테는 이름이 없었어. 고아로 태어났으니까. 그럴 수 있냐고? 어쩌면 팜파의 사나움을 달래 준 보랏빛 꽃 만발한 목초지가 날 낳았을지도. "잡초들이 널 낳은 것 같구나." 날 키운 여자는 말했지. 여자의 말을 들을 때마다 그런 생각이 들었어. 짐승 같은 내 남편 피에로○의 칼날에 과부가 되고 만 흑인 여자, 네그라의 말이었지. 피에로는 술에 취해서 네그라의 남편을 제대로 못 봤을 수도, 단지 흑인이라는 이유만으로 죽였을 수도 있어. 난 말이야, 피에로에 대해서조차 이런 상상을 즐기는데, 어쩌면 나를 거의 어린 시절 내내 노예처럼 부렸던 네그라를 과부로 만들려고 그를 죽였을지도 몰라.

나는 네그라의 노예였지. 어린 시절의 절반을 흑인 여자 밑에서 노예로 보냈고, 얼마 지나지 않아 성스러운 결혼이라는 이름으로 가우초 가수 마르틴 피에로에게 넘어갔어. 아마도 네그라의 남편이 식료 잡화점으로 불리던 다 쓰러져 가는 집

○ 치나의 남편 이름은 마르틴 피에로다. 가족처럼 친밀한 사이에서는 상대방을 이름인 마르틴으로 부르는데, 남편을 성姓인 피에로로 부르는 것은 그들 사이의 심리적인 거리감을 선명하게 드러낸다.

에서 사탕수수술을 마시며 카드 게임을 하다가 나를 잃었고, 가우초 가수가 나를 차지한 거겠지. 그는 내가 아주 어리다는 걸 알면서도 신의 허가, 성사聖事○를 받고 싶어 했어. 신의 축복을 방패 삼아 내 몸 위로 덤벼들기 위해서. 피에로는 내 몸을 짓눌렀고, 나는 열네 살 전에 두 아들을 낳았지. 그가 징용됐을 때, 성당도 없는 그 가난한 촌락의 남자들이 거의 다 끌려가자 나는 갓 태어난 때처럼 혼자 남겨졌어. 동물처럼 외로웠지. 팜파에서는 맹수들 틈에 살아남으려면 일정한 거리를 둬야 해. 금발 아기가 그냥 느닷없이 네그라의 손에 들어가게 되는 건 아니잖아.

그 짐승 같은 피에로가 다른 남자들처럼 끌려갔을 때, 나중에 그 웃기는 인간이 노래로 만들었던 "개 같은 잉카"◐ 출신의 그링고gringo◑, 그 외국인 남자도 함께 끌려갔어. 엘리자베스, 나중에야 그 이름을 알게 됐고 영영 잊히지 않을 그 빨간

○ 가톨릭의 7개 성사 세례, 견진, 성체, 고해, 혼인, 병자, 성품 중 혼인 성사를 뜻한다.

◐ 개 같은 영국Inca la perra. 스페인어로 영국England을 '잉글라테라Inglaterra'라고 하는데 『마르틴 피에로』가 출간된 1870년대에는 영국에 대한 경멸의 표시로 '잉카 라 페라'라고 부르기도 했다.

◑ 스페인어가 아닌 언어를 쓰는 외국인, 그중에서도 영어를 말하는 외국인을 뜻한다. 그링고는 남자, 그링가는 여자를 가리킨다.

머리 여자는 남편을 찾으려고 마을에 남았지. 엘리자베스는 나 같지 않았거든. 정말이지, 나는 피에로를 찾으러 갈 생각은 한 번도 안 해 봤어. 더군다나 그의 두 아이를 달고 갈 생각은 더더욱 없었고. 나는 자유로워진 느낌이었고, 나를 옭아매던 끈이 풀린 것처럼 느껴졌지. 목장에 남은 나이 든 일꾼 부부에게 아이들을 맡겼어. 피에로를 찾으러 간다고 거짓말을 했지. 당시에 나는 애들 아버지가 돌아오든 말든 상관없었거든. 나는 겨우 열네 살이었고, 내 인생에서 결코 누리지 못한 대우였던, 아이들을 이름으로 불러 주는 친절한 노인들에게 애들을 맡기는 정도는 신경을 썼어.

생각이 짧고 무지했다는 점이 내 발목을 잡았지. 자유로울 수 있다는 걸 몰랐어. 자유로워지고 나서야 깨달았지. 나는 거의 과부처럼 대접받았어. 피에로가 영웅으로 죽기라도 한 것처럼. 그때는 목장 관리인까지 내게 조의를 표할 정도였지. 치나이자 가우초의 아내로서 보내는 마지막 날들이었지. 나는 괴로운 척했지만, 속으로는 너무 행복했어. 촌락을 벗어나 갈색 강변까지 몇 레구아를 달려서 발가벗고 에스트레야와 함께 진흙탕에 첨벙거리며 기쁨의 소리를 내질렀지. 그때 의심했어야 했는데. 징용 명단을 목장 관리인이 작성했고, 목장주를 거쳐 판사에게 보냈다는 사실은 한참 뒤에야 알게 됐어. 비겁한 내 남편 피에로는 누구보다도 말이 많았지만, 그 점에 대해서는 한 번도 시원하게 말한 적이 없었지.

내가 알았더라면 그 사람들한테 감사 인사를 전했을 텐데. 그럴 기회가 없었어. 나는 오로지 피부색 때문에, 백인을 본 적이 거의 없었기에, 여자가 나와 친척일지도 모른다는 희망을 품었지. 그렇게 엘리자베스의 짐마차에 올라탔어. 여자도 뭔가 비슷한 생각을 했을지도 몰라. 내가 다가가도 내버려 뒀거든. 한낱 노새보다도 예의 없고 강아지보다 더 버릇없는 나를. 여자는 나를 경계하는 눈빛으로 바라보더니 뜨거운 음료가 담긴 찻잔을 건네며 "티tea."라고 말했어. 내가 그 단어를 모를 거라고 짐작하는 말투였는데, 그 짐작이 맞았어. 여자가 내게 '티'라고 했을 때, 그 말은 스페인어로 "아 띠a ti(너에게)"나 "빠라 띠para ti(너를 위한)"●처럼 들렸지. 영어로는 일상어일 뿐인 그 말이, 어쩌면 나의 모국어일지도 모르는 언어로 여자가 건넨 첫 마디였어. 내가 지금 마시는 바로 이것이지. 세

● 스페인어로 '띠ti'는 친근한 대화 상대자에게 사용하는 인칭 대명사, '뚜tú'의 전치격 인칭 대명사형이다. 가족, 연인, 친지, 친구 등 친밀한 사이에서는 거의 나이에 상관없이 사용할 수 있고, 손아랫사람에게도 종종 사용한다.

상이 어둡고 난폭한 것에 의해, 이 강을 뒤흔드는
수많은 폭풍들 중 하나일 뿐인 격렬한 소음에 의
해 위협받는 것처럼 보이는 지금 이 순간 말이야.

짐마차

무엇을 기억하는지 정확히 알기란 어려워. 몸소 겪은 순간인지, 아니면 오랜 세월 동안 보석처럼 다듬고 고쳐 만든 이야기인지. 그러니까 빛나지만 돌처럼 죽은 이야기인지를 구분하기 어렵다는 거야. 꿈이 아니었다면 몰랐겠지. 내가 또다시 지저분한 맨발 소녀에 넝마 같은 옷 두 벌과 하늘처럼 소중한 강아지 말고는 가진 게 없어지는 그 악몽들이 아니었다면. 또, 이 가슴 한가운데서 오는 통증이 없었다면 몰랐을 거야. 도시에서 깡마르고 머리가 헝클어진 채 거의 넋 나간 아이를 드물게 볼 때마다 목구멍이 조여드는 이 느낌이 없었다면. 요컨대 꿈과 이 몸의 떨림이 아니었다면 내가 지금 여러분한테 하는 이야기가 사실인지 아닌지 정말 몰랐을걸.

어떤 풍파가 엘리자베스 마음을 건드렸는지 누가 알겠어? 어쩌면 고독 때문일지도. 엘리자베스에게는 앞으로 해야 할 일이 두 가지 있어. 그건 바로 그링고, 그 남편을 되찾는 것과 목장 경영을 맡는 것이지. 짐마차 안에 통역해 줄 사람이 있으면 도움이 될 터였어. 그런 점이 아주 없지는 않았겠지만, 나는 그 이상의 뭔가가 있었다고 생각해. 그날 엘리자베스의 시선이 기억나. 그 눈동자에서 빛을 봤고, 그 빛이 세상으로 향한 문을 열어 줬어. 여자는 손에 고삐를 쥐고, 어디로 향할지도 모르는 채 마차를 몰았지. 마차 안은 침대와 시트, 찻잔과 찻주전자와 식기, 페티코트, 한 번도 본 적 없는 물건들로 가득했어. 나는 멈춰 서서 여자를 밑에서부터 올려다봤지. 에스트레야와 내가 들판을 함께 걸을 때, 녀석이 종종 내게 보냈던 그 신뢰의 눈길로 말이야. 온통 똑같은 그 들판을 복수로 써야 할지, 단수로 써야 할지 어찌 알겠어. 그러나 그건 얼마 뒤에 해결됐지. 목장주가 철조망으로 울타리를 치기 시작했거든. 물론 그 당시엔 아니었어. 목장이란 주인이 없는 하나의 우주였지. 에스트레야와 나는 그 들판을 가로지르며 종종 서로를 봤는데, 녀석에게서 동물 특유의 믿음이 느껴졌어. 에스트레야는 내게서 안전, 집, 악천후 속에 자신을 버리진 않으리라는 확신을 봤겠지. 나 또한 그렇게, 한 마리 강아지처럼 리즈●를 바라봤어. 리즈가 확신하는 눈빛으로 나를 봐 주기만 한다면 그 무엇도 두려울 게 없다는 광기 어린 믿음을 품고서. 리즈는 '그래'라고 하듯 나를 바라봤어. 그 빨간 머리 여자, 너무나 투명해서 기쁘거나 화가 나면 핏줄을 따라 피가 흐르는 게 보일 정도였던 여자. 나중에 나는 리즈의 피가 두려움으로 얼어붙는 것을, 욕망으로 들끓거나 증오로 얼굴이 불타오르는 것까지 보게 돼.

나는 에스트레야를 데리고 마차에 올라탔고 엘리자베스는 마부석에 우리 자리를 만들어 줬지. 날이 밝아 왔어. 구름 사이로 햇빛이 새어 나오고 가랑비가 내렸지. 황소들이 움직이기 시작했을 때 희미한 황금빛이 돌더니 아주 작은 빗방울들이 쏟아졌고, 산들바람이 불면서 빗방울들이 흔들렸어. 들판의 잡초들은 그 어느 때보다 푸르렀고, 비가

● 　엘리자베스의 애칭.

더 세차게 내리기 시작했지. 모든 것이 눈부시게 빛났어. 짙은 회색 구름조차도. 그것은 또 다른 삶의 시작이었어. 찬란한 징조였지. 우리는 그렇게 씻겨 빛의 한가운데에 휩싸인 채 떠났어. 리즈는 "잉글랜드England."라고 말했지. 그 당시 나는 그 빛을 '라이트light'라고 불렀고, 나에게 빛이란 바로 영국이었어.

티끌로 터를 삼고

우리가 함께한 처음 몇 시간 동안 황금색 빛이 우리를 가볍게 핥았지. 리즈가 스페인어와 영어를 섞어 "우나 베리 굿 사인Una very good sign(아주 좋은 징조예요)."이라고 말했을 때, 나는 그 말을 알아들었어. 리즈가 말하는 것을 내가 어떻게 거의 모두 항상 이해했는지 모르겠지만 스페인어로 대답했지. "씨, 아 데 세르 데 부엔 아우구리오sí, ha de ser de buen augurio(맞아요, 좋은 징조가 분명해요)." 우리는 얼굴이 상기된 채 상대방의 말을 제대로 할 수 있을 때까지 같은 말을 되풀이했어. 우리는 서로 다른 언어로, 우리가 한 것처럼 같으면서도 다른 언어로, 그러면서도 함께 말하는 순간까지 서로 알아듣지 못하는 언어로 합창했지. 우리의 대화는 앵무새의 대화였어. 말에서 소리만 남을 때까지, 상대방이 한 말을 되풀이했거든. 굿 사인, 부엔 아우구리오, 굿 아우구리오, 부엔 사인, 구엔 사인구리오, 구엔 사인구리오, 구엔 사인구리오. 우리는 웃음을 터트리며 말을 맺었고, 그때 우리가 말한 것은 어디로 다다를지 모를 노래였어. 팜파는 소리가 사방으로 퍼져 나가도록 만들어진 세계야. 침묵 외에 소리가 거의 없는 곳이지. 바람 소리, 멀리서 울부짖는 치망고chimango◗ 소리, 얼굴 아주 가까이를 스치는 곤충들 소리, 또는 겨울의 가장 혹독한 밤을 빼곤 거의 매일 밤 귀뚜라미 소리만 들리는 그런 곳 말이야.

　우리 셋은 길을 떠났어. 뒤에 남겨 둔 것은 아무것도 없었지. 그날 아침 마차 뒤로 아주 조금 날리던 먼지 외에는 말이야. 우리는 인디오들이 자유롭게 오가던 시절에 만들어진 길 중 하나인 오랜 갈퀴 모양 길rastrillada◗을 따라 천천히 나아갔어.

◗　아메리카 대륙의 토착 맹금류로 덤불과 초원에 서식한다.
◗　고대부터 인간과 동물이 공유한 이동 경로. 특히 팜파에 살던 원주민들이 자신의 영토를 통과할 때 이용한 이동 경로를 가리키는데, 오랜 세월 많은 인파와 가축 떼가 이동하다 보니 길의 한가운데가 파여 마치 갈퀴로 밭고랑을 만든 것 같은 형태를 띤다. '라스트리야다'라고 발음한다.

인디오들이 땅을 워낙 단단하게 다져 놔서, 세월이 아주 오래 흐른 뒤에도 나는 열광하며 그 길을 걸어갈 수 있었지. 그 길이 얼마나 오랜 세월 만들어진지는 모르지만, 내가 살아온 햇수보다는 훨씬 더 길걸.

얼마 안 가 태양은 황금빛 광채를 거뒀고, 우릴 핥는 걸 멈추더니, 우리 피부 속에 콕 박혔어. 여전히 거의 모든 사물은 내내 그림자를 만들었지만, 곧 정오의 태양이 타오르기 시작했지. 9월이었고, 대지에는 새싹의 연한 초록빛이 펼쳐졌어.○ 리즈는 모자를 쓰더니 내게도 모자를 씌웠지. 난 야외에서 지내면서도 피부에 물집이 잡히지 않는 생활이 어떤 것인지 알게 됐어. 흙먼지가 일었고, 마차가 일으키는 먼지와 주변의 흙먼지를 바람이 한데 실어왔지. 먼지는 우리 얼굴이며 옷, 동물, 마차 전체를 온통 뒤덮어 버렸어. 마차를 잘 닫아 둬서 안에 먼지가 들어오지 않게 하는 것이 내 친구에게 가장 중요한 일임을 나는 금방 파악했지. 그건 여정 내내 내가 겪은 가장 큰 어려움 중 하나였어. 우리는 모든 것에서 먼지를 떨어내느라 몇 날 며칠을 허비했고, 모든 물건을 먼지로부터 구하느라 싸워야 했지. 리즈는 그 야생의 땅에게 통째로

○   남반구에서는 9월에 봄이 시작된다.

삼켜질까 봐 두려워하며 지냈어. 우리 모두가 삼켜질까 봐, 요나가 고래의 일부가 된 것처럼 우리가 야생의 땅 일부가 될까 봐 두려워했지. 나는 고래가 물고기와 비슷하다는 것을 알게 됐어. 고래는 만새기○와 비슷하지만 회색이고, 머리가 큰 데다가, 몸집이 마차만 해서 뱃속에 물건을 실을 수 있다는 걸. 하느님의 고래는 선지자를 태우고, 우리가 대지를 헤치고 앞으로 나아가는 것처럼 바다를 헤쳐 나아갔어. 고래는 물과 바람으로 이루어진 저음의 노래를 불렀고, 춤을 췄고, 펄쩍펄쩍 뛰어올랐고, 머리에 있는 구멍을 통해 물을 뿜어냈지. 나는 하늘과 땅 사이의 마부석에서 아주 자유롭게 움직이면서 고래가 된 것처럼 느꼈어. 헤엄친다고 말이야.

그렇게 큰 행복을 누린 첫 대가는 흙먼지였어. 온전히 흙먼지 속에서 자라나, 그 먼지의 수많은 형태 중 하나로 살았으며, 대지가 곧 하늘인 팜파의 대기 속 일부로 떠다닌 나는 이제야 이를 악물게 하고, 땀에 달라붙고, 모자를 무겁게 내리누르는 그 흙먼지를 느끼고, 알아차리고, 미워하기 시작했어. 우리는 항상 패배한다는 것을 알면서도 전쟁을 선포하지. 우리는 티끌로 터를 삼은 존재니

○　몸의 길이가 1.5미터 정도인 바닷물고기. 등은 녹갈색, 배는 누런 갈색이다.

까.°

　　하지만 우리의 전쟁은 영원이 아닌 하루하루의 싸움이었어.

° 욥기 4장 19절에 나오는 표현으로, 인간의 미욱함에 대해 말하는 구절이다.

치나는 이름이 아니야

여간해선 보기 힘들 둑 있는 강을 만나자마자 그 링가gringa, 그 외국인 여자는 소와 말과 마차를 멈추고 우리 둘한테 미소를 보냈지. 에스트레야는 꼬리부터 머리까지 온몸을 흔들며 여자 주변을 맴돌았어. 내 개에게서 사랑과 기쁨이 솟구쳤고 녀석은 춤을 췄지. 엘리자베스는 우릴 보며 웃고는 마차 안으로 들어갔어. 나는 들어오라는 여자의 말을 기다렸지만, 여자는 안 된다는 듯 솔과 비누를 든 채로 곧장 나왔지. 그러고는 여전히 웃으면서 다정한 몸짓으로 내 허름한 옷을 벗기고 자기 옷도 벗더니 에스트레야까지 붙잡고 강물 속으로 우리 둘을 데려갔어. 그 강물은 내가 전에 딱 한 번 본 강처럼 탁한 갈색이 아니었지. 여자는 자기 몸을 씻었어. 주근깨가 있는 창백한 피부, 오렌지색 음부, 분홍색 젖꼭지를 닦았지. 왜가리처럼 보였고, 살로 빚어진 유령처럼 보이기도 했어. 여자가 내 머리를 비누로 문지르니 눈이 따가웠지. 나는 웃었고 우리 둘 다 소리 내어 많이 웃었어. 나는 같은 방식으로 에스트레야를 씻겼고, 깨끗해진 우리는 첨벙첨벙 물장구를 쳤지. 리즈가 미리 나와서 나를 흰 천으로 감싼 뒤 머리를 빗겼고, 페티코트와 드레스를 입힌 다음 마지막에 거울을 들고 왔어. 그렇게 거울에 비친 내 모습을 봤지. 반쯤 잔잔한 호수에 물고기와 갈대와 게가 가로지르는 그림자 위로 비친 것을 빼곤 나 자신을 본 적이 없었어. 내 모습을 보니 우리가 꽤 닮았더라고. "우나 세뇨라una señora, 리틀 레이디little lady(작은 숙녀)"라고 리즈가 말했고, 나는 그 말대로 움직이기 시작했어. 비록 말을 옆으로 앉은 채 타 본 적이 없고 얼마 안 가 그링고, 그 리즈의 남편이 마차에 두고 간 헐렁한 가우초 바지를 입게 되지만, 그날 나는 영영 숙녀가 됐지. 인디오처럼 안장도 없이 전속력으로 말을 몰고, 파콘facón◖으로 소의 목을 흠잡

◖ 가우초들이 만든, 팜파에서 기원한 칼. 절단하기, 동물을 죽여 가죽 벗기기, 가죽 끈 만들기, 가죽과 목재 다듬기 등 수작업에서 다용도로 쓰였으며 호신용 무기로도 사용되었다.

을 데 없이 베어도 말이야.

　이름에 대한 문제도 그날 오후 세례에서 해결됐어. "나 엘리자베스." 여자가 여러 번 따라 말했고, 나도 어느새 그 이름을 익혔지. 엘리자베스, 리즈, 엘리, 엘리자베타, 엘리사. "리즈." 라고 리즈는 내 말을 잘랐고, 우리는 그렇게 정했어. "그런데 이름 너는¿Y nombre vos?" 그때 여자가 서툰 스페인어로 나한테 물었지. 나는 "라 치나La China." 라고 대답했고, 리즈는 "그건 이름이 아니야."라고 대꾸했어. 나는 "치나"라고 고집했고, 내가 맞았어. 훗날 내 짐승 같은 남편이 과부로 만든 그 흑인 여자가 날 그렇게 소리쳐 부르곤 했지. 그 인간이 나중에 노래한 대로 "사랑하는 이의 품에 안겨 사람들처럼 자러" 갈 때조차 날 그렇게 불렀고. 또 그 인간이 음식이나 바지를 달라고 할 때, 자기 잔에 마테mate●를 따라 달라고 할 때, 아무튼 뭐든지 원할 때마다. 나는 늘 라 치나였어. 리즈는 내가 살던 곳에서 모든 여자가 치나로 불리긴 했지만, 저마다 이름도 있었다고 했지. 난 아니야. 그때 나는 리즈의 감정을 이해하지 못했어. 그 하양에 가까운 하늘색 눈이 왜 젖었는지도 몰랐지. 리즈는 나한

● 　아르헨티나, 우루과이, 파라과이 등 남아메리카 지역에서 즐겨 마시는 전통 허브 음료. 마테 나무 잎을 우려 만든 것으로, 마테 잔과 쇠 빨대인 봄비야bombilla를 사용해 마시기도 한다.

테 이건 우리가 바로잡을 수 있다고 했는데, 그걸 어떤 언어로 말했는지, 내가 어떻게 알아들었는지 모르겠어. 리즈는 발치에서 폴짝폴짝 뛰어오르는 에스트레야 주변을 걷기 시작했고, 한 바퀴를 더 돌더니 다시 내 얼굴을 바라봤지. "호세피나라는 이름은 어때?" 난 마음에 들었어. 라 치나 호세피나는 장단이 맞질 않아, 라 치나 호세피나는 요리를 안 해, 라 치나 호세피나는 우아해, 라 치나 호세피나는 소용돌이를 일으키는 이름이야. 라 치나 호세피나라는 이름은 괜찮았어. 치나 조세핀 아이언, 리즈는 나를 이렇게 불렀지. 다른 성姓이 없으니 짐승 같은 내 남편의 성에서 따오는 게 좋겠다고 하면서 말이야. 나는 차라리 에스트레야의 이름을 따서 치나 조세핀 스타 아이언China Josephine Star Iron이 되겠다고 했어. 리즈는 내 볼에 입을 맞췄고 나는 리즈를 껴안았지. 곧 불을 피우고 고기를 굽는 그 복잡한 일을 시작했는데, 내 멋진 드레스를 그을리거나 더럽히지 않은 채 무사히 해냈어. 그날 밤 나는 마차 안에서 잠을 잤어. 예전에 살았던 다 쓰러져 가는 집보다 훨씬 더 집 같은 거처였지. 마차 안에는 위스키, 옷장, 하몬, 비스킷, 책꽂이, 베이컨, 알코올램프가 있었는데, 리즈가 물건들의 이름을 가르쳐 줬어. 혼자 선 여자의 판단으로 가장 좋았던 건 엽총 두 자루와 총알이 가득 든 상자 세 통이었지.

리즈한테 기대 누운 에스트레야를 꼭 껴안았고, 갓 몸을 씻은 둘한테서 나는 꽃향기 속으로 빠져들었어. 라벤더 향이 나는 시트로 몸을 감쌌지. 그 향이 뭔지는 훨씬 나중에야 알게 됐는데, 그날 밤에 나를 품어 준 시트의 감촉은 라벤더 향만큼 특별한 거였어. 아주 거칠게 말하면, 내 남은 평생의 모든 밤에도 그런 천이 나를 지켜 줄 것이라 여겼지. 그 향기로운 시트 사이에서 아릿하고도 부드러운 리즈의 숨결을 느꼈어. 그냥 거기 있으면서 그 숨결에 파묻히고 싶었지만 방법은 나도 몰랐지. 그저 향기, 이불, 개, 빨간 머리, 엽총 사이에서 평화롭고 행복하게 잠을 잤어.

모든 것이 제2의 피부처럼
나를 감싸 줬어

온통 반짝이는 나의 에스트레야는 푸른빛이 감돌
정도로 까맣고, 더 이상 어리지 않았으며, 나만큼
많은 것을 배웠지. 우리는 함께 자랐어. 우리가 길
을 떠날 때 에스트레야는 내 무릎까지 왔고, 나는
리즈의 어깨에 닿았지. 도착하는 줄도 모르고, 어
디론가 당도했을 때 녀석은 내 허리에 닿았고, 나
는 거의 리즈만큼 키가 컸어. 내 강아지가 귀를 아
래로 늘어뜨리고 두 눈을 집중한 채 축축하게 코
를 적시고서 신사처럼 꼿꼿이 앉아 있던 모습이
기억나. 좋은 태도가 좋은 결과를 가져온다고 믿
으며 앉은 녀석의 지금 모습은 여전히 천진난만

해. 나도 마찬가지로 그런 순수함 속에서 지냈지만, 이내 새로운 두려움을 느끼기 시작했지. 전에는 내 삶이 그게 다일까 봐, 네그라, 피에로, 허름한 오두막 외에는 아무것도 없을까 봐 두려웠다면, 이제는 우리 여정이 끝날까 봐, 마차, 라벤더 향기, 첫 글자들의 모양, 도자기 그릇, 굽과 끈이 달린 신발, 두 가지 언어로 된 모든 말이 사라질까 봐 두려웠어. 리즈의 얼굴에 분노가 나타날까 봐, 막 나타나기 시작한 모래 언덕 뒤나 옴부ombú● 나무뿌리 사이, 어둠 속에서 정적을 깨는 생명체들 틈에서 웅크린 유령 같은 것을 보게 될까 봐 두려웠고. 팜파의 생명체들은 원래 야행성이라 어둠이 내리면 터널과 동굴에서 출몰하니까. 그 무언가가 나를 예전의 다 쓰러져 가는 집과 치나로서의 삶으로 되돌려 보낼까 봐 두려웠지.

나는 날것에서 익힌 것으로 넘어갔어. 내 새로운 부츠의 가죽은 피에로의 안장에 쓰던 것 같은 가죽이었지만 똑같은 가죽은 아니었지. 리즈가 나한테 선물한 구두의 가죽은 붉은 포도주색으로 광택이 나고 섬세해서 제2의 피부처럼 내 발에 꼭 맞았어. 신발과 가죽만이 아니었지. 시트와 면, 진짜 중국 여자china들이 입는 중국China●산 실크로

● 남아메리카 팜파에서 자라는 거대한 상록수로 '피토라카Phytolacca'라 부르기도 한다.

◉ 스페인어로 중국China과 중국 여자china 둘 다 '치나'로

만든 페티코트, 풀오버pullover❶와 울wool. 그 모든 것이 내 피부 위에서 제2의 피부처럼 나를 감싸 줬어. 모든 것이 부드럽고 따뜻하게 나를 어루만져 줬고, 나는 한 걸음 한 걸음 걸을 때마다 행복을 느꼈지. 매일 아침 페티코트를 입고 그 위에 드레스와 풀오버를 입으며 마치 그때까진 벌거벗은 채, 아니 껍질이 벗겨진 채 살았던 양 마침내 내가 세상에서 완성된 것처럼 느꼈어. 그때 나는 불행도 느꼈지. 이런 옷을 입고 지내기 전 노천 생활의 고통에서 비롯된 불행 말이야. 나의 드레스들, 나의 개, 나의 친구에게 미친 사랑 같은 것을 느꼈어. 행복만큼이나 두려운 사랑이었지. 그것들이 깨질까 봐, 그것들을 잃어버릴까 봐 느끼는 두려움. 나를 벅차게 하고, 숨이 끊어질 때까지 나를 웃게 하며, 내 심장을 조이는 사랑. 그 사랑은 강아지와 그 여자와 드레스를 향한 과도한 열정으로, 엽총을 들고 밤새 지키는 그런 사랑으로 변했어. 나는 행복한 만큼 불행했고, 그건 전에 한 번도 느껴본 적이 없는 감정이었지.

　　우리는 봄이 시작될 무렵에 출발해 아직 꽤 추웠기 때문에 울을 많이 입었어. 미처 얘기 못 한

발음된다. 이는 케추아어로 여자 가우초 또는 여자를 가리키는 '치나china'와 발음이 같다.

❶　머리부터 입는 형태의 상의.

것 같은데, 우리는 내륙 깊숙한 곳ㅇ으로, 사막으
로 향하고 있었지.

◐　　안쪽 땅Tierra Adentro. 해안이나 도시에서 멀리 떨어
진 대륙 내부의 땅이나 오지를 뜻한다. 아르헨티나에서는 식
민 시대부터 원주민의 질서가 우세한 공간, 스페인어권 식민
지에서 태어난 유럽계 후손인 크리오요criollo의 국경 너머에
펼쳐진 공간을 가리킬 때 쓰인다.

대영 제국 아래서

어느 비 오는 새벽, 나는 처음으로 레인코트를 입었어. 리즈는 "우리 영국 사람들에게는 어떤 상황에서든 딱 맞는 예절이 있지."라며 에티켓, 기후와 산맥, 사막, 숲에 대해 나한테 늘어놓기 시작했지. 대영 제국의 모든 의복 디테일은 나한테 세계가 평평하지 않다는 사실을 깨닫게 했어. 어떻게 그럴 수 있었겠어? 그때까진 그런 생각을 해 본 적이 없는데 말이야. 내 세계 지도는 고작 평원과 몇 가지 막연함이 전부였거든. 인디오들이 사는 내륙 깊숙한 곳, 물로 가득한 심연인 부에노스아이레스, 양쪽 끝에 스페인과 영국이 있는 유럽, 그 너머에서 무기와 남자들이 도착한다는 것 정도였지. 내 머릿속에 생긴 공 모양 세상은 절반은 스페인어로, 절반은 영어로 된 리즈의 이야기를 통해 생생하게 채워졌어. 신성한 암소, 부드러운 사리sari○, 매콤한 인도 카레, 아프리카와 색색으로 얼굴을 칠한 아프리카 흑인들, 작은 나무만큼 긴 엄니를 가진 코끼리, 냔두◑의 덩치 큰 사촌인 타조가 낳은 거대한 알, 중국 전역의 쌀농사를 짓는 논, 구불구불한 지붕이 있는 탑, 하늘로 뾰족한 끝이 솟은 접시 같은 밀짚모자까지. 그중 일부는 여행하던 그 시절에 이미 이해했지만, 많은 것은 훨씬 나중에, 우리가 함께 보낸 긴 시간이 지나서야 이해하게 됐어. 나는 우리가 지구의 아래쪽 반구에 있다는 생각을 받아들이기 어려웠지. 우리가 지구의 위쪽에 있는 것 같은데 말이야. 하지만 아니래. 리즈는 영국이 위쪽에 있다고 굳게 믿었어. 그렇지만 어떻게 그럴 수 있을까? 그저 평평해서 어디에 있든 발이 땅에 닿아 있음을 알 수 있을 뿐이야. 피그미, 고릴라, 바위 속 깊은 곳에서 쑥쑥 뽑아내는 그 단단하고 투명한 다이아몬드의 나라에서처럼. 리즈는 마치 장작불처럼 나무를 태워 스스로 움직이는 기계들의 땅, 혹은 타오르는 나무 조각이 마치 말처럼

○   인도 여성들이 입는 민속 의상.

◑   아르헨티나와 우루과이의 팜파에 주로 서식하는 아메리카 타조. 타조와 비슷하나 훨씬 작다. '레아Rhea'라고도 부른다.

기계를 움직이는 땅이 바로 영국이라고 주장했어. 소들, 우리의 훌륭한 소 네 마리가 온순하게 마차를 끌었고, 그 마차가 나를 감쌌어. 마치 실크로 만든 페티코트, 왁스로 방수 처리한 비옷이 줄곧 나를 감싸 줬던 것처럼 마차도 마찬가지였지. 하지만 결국 소의 지방일 뿐인 그 왁스는 백단향 거름망에 여러 번 걸러져서 사람을 취하게 하는 꽃 같은 냄새를 풍겼어. 양귀비꽃 같은, 그러니까 마약 같은 냄새 말이야. 리즈는 사탕수수로 빚은 술보다 훨씬 더 강한, 아편 같은 냄새라고 말했어. 타는 듯이 더운 북아프리카에서는 아편에 빠지는 사람들이 많다고도 했지. 그곳 남자들은 모자 대신 몇 미터나 되는 천을 머리에 둥글게 둘둘 말고 다니고, 여자들은 머리끝부터 발끝까지 온통 몸을 가린 채 산다고도 했어. 아시아의 냄새를 품은 비옷이 나를 감쌌고, 비옷처럼 왁스를 발라 같은 냄새가 나는 마차가 우리 셋을 감쌌지. 나뿐만 아니라 내가 고삐를 잡는 동안 리즈의 치마 위에 앉은 채로 여행하는 에스트레야와 리즈까지. 우리는 마치 가느다란 실을 분비해 껍질이나 등딱지를 만드는 것 같았어. 천이나 짚, 흙벽돌, 게딱지 대신 말과 몸짓이 얽혀 서서히 만들어지는 집이랄까. 리즈의 이야기로부터, 우리 물건 하나하나에 대한 내 관심에서 하나의 공간이 생겨났지. 우리의 공간이란 바로 마차였어. 산과 언덕을 본 적이 있는 사람들에게는 굉장히 납작해 보이는 그 텅 빈 평원을, 오르락내리락할 일 없이 앞으로 나아간 바로 그 마차 말이야. 사람들로 빽빽하고 매연이 자욱한 런던에 대해 리즈가 하는 이야기를 들을 때마다 광활한 팜파는 나한테 더 평평해 보였지. 사막은 아프리카 밀림에 대한 시야로 가득 채워졌어. 까슬까슬한 잡초, 부드러운 잡초, 자그마한 덤불이 유럽의 숲과는 다르게 옆으로 낮게 퍼졌지. 끝없이 펼쳐진 이 강들은 붉은 벽돌집들로 둘러싸인, 리즈의 영국 강들과는 대조적이었어. 아아, 진흙으로 둘러싸이고 갈대, 검은 물오리, 왜가리, 리즈가 가장 좋아하는 홍학 빼곤 주변에 아무것도 없는 우리의 강들과 아주 달랐지. 적어도 리즈는 팜파의 강렬한 색깔을 아주 좋아했어. 리즈는 영국의 모든 것이 갈색, 한없는 하늘색, 엷고 투명한 여러 색조 안에서 용해되는 것 같다고 말하곤 했지. 비가 오고 여름이 되어 밀이 자라서 오로지 밀이 가질 수 있는 푸른색을 띨 때, 흙먼지와 여러 빛깔의 초록이 온전히 제 광채로 빛나는 때를 빼고는.

다른 색들은 새벽이나 황혼 녘 하늘, 온종일 화려한 색을 띠는 홍학에서 볼 수 있었지. 또다시 비가 내렸고, 빛은 살아 있는 거의 모든 것과 죽은 것, 그 근처에 흩어진 소 뼈 위에 반사됐어. 대지는 구릿빛으로 빛났고, 우리 주변에서는 껍질이 자라나 우리 셋을 따뜻하게 지켜줬지. 리즈의 말, 에스트레야의 분홍색 혀, 막 배부르게 먹은 짐승처럼 평온하게 햇볕을 쬐며 거기에 있다는 사실에 황홀해하는 나한테서 활력을 주고받으며 우리 셋은 함께했어.

차분한 혼란 속에 머물렀지. 지구가 공처럼 둥근데 우리가 아래쪽에 있다니. 아마 위쪽에, 모든 것을 끌어당기는 돌이 저 멀리 북쪽에, 영국 북쪽에 있기 때문일 거야. 영국보다 위쪽에, 모든 것의 더 위에 뭔가가 있거든, 리즈가 나한테 설명했어. 만약 지구라는 행성이 머리, 목 없는 머리, 잘린 머리라면 행성의 모자에 그 뭔가가 있을 거라고. 목 없는 머리라니 머리가 잘렸다는 건가? 아니, 그렇지 않아, 몸통 없이 동그란 머리만 있다는 거야. 저스트 어 헤드just a head(그냥 머리만 있다고). 내가 이해했느냐고? 아니, 거의 이해하지 못했어. 머리만 있는 건 한 번도 본 적이 없거든. 그렇지, 당연해, 그냥 하나의 예일 뿐이니까. 리즈가 설명해 줬어. 생각을 더 확실하게 전하려고, 그냥 예시를 든 거라고. 몸통 없이 머리만 있을 순 없어, 나는 거듭 말했어. 아예 존재하질 않는데 도대체 무엇의 예가 될 수 있다는 거야? 존재하지 않는 것들의 예지, 네 말이 맞아. 리즈가 이렇게 말했어. 그 뒤 행성 이야기로 다시 돌아왔고, 이번에는 귤로 예를 들었어. 그러니 훨씬 더 쉽게 이해되기 시작했지. 귤에는 분명히 위쪽, 줄기 부분, 나무에 매달리는 부분과 아랫부분이 있잖아. 그런데 지구가 어느 나무에 매달려 있지? 아무 나무에도 매달려 있지 않잖아. 결국 귤도 별로 도움이 되지 않았어. 어쨌든 나는 영국에서뿐만 아니라 지구의 위쪽에서는 모든 것이 훨씬 더 쉽게 위로 자란다고 생각하기 시작했어. 언덕과 산들이 있었고, 남자 여럿이 층층이 서 있는 것처럼 높은 나무들이 가득했지. 몇 명의 키만큼 높았더라? 가장 높은 나무는 열 명 아니면 열다섯 명이 층층이 서 있는 정도의 높이였어. 옴부나무를 닮은 것 같지 않아? 약간 그래. 하지만 그곳 나무들은 옆으로 넓다기보다는 잡아당겨서 길이를 늘인 것처럼 길어. 반면 옴부나무는 납작하지. 마치 지구의 아래쪽 절반에서는 더 많은 중력이 작용해서 모든 것이 납작하게 옆으로 퍼지거나 지하에서 살아야 할 것처럼 말이야. 중력은 모든 것을 아래로 떨어뜨리는 힘이야. 그렇다면 중력은 어떻게 우리 모두를 짓누르지 않은 걸까? 나와 리즈, 에스트레야, 마차, 황소, 노새, 암소, 말들을 말이야.

그날 밤, 리즈는 내가 잡아다 네 토막으로 자른 아르마딜로로 스튜를 만들었어. 그 불쌍한 짐승의 딱딱한 등딱지에다 요리했지. 리즈는 거기에 내가 처음 먹어 보는 것들을 넣었어. 양파, 마늘, 생강에다 정향, 계피, 양하◑, 고추, 후추 알갱이, 강황, 겨자씨를 넣어 뒤섞었지. 그렇게 안에서 스튜가 만들어졌고, 에스트레야와 나는 처음으로 매운맛을 알게 됐어. 생각과 피부뿐 아니라 우리 혀도 대영 제국 아래서 자라난 탓이지.

◑　생강과의 여러해살이풀. 동아시아에서 향신료나 식재료로 쓰인다.

네 마리 용이
내 팜파와 한데 뒤섞여

내 세상은 공처럼 부풀어 지구 전체가 되었고, 그러는 동안 마차 안에서는 또 다른 세상이 더 공고해졌지. 나는 리즈, 에스트레야와 함께 삼위일체가 되었고 직사각형의 중심에 있었어. 직사각형의 앞쪽 꼭짓점에는 수소들이, 다른 꼭짓점에는 마차 지붕이, 또 다른 꼭짓점에는 뒤쪽 짐칸이, 바닥 쪽에는 지면을 따라 이어지는 선이 있었지.

"오로지 여기에서만 마차가 새의 시각視角을 가질 수 있어."라고 리즈가 말했어. 나는 시각이 뭔지 알게 됐고, 정말 그렇다는 걸 깨달았지. 평원 표면에 나타나는 몇 안 되는 동물들, 야생 토끼와 기니피그◉, 아르마딜로, 호수의 홍학, 왜가리, 우리가 운이 좋으면 볼 수 있는 퓨마가 항상 잠복 중인데 다들 재빠르지만 사소한 일에도 겁을 먹는다는 걸. 결국 납작한 평원의 동물들은 바닥에 들러붙은 것처럼 보였어. 그들은 상냥한 눈빛에 몇 미터나 되는 긴 목으로 나무 꼭대기의 잎사귀를 먹는 기린처럼 몸을 높이 늘이지도 않았고, 코를 손처럼 쓰는 거대한 코끼리처럼 몸을 길게 뻗지도 않았지. 높은 곳에서의 세상은 지면에서 보던 것과 달랐어. 이동 중인 마차 바퀴의 뒤쪽, 옴부의 가장 높은 가지 위에서 보던 것과도 달랐지. 그런 발견의 나날 중에 나는 온갖 시각을 다 시도해 봤어. 에스트레야가 보는 것처럼 목초, 땅 위를 기어다니는 해충들, 암소의 젖, 리즈의 손, 리즈의 얼굴, 음식이 담긴 접시, 움직이는 모든 것을 바라보며 네 발로 걸어 다녔지. 소가 보는 것처럼 수소의 머리에 내 머리를 기대고 눈 옆에 손을 댄 다음 오로지 바로 앞에 있는 것, 소 발굽이 남긴 자국, 소들이 도달하려고 애쓰는 불확실한 지평선을 바라봤어. 두 손을 짚고 물구나무도 서 봤지. 우선 발과 무릎, 바퀴, 다리가 보였고, 그 위에 있는 것은 그다음에 보

◉ 남아메리카 여러 지역에서 흔히 발견되는 쥐와 비슷한 설치류 동물. 기원전부터 초원에서 발견되었으며, 작은 무리를 이루어 새벽과 황혼에 활동적으로 움직인다. 카피바라와 유사하다.

였어. 그러고 나니 또 다른 시각들도 보이기 시작했지. 부유하고 강력하며 수백만 명의 목숨을 좌지우지하는 여왕처럼 자기 왕궁에서 보석과 음식에 물린 여왕, 주위에 움직이는 모든 것을 지배하는 이들의 위치에 있기 일쑤인 사람들의 눈으로 보는 세상은 가령 다 쓰러져 가는 집에서 가죽으로 몸을 덮고 말똥으로 화톳불을 피우는 가우초의 눈으로 보는 세상과 다르다는 걸. 여왕에게 세상은 부富로 가득한 둥근 공이지. 그 부는 전부 여왕의 것이어서 어디서든 그걸 캐내라고 명령할 수 있어. 하지만 가우초에게 세상은 소 떼를 찾아 전속력으로 질주해야 하는 평평한 판이야. 목이 달아나기 전에 적의 목을 베거나 징집과 전투를 피해 도망쳐야 하지. 몇 번인가 밤에 내가 요리를 도맡았어. 리즈의 설명만으로는 도무지 정확히 상상할 수 없는 것들을 그려 달라고 하기 위해서였지. 난 사랑에 빠졌거든. 호랑이를 사랑했어. 거대하고 오렌지색 줄무늬가 있는 퓨마 같은 녀석 말이야. 하마도 사랑했지. 입은 어마어마하게 큰데 이빨은 어린아이처럼 네모반듯하고, 뚱뚱하고 짧은 네 다리가 달린 것이 꼭 당당한 가죽 마차 같은 동물인데 강물 속에 사는 걸 좋아한대. 얼룩말도 사랑했어. 줄무늬가 있는 아프리카 말이라지. 하지만 정작 내 열정을 깨운 동물은 용龍이었어. 온갖 흉측한 동물들의 면면을 한데 모은 아름다운 괴물이지. 용은 가재의 눈, 세부cebú●의 뿔, 수소의 주둥이, 개의 코, 메기의 콧수염, 냔두의 갈기, 독사의 꼬리, 물고기 비늘, 거대한 치망고의 발톱, 불로 된 강력한 침을 갖고 있대. 나는 용이 수호천사처럼 우리 머리와 지붕 위를 날아다닌다고 상상하는 걸 좋아했어. 마차가 용의 보호를 받는 집이 될 수도 있다는 걸 알아 둬야 해. 리즈는 날 매료시키는 걸 좋아했고, 황홀해하는 내 눈빛과 내 웃음, 자신의 이야기와 그 정교하고 아름다운 그림들이 내게 주는 행복을 원했어. 매일 아침 거울 속에서 본 내 모습과 거의 똑같이 그려진 그림을 봤을 때, 난 그 정교함을 깨달았지. 색깔 없이 오직 선으로만 이루어진 모습이었는데도. 어느 날 밤, 내가 막 잡은 타라리라tararira◉ 물고기를 굽는 동안 리즈는 용 이야기를 들려줬지. 최초의 용 네 마리가 어떻게 중국해에서 태어났는지, 어떻게 날고 헤엄치고 온종일 불을 뿜으며 놀았는지, 하루는 사람들이 굶주리는 걸 보고 용들의 마음이 얼마나 흔들렸는지, 옥으로 지은 궁전에서 선녀들의 화음을 듣던 옥황상제를

● 혹소. 등에 난 지방질 혹이 특징인 황소의 한 품종.
◉ 몸통의 길이가 최대 60센티미터에 이르는 회색 민물고기.

만나러 어떻게 날아갔는지에 대해 들려줬어. 방해를 받아 격노한 옥황상제가 비를 내리겠다고 약속했지만 비는 오지 않았고, 네 마리 용은 바닷물을 마신 후 그 물을 땅 위에 토해 내기로 결심했지. 그걸 안 옥황상제가 얼마나 화를 냈는지, 우리가 보는 저 지평선만큼이나 거대한 돌무더기 아래로 용들을 어떻게 가둬 버렸는지, 용들이 얼마나 울고 또 울어서 물이 되어 버렸는지, 용의 이름을 딴 그 물이 어떻게 장강, 황하, 주강, 흑룡강으로 불리는 중국의 4대 강이 되었는지에 대해서 말이야.

마침내 리즈가 옥, 선녀, 옥황상제가 무엇인지, 물이 된 그 착한 동물들의 뱃속에서 나오는 불이 무엇인지 들려줬을 때 나는 어린아이처럼 잠이 들었어. 나는 엽총을 쉬게 해 줬지. 네 마리 용은 나의 팜파와 한데 뒤섞였고, 나는 강이 흘러넘칠 때 뿜어져 나오는 땅의 광채가 혹시 용들에게서 나오는 게 아닌지 궁금해했어.

카라카라의 밥이 되어

마차와 흙먼지, 이야기 속에서 우리는 불과 며칠 만에 가족이 되었지. 우리 사이에서 싹튼 사랑의 끈에 얽힌 채, 우리는 웃음으로 그 모든 위협을 쫓아냈어. 노천에 버려질 위협, 패배할 위협, 더는 힘이 없어 땅바닥에 쓰러진 채 카라카라◑의 먹이가 될지도 모른다는 위협 말이야. 결국 우리도 뼈와 광물, 돌멩이 같은 것으로 돌아가게 될 거라는 위협 속에서 그저 웃었어.

　서로 얽히고설키느라, 우리가 건너는 거의

◑　매과의 맹금류. 전체적으로 회갈색이며 머리 부분만 좀 더 어두운 색이고, 몸의 길이는 50센티미터 정도이다. 북아메리카 남부부터 남아메리카 최남단 티에라 데 푸에고 군도에 걸쳐 광범위하게 서식하며, 동물 사체, 곤충, 파충류를 먹고 산다.

아무것도 없는 이곳이 버려진 공동묘지와 점점 닮아간다는 걸 깨닫기까지 시간이 좀 걸렸어. 우리는 마치 천국을 가로지르는 것처럼 즐겁게 나아갔지. 물론 내 착각일 수도 있어. 천국은 가로지르는 곳이 아니라 그냥 거기 머물러야 하는 곳일 테니까. 그토록 좋은 항구에 닿았는데 다른 어디로 가고 싶겠어?

소 한 마리, 인디오나 기독교인 한 명, 말 한 마리도 보지 못한 채 며칠이 거의 일직선으로 지나갔어. 잡초와 가끔 보이는 아르마딜로, 카라카라 외에는 세상에 아무것도 없는 것처럼 밋밋한 날들이 몇 주나 이어졌지. 드문드문 밤에 피운 모닥불 불빛에 현혹된 야생 토끼가 보이면 에스트레야가 쫓아가서 잡기도 했어. 바람이 불거나 비가 씻겨 내리면 뼈들이 진주처럼 드러나는 땅이 펼쳐졌지. 흙먼지는 자비롭게도 모든 걸 덮어 줬어. 길가의 해골들까지도. 먼지는 조금씩 그것들을 덮었고, 결국 해골은 희미한 굴곡, 눈에 띄지 않는 무덤, 혹은 죽은 살에서 태어난 구더기들로 들끓는 커다란 개미집이 되었지.

다시 비가 내리면, 또다시 우리 발밑에서 전사들로 가득한 무덤이 입을 열었어. 그들은 자신의 무기나 동물과 한 덩어리로 달라붙어 있어서 알아볼 수 있었지. 리즈는 그 팜파의 영웅적인 해골들이 마치 켄타우로스◐의 화석 같다고 말했어. 나는 켄타우로스가 뭔지도 몰랐지만, 인디오가 영웅일 수 있다는 건 더더욱 몰랐어. 아마 그 이야기로 실랑이하며 우리는 여행의 세 번째 주에 접어들었던 것 같아. 우리는 잠시 쉬며, 왜가리 한 쌍만이 우리 곁에 있는, 수정처럼 맑은 강물에서 다시 씻었지. 난 사막이 뭔지도 몰랐어. 이토록 텅 빈 곳이 팜파의 자연스러운 모습일 리 없다는 건 눈치챘지만 말이야. 사막이 바로 그런 곳, 그러니까 사람도, 나무도, 새도 없고 낮 동안엔 우리 말고는 생명체가 거의 없는 땅이라는 걸 몰랐던 거야. 그저 사막이 인디오들 사는 곳을 부르는 이름인 줄로만 알았거든. 아무튼 그곳은 날이 갈수록 점점 더 섬뜩해졌어. 우리는 밤마다 악몽을 꾸기 시작했고, 가끔은 낮에도 악몽을 꿨지. 그 악몽에 맞서려고 난 글을 쓰기 시작했어. 리즈는 나한테 글자를 가르쳐 줬고, 매일 밤 기도문 하나씩을 숙제로 내줬지. 그중 몇 개는 아직도 기억나. "플리즈, 로드Please, Lord(하느님, 부디), 우리에게 친구를 보내 주세요. 이 수렁에서 우리를 구해 주세요."

◐ 그리스 신화에 나오는 상반신은 인간이고 하반신은 말馬인 종족.

기도에 대한 우리의 믿음만으로 잠들 수 없을 때면 리즈와 나는 위스키, 그 영국의 생명수를 마시곤 했어. 영국 물 중의 물, 무엇보다도 영국 땅 중의 땅에서 온 거야. 리즈가 알려 줬지. 그 땅의 흙이 보리로 그런 진미珍味를 만든 거라고. 영국인들은 끓는 물에 보리를 담가 싹이 날 때까지 그대로 뒀어. 그런 다음 나뭇가지, 장작, 아직 완전히 흙이 되지 않은, 식물로 만든 흙인 이탄으로 피운 연기를 이용해서 보리를 말렸지. 우리도 위스키를 만들 수 있을 거야. 그래. 보리, 떡갈나무로 만든 큰 통, 증류기, 긴 철제 파이프가 달린 깔때기만 구하면 된다고. 문제는 기다리는 시간이 길다는 거야. 나무통에서 위스키가 숙성되기까지 십이 년이 걸리거든. 나는 위스키를 좋아했고, 내가 위스키를 좋아한다는 사실도 좋아했어. 나도 영국인이 되고 싶었으니까.

생각에 잠겨
똥통에 빠지고 말았어

나는 내 새 친구이자 인생 최초의 친구인 빨간 머리에게 그 이야기를 했어. 내 두 번째 시작에 대해, 내가 알고 싶은 삶의 유일한 시작에 대해서 말이야. 다른 시작은 기억나지 않고, 기억나더라도 위스키, 내 새로운 언어들, 강, 집안의 목소리들, 내 개, 비, 꿀벌들 덕분에 다시 잊어버리게 돼. 그 과거는 물이 삼켜 버렸고, 수렁이 삼켰다 해도 이상하지 않을 거야. 나는 마차, 군대, 노새, 돌과 금과 은으로 만든 도시, 화승총으로 무장한 스페인 사람들로 가득한 갤리온선○에 대해 들었어. 진흙이 삼켜 버릴 수많은 것들에도 대해 들었지. 내 생각에 그래

○ 16세기에서 18세기 유럽 국가들이 신대륙에서 금과 은을 실어 나르던 대형 범선.

서 인디오들은 단출하게 다녔고, 땅 위에 천막 말고는 치지 않았으며, 가구라곤 양가죽과 새끼 양가죽 외에는 쓰지 않았던 걸 거야. 우리는 갈퀴 모양 길을 따라가야 했어. 리즈는 자기 목장이 인디오들 구역 쪽에 있다고 확신했거든. 리즈의 마차 안에는, 아니 그땐 이미 우리 마차였지, 아무튼 그 안에는 나침반이 있었고 대륙, 바다, 강, 갈색으로 칠한 산, 내 팜파처럼 초록색으로 칠한 평원이 그려진 커다란 지도가 접힌 채 있었어. 우리가 가려는 쪽으로 난 길은 지도 어디에도 없었지. 그래서 나침판이 있는 거였어. 지구의 모자라는 그 얼음 땅, 북쪽이 어딘지 알기 위해서. 그곳은 자석처럼 금속들을 끌어당겨서 착 달라붙게 만든대. 사막에서 우리의 시간이 길게 늘어지던 그때, 나는 그 물건을 내 언어로는 브루훌라brújula라고 부른다는 걸 알게 됐어. 이스라엘 민족처럼, 이라고 나의 리즈는 말하곤 했어. 하지만 하느님은 우리에게 만나maná◑를 내려 주시는 대신, 우리 발치에 종종 기니피그와 아르마딜로가 솟아나게 하셨지. 그 동물들이 땅에서 튀어나온 건 기적이라기보다 내가 굴에 연기를 피워 댔기 때문이야. 불쌍한 녀석들, 삽으로 내리치기 전에 우리 눈이랑 꼭 닮은 그 작은 눈을 마주

◑   영력, 주술력 따위의 초자연적인 힘.

치지 않고 바로 불판으로 보내 버리려고 했지. 나는 우리의 세상이 둥글다는 걸 막 알게 됐고, 남쪽 땅에선 여호와께서 기적과 중력으로 하늘에서 음식이 떨어뜨리는 대신 아래로부터 먹을거리를 올려 보내 주시는 거라고 생각했어. 잘 생각해 보면 중력을 거스르고 땅에서 식량이 튀어나와 우리에게 바쳐지는 게 훨씬 더 기적 같은 일이지. 하지만 공정하게 말하면, 녀석들은 우리에게 자신을 바친 게 아니야. 녀석들은 발버둥 치고, 꽥 소리 지르고, 깨물었거든. 절대 포기하지도, 굴복하지도 않았지.

나는 모든 것의 밖에, 에스트레야와 리즈와 함께 온전히 들어간 그 마차 안 세상, 이제는 너무나 당연해진 그 세상의 밖에 내던져진 기분마저 들었어. 나는 페티코트를 입는 법이나 알파벳을 차례로 쓰는 법을 배웠던 것처럼 나침반이 무엇인지 배웠어. 마치 수영하는 법을 익히는 것 같다고 할까. 그게 내 새로운 삶이었어. 물속에 던져진 것 같은 기분이었지. 우리 여정은 인디오들의 흔적, 그러니까 요새들이 이어진 경로를 따라 항해하는 것과 비슷했어. 그링고 오스카는 그 요새 중의 하나일 거야. 피에로도 그러겠지만 나는 무슨 수를 써서라도 나침반의 세계에, 그 남자의 세계에, 즉

뱃사람이었던 리즈 남편의 세계에 머물려고 애썼지. 리즈도 어느 정도 그 세계 사람이었으니까. 나는 인디오 무리가 지나간 경로들을 따라가며, 바다에서 암초를 피하듯 수렁을 피하기 시작했어. 우리는 동물 배설물을 살펴보면서 인디오들이 가까이 있는지 파악하는 법을 익혔지. 우리는 늘 마른 똥만 봤는데, 어느 날 바라면서도 두려워하던 일이 일어났어. 내가 빅토리아풍 앵클부츠를 신은 채 축축한 똥 무더기를 밟은 거야. 생각에 잠겨 똥통에 빠지고 만 거지.

나는 리즈와 수다를 떨거나 에스트레야와 놀 때가 아니면 늘 넋을 잃고 백일몽에 잠겨 반쯤 멍하게 지냈어. 그때까지의 내 삶은 없는 것이나 매한가지였지. 그 삶은 내 것이 아니었어. 어쩌면 내가 늘 멍하니 동떨어진 곳에 머물렀던 게 원인일 수도 있고, 아닐 수도 있어. 모르겠어. 그 축축함과 그 냄새가 내 정신을 번쩍 들게 했지. 인디오들이 가까이 있는 거야. 아니면 동물 몇 마리가 도망친 것이거나. 알 수 없었어. 나는 마차 안으로 들어갔지. 나는 드레스와 페티코트를 벗고 영국 남자, 그 리즈 남편의 봄바차◐와 셔츠를 입었어. 그의 손수건을 목에 매고는 리즈한테 가위로 내 머리를 바

◐　가우초들이 입은 통이 넓고 내구성이 강한 바지. 주름이 잡힌 경우가 많으며 발목에 단추가 있어 바짓단을 부츠에 쉽게 넣을 수 있고 말을 탈 때 유용했다고 한다.

짝 깎아 달라고 했어. 땋은 머리가 바닥에 툭 떨어졌고, 나는 어린 소년이 되었지. 굿 보이good boy, 라고 말하며 리즈는 내 얼굴을 두 손으로 감싸 자기 쪽으로 당기더니 입을 맞췄어. 나는 놀랐고, 이해가 되지 않았지, 그럴 수 있다는 걸 몰랐으니까. 그런데 너무 자연스럽게 느껴지기도 했어. 안 될 게 뭐람? 예전에 내가 살던 촌락에서는 그러지 않았지. 여자끼리 키스하는 일은 없었지만, 암소들이 때때로 다른 암소한테 올라타던 건 기억나. 나는 리즈의 키스가 좋았어. 리즈의 당당한 혀가 내 입속으로 들어왔어. 카레와 차茶, 라벤더 향이 밴 아릿하고 꽃향기 나던 그 침. 나는 더 원했지만, 내가 리즈의 머리카락을 움켜쥐고 이 사이로 혀를 깊이 넣자 나를 밀어내더라고.

나는 그런 키스가 영국의 관습인지 온 세상의 죄인지 확신할 수 없었어. 하지만 뭔 상관이람? 리즈가 나를 원했고, 그건 의심할 여지가 없었어. 설사 의심이 든다 해도 나는 멈출 수 없었으니까. 바로 그때 나의 불침번 생활이 시작됐어. 항상 말 위에 올라 에스트레야 근처에서 경계를 바짝 섰지. 에스트레야도 변했어. 녀석도 경계심을 갖게 됐고, 내가 순식간에 엽총을 든 소년이 된 것처럼 눈 깜

짝할 새에 경비견으로 변했지. 갑자기 폭풍우가 몰
아쳤고, 나는 남은 불침번을 서러 리즈의 침대로
뛰어들었어.

도깨비불은
뼈에서 나오는 빛이야

비가 쏟아지고 빗물은 자비로운 흙먼지를 쓸어가 버렸지. 그러자 온 천지가 진흙과 새로 모습을 드러낸 뼈투성이였어. 도깨비불처럼 자개 빛깔이 나고, 무지갯빛을 띤 하얀 뼈들. 도깨비불은 뼈에서, 유해에서, 해골에서 나오는 빛이야. 우나 배드 사인una bad sign(나쁜 징조), 라고 리즈가 말했고 나도 동의할 수밖에 없었어. 번개 탓에 눈부신 푸른 빛이 스며든 그 하얀 막대들은 여자와 남자의 뼈였어. 어떤 뼈들은 마치 다수의 장인들이 깨끗이 닦아 반짝반짝 윤을 낸 것처럼 이미 껍질이 벗겨져 새하얗고 빛이 났어. 또 다른 뼈들은 그렇지 않았지. 땅 위에 난 작은 고름 더미처럼 솟아 천천히 부패했어. "새비지스Savages(야만인). 제대로 묻어 줬어야지. 시체를 목초지 위에 눕히고 방치하는 건 짐승들이나 하는 짓이야." 내 영국 여인은 분개했지. 그 말이 맞았어. 죽은 이들을 묻어 주지 않고 치망고의 밥이 되도록 내버려두는 건 야만인이나 하는 짓이지. 내 민족은 야만인들이었고, 내 팜파는 역겨운 땅이었어. 인디오와 기독교인의 유해로 비옥해진 땅 말이야.

저를 치유해 주시는군요, 세뇨라 뗑끼우

비가 그쳤고, 이삼일 동안 가도 가도 평평한 지평선만 보였지. 우리 둘은 두 개의 힘 사이에서 흔들렸어. 눈에 띄는 것에 대한 두려움, 다른 사람들을 만나고 싶다는 욕망 사이에서 말이야. 그러다 저기, 저 끝이 없는 지평선의 밑바닥으로부터 대지가 마치 폭풍우 속 거센 파도처럼 솟구쳐 올랐어. 우리는 튕겨 나가진 않았지만, 내가 고삐를 꽉 움켜쥐어 마차가 급정거하는 바람에 우리가 싣고 가던 절반의 영국을 토해 낼 뻔했지. 우리는 온몸으로 짐을 막아 냈고, 짐이 우릴 때렸지만, 팜파가 폭발●하는 그 광경에 넋이 나가 충격을 느끼지도 못했어. 땅이 제정신을 잃고 하늘을 향해 소용돌이치며 솟아오르더니 마차 쪽으로 밀려와 우리의 눈을 멀게 했지. 우리 셋은 소와 말과 함께 꼼짝 않고 있었고, 찰나의 순간에 그 갈색 구름이 우리를 집어삼켰어. 마치 소리로 구멍이 숭숭 뚫린 먼지 반죽 같더라. 팜파의 희귀한 새들이 지르는 기괴한 비명, 공포에 질려 얼어붙은 소들의 다리 사이에서 짖어 대는 에스트레야의 울음소리가 갈색 구름 속에 뒤섞였던 거지. 마치 새들이 번개이고 소들이 천둥인 양 하더니, 곧이어 소 떼의 육중한 발굽 소리가 울렸어. 우리는 떨었고, 모든 것이 떨렸지. 우리를 덮고 있던 흙먼지가 떨어지기 시작했다가 또다시 우리를 뒤덮기를 반복했어. 소음이 귀청을 찢을 듯 커지더니 갑자기 뚝 멈췄지. 더 이상 발굽 소리도, 짖는 소리도, 새소리도 없었어. 아무것도 들리지 않았고 아무것도 보이지 않았지. 땅이 우리를 삼켜 버린 거야. 우리는 롯의 아내처럼 꼼짝 않고 있었지만, 땀에 흠뻑 젖어서 진흙처럼 끈적끈적했어. 먼지가 다 가라앉을 때까지 똥 냄새가 진동했고, 세상 전체가 가쁜 숨소리를 냈지. 우리는 천 마리쯤 되는 야생 소 떼에 포위됐어. 그 당시

● 아르헨티나에는 현재 활화산으로 간주되는 화산이 최소 39개 이상 있으며, 팜파에서는 여전히 3개의 화산이 활동 중이다.

의 모든 것과 마찬가지로 갈색인 소들은 두려움인지 사랑인지 알 수 없는 무언가로 긴 속눈썹과 꼬리를 흔들었지. 암소와 수소들이 우리를 에워쌌어. 마치 집에 도착한 것처럼, 마치 마차 주변에서 피난처를 찾은 것처럼 침착했지. 무언가를, 그러니까 우리 둘과 에스트레야, 수소들, 내 말과 마차를 자신들이 품었다는 그 사실 만으로도, 오히려 자기들이 보호받는다고 느끼는 것 같았어. 아무것도 움직이지 않았지. 대기처럼 잔잔하게 떨어지는 먼지뿐이었어. 우리는 그렇게 가만히 멈춰 섰지. 동물들의 회색 가죽이 천천히 모습을 드러내고, 공기의 색을 지우며 흩날리는 흙먼지 한가운데서 말이야.

어느 순간 고요가 깨졌어. 소 떼가 갈색 바다처럼 갈라지더니, 안장에 새끼 양을 태운 남자가 말을 몰고 지나가게 해 줬어. 남자는 "안녕하세요, 성스러운 분들!" 하며 인사했어. "드디어 사람을 만나서 얼마나 반가운지 모르겠어요."라며 자기는 가축을 데리고 정착할 곳을 찾아 내륙 깊숙한 곳으로 가는 중인데 우리는 어디로 가느냐고 물었어. 리즈가 우리도 내륙 깊숙한 곳으로 간다고 하자, 그는 웃기 시작했어. 참 착하고 아이 같은 얼굴이었지. 우리 눈앞에 있는 그 남자는 꼭 어미 잃은 고아처럼 보였지만 아니었어. 진짜 고아는, 적어도 그 당시에는 그 남자가 아니었지. 그가 새끼 양을 쓰다듬으며 설명해 주길, 녀석 어미가 죽어서 데리고 다니는 거라고 했거든. 그는 허허벌판에서 영국 여자와 금발 소년을 만난 게 마냥 행복해 보였어. 쉴 새 없이 떠들어 댔고, 리즈가 입만 열어도 웃음을 터트리며 계속 리즈의 입을 열게 하려고 애썼지. 리즈는 남자한테 영국, 바다, 증기선, 세상을 횡단하고 싶었던 열망까지 설명해야 했어. "근데 뭣 하러요?" "당신이랑 같은 이유죠." 남자의 말에 리즈가 대답했어. "내 가축과 함께 살 곳을 찾기 위해서지요." "근데 가축은 어디 있습니까, 세뇨라?" 자기가 그랬듯 암소 몇 마리가 배를 타고 올 거라고 리즈가 설명하자 가우초의 눈이 호기심으로 반짝였어. "근데 뭣 하러요? 여기도 소천진데요." "그야 품종을 개량하려고요." 영국 소가 더 좋으니까. 영국에서 온 건 더 좋다는 식이었지. 하지만 이 말은 리즈가 한 게 아니야. 리즈는 어째서 자기 고향인 스코틀랜드 소가 더 우수한지 늘어놓아야 했어. 그러다 보니 스코틀랜드가 뭔지도 설명해야 했지. 그래 봤자 사람들은 끝까지 리즈를 영국 여자라고 부르겠지만 말이야. 내 생각에 로사리오는, 나중에 알게 된 그 가우초의 이름인데, 설명이 길어지자 좀 지루했던 것 같아. 리즈의 말을 뚝 끊더니 아사도●를 굽고 싶은데 생각이 있느냐고 묻더라고. 우리는 당연히 원했지. 리즈는 언제나 아사도를 좋아했으니까. 그래서 리즈는 좋다고, 땔깜은 우리한테 있으니 소젖을 좀 짜 와야겠다고 하면서 날 바라봤어. "조, 우드 유 두 잇Jo, would you do it(조, 네가 해 주겠니)?"

나는 가서 야생 암소 한 마리의 젖을 짰는데, 녀석은 거의 안도하는 듯이 젖을 내맡겼지. 나도 소에 대해서라면 꽤 안다고 생각했지만, 그렇게 멈춰 서서 소의 얼굴을 빤히 들여다본 적은 없었어. 야생 암소와 내가 서로 눈이 마주쳤을 때, 녀석은 속눈썹을 깜빡였는데, 꼭 젖이 너무 무거웠다며 고맙다고 하는 것 같았지. 나는 녀석을 더 자세히 봤어. 그 모나지 않고 둥그런 눈, 그 소의 순한 눈에서 어떤 심연을 봤어. 초원을 갈망하는, 길을 갈망하는, 심지어 해바라기 밭을 갈망하는 검은 구멍

● 고기 부위를 불이나 석탄의 열에 노출시켜 천천히 익히는 요리 기법. 아르헨티나, 브라질, 칠레, 콜롬비아, 파라과이, 페루, 우루과이에서 바비큐를 즐기는 사교 행사를 가리키기도 한다. 소고기, 돼지고기, 닭고기, 초리소, 순대 등의 구이를 의미하기도 하며, 이 고기들은 모두 파리야parrilla라고 불리는 석쇠에 올린 채 장작불로 굽는다.

을 말이야. 나는 녀석의 눈동자에서 제 새끼를 핥아 주고 싶어 하는 마음도 읽었지. 녀석은 곧바로 송아지를 핥기 시작했어. 나는 고개를 숙이고 다시 젖을 짜면서 녀석한테 카레Curry라는 이름을 붙여 줬어. 젖을 다 짜자 송아지와 에스트레야가 달려들었어. 평생 우유라곤 거의 먹어 본 적이 없는 에스트레야는 좋아 죽었지. 지쳐서 나가떨어질 때까지 실컷 먹고는 다리를 구부린 채 꼬리로 바닥을 비비며 행복해했어.

가우초 로사리오는 모닥불을 피우고 꼬챙이를 준비하다 말고 다시 나타났지. 그는 잠시 멈추더니 약간 메말랐지만 아직 탄력이 있는 내장 껍질에 내가 짜 온 우유를 채워 새끼 양에게 물렸어. 양은 로사리오의 발치인 모닥불 옆에서 잠들었지.

"양의 이름은 브라울리오Braulio예요. 수컷이죠."

양이 수컷인 건 딱 봐도 알겠더라고. 로사리오를 헷갈리게 한 건 아마 나였을 거야. 남자 옷을 입었지만 내 뺨은 수염 하나 없이 매끈했으니까. 게다가 리즈가 나를 "조"라고 불렀고. 나는 아무 말도 안 하고 그저 장작을 모으는 걸 거들면서, 에스트레야가 킁킁대며 낯설어하는 새끼 양을 쓰다

듣어 줬어. 고아 양에게 젖을 먹이는 가우초의 모습에 감동했거든. 그런데 그는 장작을 다 쌓자마자 벌떡 일어나 파콘을 빼 들더니, 송아지 한 마리를 붙잡아 돌로 머리를 내리쳐 기절시키고는 그대로 목을 따 버렸어. 어미 소의 울음소리에 우리 모두 숙연해졌지. 로사리오는 또 한 번 나를 놀라게 했어. 송아지 가죽을 벗기고 나서 어미 소에게 다가가더니, 쓰다듬으며 용서를 빌고 자기가 가지고 있던 풀을 입에 넣어 주는 거야. 어미 소는 계속 울부짖으면서 비틀거렸고 다른 송아지들을 머리로 들이받았지. 그 새끼는 이미 꼬챙이에 꿰여 불 위에 있는데 말이야. 문득 내 아이들, 내 새끼들 생각이 났지만, 아주 잠깐뿐이었어. 그때의 나는 멈춰 설 수도, 울 수도 없었지. 그 어떤 것도 나를 다 쓰러져 가는 오두막집의 삶으로 되돌려 보낼 수 없었어. 나는 떠나온 거야.

그래서 우린 이제 로사리오와 에스트레야, 나, 나의 리즈까지 넷이 됐지. 그때부터 나는 리즈를 내 리즈라고 부르기 시작했어. 로사리오는 아사도와 내장 젖병, 고아 녀석들을 달고 다녔지. 브라울리오 말고도 며칠 만에 야생 토끼, 기니피그, 망아지까지 한 마리씩 입양했거든. 녀석들은 로사리오가 어미 오리고 자기들은 새끼 오리인 양 그 뒤를 따라다녔어. 밤이 되면 로사리오는 판초를 펴고 잘 만큼 정신이 멀쩡하거나 아니면 그러질 못해서 아무 데나 널브러지곤 했는데, 잠들기 전에 우리에게 자기 인생 이야기를 토막토막 들려줬어. 그건 그의 행동을 보면서 우리가 짐작한 그대로였지. 너무 일찍 죽은 아버지, 홀로 남은 어머니, 일곱 남매, 암탉들 틈의 퓨마처럼 포악했던 계부 이야기. 한 번의 칼부림이 인생의 출발점이 되어 버린 이야기. 열 살 나이에 칼에 찔려 꿰맨 상처를 안고 덜 잔인한 삶을 찾아 떠났다는 이야기. 이미 눈썹이 하얗게 세고 다리를 저는 그 가여운 로사리오는 이 허허벌판에서 자길 보호해 줄 누군가를 계속 찾았던 거야. 그래서 우리가 그를 보호했지. 그는 우리와 함께 지내면서 우리를 돌봤고, 우리도 그를 돌봤어. 그는 내가 남자 옷을 입은 것을 보고 웃었지만, 알았어. 내가 남자 옷을 입는 게 좋아 보인다고, 그건 마치 파콘을 차는 거나 마찬가지라고, 모든 여자들이 남자들처럼 파콘을 지녀야 한다고도 했지. 우리는 그가 자기 어머니 얘길 한다는 걸 간파했어. 만약 어머니가 덥수룩하게 수염이라도 기르셨더라면, 그렇게 해서 어머니가 영원히 과부로 남아 그 짐승 같은 놈 말고 자기랑 함께 살 수 있었다면 하고 바라는 속마음을 말이야. 사탕수수술이 한 잔 더 들어가면 로사리오는 좀 웃게 영어를 더 해보라고 졸랐고, 엘리사, 아니 엘리자베스는 노래를 불러 주거나 이야기를 들려줬어. 그러면 그는 "마치 원숭이 두 마리가 물구나무를 서서 춤추는 것 같다."며 즐거워했지. 아침이면 그는 부루퉁한 표정으로 깨어났어. 리즈는 "행오버 hangover(숙취) 탓에, 식sick(아파)." 하고 말했지. 그래도 리즈는 로사리오의 마테 잔에 위스키를 따라 줬고, 로사리오는 다시 살아나서 매일 같은 방식으로 리즈한테 감사를 표했어. "저를 치유해 주시는군요, 세뇨라, 뗑끼우tenquiu(고마워요)."

있는 힘을 다해

리즈는 영국 이야기를 계속 이어갔지. 리즈가 런던에 갈 때면 하늘은 납빛이었고, 기관차와 공장에서 뿜어져 나오는 매연으로 가득했대. 산성비가 거의 끊임없이 내렸고, 리즈가 숨을 내쉴 때마다 공기는 축축하고 잿빛이었어. 기묘한 주황빛까지 감도는 그 공기는 너무 무겁고 탁해서 눈에 보일 정도였지. 하지만 도시를 떠나자마자, 바다에 깎인 절벽이라는 심연 앞에서야 비로소 굴복하는 그 끝없는 풀밭 위로 빛이 번쩍였어. 육지는 거기서 갑자기 끝났지. 마치 영국을 도끼로 찍어 남은 세상에서 떼어낸 것처럼, 마치 그 땅을 칼질해서 고립이라는 형벌을 내린 것처럼 말이야.

　"위, 더 브리티시, 달링we, the British, darling(우리, 영국인들은, 자기야). 그곳 주민들은 있는 힘을 다해 그 고립을 깨부수려 해. 스스로 중심이 되고, 자신을 축으로 세상을 조직하고, 모든 국가의 엔진이자 시장市場이자 모태가 됨으로써 말이야. 여기에서부터, 철과 증기선으로 지탱되며 우뚝 선 저 먼 섬으로부터. 점점 더 빠른 생산 속도로 전 세계를 지배하려고 발명한 기계들의 섬. 그곳에선 금속이 왕관처럼 단호하게 군림하며 모든 곳에 철길을 깔지. 인간 노동의 결실이 들판과 산과 정글에서 항구로, 배로, 마침내 자국의 항구로 옮겨지도록 말이야. 그곳은 모든 것을 집어삼키는 크로노스●의 입이지. 모든 것을 자신의 속도를 위한 연료로 바꿔 버려. 소가죽의 아직 따뜻한 털부터 다이아몬드의 차디찬 면, 탄력 있는 고무부터 스치면 부서지는 석탄까지. 영국의 힘은 군대나 은행에 있지 않아. 우리의 힘은 속도에서 나와. 시계를 앞지르고 태워 버리는 것, 공정 단축, 더 빠른 배, 연발 총알, 불과 며칠 만에 끝나는 은행 결제, 무엇보다도 제국의 공산품을 싣고 모든 항구로 뻗어

● 크로노스Krónos는 그리스 신화에 나오는 신으로, 자신의 아들들에게 왕위를 빼앗길까 두려워 자식들을 잡아먹었다는 일화가 있다. 영국 제국주의가 모든 자원과 노동을 집어삼키는 것을 비유한다.

나갔다가 그 모든 땅의 전리품과 과일을 싣고 돌아오는 저 철도의 힘에서 나오지."

팜파의 느릿한 시간 속, 로사리오의 아사도 주변에 모여 수다를 떠는 동안에는 아직 모든 것이 가능했어. 그는 영어 음조를 들으며 끊임없이 즐거워했지. "그건 뭐라고 하나요, 세뇨라?"라고 로사리오가 물었어. 리즈가 "카우cow(소).", "스카이sky(하늘).", "호스horse(말).", "파이어fire(불).", "인디언스Indians(인디오들)."라고 대답할 때마다 로사리오는 자지러지게 웃어 댔어. 그 웃음소리에 야생 소 등위에서 진드기를 쪼던 새들이 깜짝 놀라 흩어질 정도였지. 갈비뼈를 뜯으며 신이 난 가우초는 사탕수수술과 함께 아사도를 먹었고, 후식 시간이 되자 자기 말들한테 말을 걸기 시작했어. 그는 리즈네 나라에선 마차가 혼자 움직이니 너희는 같이 못 간다며 아쉬워했지. "거기선 바퀴가 막대기로 움직인대. 너희는 일자리가 없을 거야. 나랑 있어야 돼. 완전 엿된 거지 뭐. 그링가랑은 아무 데도 못 가." 그러면서 말들을 쓰다듬었지. 우리도 웃었고, 에스트레야는 로사리오의 손에서 음식을 받아먹더니 진짜 강아지마냥 그의 무릎에 웅크려 앉더라고. 리즈가 로사리오한테 자러 가라며 보내자, 로사리오는 여느 가우초처럼 잠자리를 마련했어. 안장에서 판초와 양가죽을 내리더니 동물들 옆에 누웠지. 에스트레야는 로사리오한테 푹 빠져서, 브라울리오까지 셋이 별빛 아래 함께 잠들었어.

우리는 단둘이서 마차 안, 그 따뜻하고 노란 불빛 속으로 들어갔지. 리즈는 촛불을 끄고 나한테서 그링고의 옷을 벗긴 다음 젖은 스펀지로 몸을 닦더니 말려 줬어. 페티코트를 입히고는 나를 품에 안고 잠들었지. 내 피부에 돋았던 소름도, 내 음모 끝에 맺힌 물방울이 허벅지를 타고 천천히 흐르면서 나른하게 퍼졌던 그 무거운 욕망의 냄새도 전혀 눈치채지 못한 것처럼 잠을 잤어.

스콘을 곁들여 먹고 마시기

사막은 액자처럼 보였지. 어디를 보나 똑같은 갈색 평원, 마치 세상에 다른 건 없다는 듯 하늘이 내려와 기댄 평평한 판과도 같았어. 마차 짐칸 위에 앉거나 말을 탄 채 그곳을 달려가는 건, 새의 삶을 사는 것, 날아다니는 것과 비슷했지. 온몸이 공기 속에 푹 잠긴 기분이랄까. 딱 들어맞지 않은 말 같기도 해. 팜파에는 새가 거의 없고, 그나마 있는 새들도 낮게 날거나 아예 날지 못하거든. 지평선에는 홍학 떼가 선명한 분홍색 구름처럼 떠 있지. 말보다 빠른 냔두는 튼튼하고 탄력 있는 다리로 땅을 박차며 먼지를 일으켜. 냔두는 팜파와 하늘을 잇지. 바다에서 새들이 보이면 육지가 가까워졌다는 걸 알 수 있듯, 사막에선 물이나 사람들이 있는 곳에 어김없이 새들이 떼 지어 모여들어. 마을과 천막 위로 날아드는 거지. 팜파에 있다는 건, 하늘과 우리 자신의 변화무쌍함 말고는 별다른 모험이 없는 무대 위를 활공하는 것과 같았어. 지평선의 갈색 선 위로 태양과 공기가 감겼다 풀렸다 해. 맑은 날, 태양과 공기는 시간의 프리즘 속에서 산란되어 새벽녘에는 빨강, 보라, 주황, 노랑으로 부서지고, 그 빛이 땅에 닿으면 금빛으로 변해 유약한 초록색 풀들에 부드럽고 화사한 질감을 입혀. 똑바로 선 모든 것에는 길고 부드러운 그림자를 드리우지. 그러다 태양이 그 모든 것을 납작하게 짓누르면, 다시 프리즘의 시간이 돌아와. 여름밤은 짙은 보라색이고, 별들이 쏟아져 내려. 그 시간 동안 나는 발바닥과 그림자만 땅에 두고 나머지 몸은 하늘에 가 있어. 어디나 마찬가지라고 할 수도 있겠지. 하지만 아니야, 내 고향 팜파에서 삶은 공중에 뜬 것이었어. 때로는 천상과도 같았지. 내 집이었던 쓰러져 가던 오두막에서 멀리 떨어진 세상은 천국처럼 느껴지기도 했어. 끝없이 변화하는 빛에 이렇게까지 깊이 잠겨 본 건 처음이었지. 그 빛을 내 안에서 느꼈어. 나는 그저 불안하게 일렁이는 빛 덩어리에 지나지 않는 거지. 그건 내 느낌이 맞을 거야.

향기로운 마차 그늘 말고는 나를 가려 줄 그늘이 없었어. 마차는 땅에서 꽤 높이 떠 있었지만, 하늘보다는 땅에 붙은 것처럼 느껴지는 유일한 공간이었지. 집은 항상 땅에 붙은 것 같잖아. 집이 배든, 마차든 마찬가지야. 그 마차는 여행 중에 생겨난 나의 첫 번째 섬이었어. 나무와 캔버스로 된 그 직사각형 섬은 어디선가 날아와 공기만 있어도 번식하는 파리 떼를 막기 위해 늘 어둡고 서늘하게 유지됐지. 물론 주변엔 사체가 있었고, 우리를 따라오는 수백 마리 소 중 한 마리를 도살할 때마다 세상엔 뼈가 늘어났어. 우린 소를 많이 죽이진 않았지. 워낙 큰 동물이라 한 마리를 잡으면 고기를 말려 차르키charqui●를 만들곤 했는데, 리즈는 그걸 기막힌 것으로 바꿔 놨어. 먼저 고기를 소금에 절인 다음, 아주 오랫동안 꿀과 카레에 재워 두는 거야. 다 됐다 싶을 때 불에 살짝 구우면, 입안에서 바삭바삭 씹히고, 혀에서 짭짤하고 달콤하고 매콤하게 녹아내려 뜨겁게 위장으로 넘어갔지. 목장에서도 그렇게는 안 해 먹었어. 소 한 마리를 통째로

● 얇게 썬 고기를 소금에 절여 햇볕과 바람에 말린 것. 남아메리카 안데스 지역에서 유래한 전통적인 쇠고기 육포. '건조된 고기'라는 뜻을 가진 케추아어 ch'arki에서 유래한다.

잡아 필요한 만큼만 먹고 나머지는 카라카라 밥으로 줬지. 피에로는 카라카라도 먹고 살아야 한다고 했는데, 나도 그 말이 맞다고 생각해. 하지만 그는 우리가 얼마나 많은 양의 사체를 만들어 내는지는 안중에도 없었어. 인디오와 가우초들은 대대로 소뿐만 아니라 맹금류까지 먹여 살려 왔으니까. 다시 내 공중 생활, 마차 안의 흔들리는 내 집 이야기로 돌아갈게. 말했듯이 우린 마차를 어둡고 서늘하게 유지했고, 그곳을 마치 동인도 회사 창고처럼 온갖 향기로 채웠어. 인도의 푸른 산에서 딴, 검정에 가까운 갈색 찻잎의 향기. 그 찻잎은 습기도, 부처가 세상의 고통 때문에 흘린 눈물에서 탄생했다는 그 떫은 향도 간직한 채 영국까지 운반되곤 했지. 고통은 차에도 담겨 와.

우리는 초록 산과 비를 마셔. 여왕이 마시는 바로 그것을 마시지. 우리는 여왕을 마시고, 노동을 마시고, 허리를 펴지 못한 채 찻잎을 따는 사람의 구부러진 등과 찻잎을 나르는 사람의 등을 마시는 거야. 증기 엔진 덕분에 더 이상 노 젓는 사람들의 등짝에 내리꽂히는 채찍질을 마시지는 않지만, 대신 석탄 광부들의 질식을 마시지. 그런 거야. 세상 모든 건 다른 무언가의 죽음으로 살아가지. "무無에서 생겨나는 건 아무것도 없으니까."라고 리즈가 나한테 설명해 줬어. 모든 것은 노동에서 나온다고. 스콘을 곁들여 먹고 마시는 것도 마찬가지라고. 리즈는 가끔 내가 구덩이를 파서 만든 화덕에 스콘을 구워 줬지. 노동이 많이 들어갈수록 한 입의 즐거움도 커지는 법이지, 리즈는 선언했어. 난 그렇다고 맞장구쳤지. 팜파의 거대한 하늘 아래서 함께 보낸 그 몇 달 동안, 난 늘 리즈의 말에 동의했거든. 반박하려고 맘먹으면 힘들이지 않고 할 수 있었어. 별로 큰 힘이 들지 않는 아사도를 보고 리즈가 얼마나 호들갑을 떨며 좋아하는지 지적하기만 해도 충분했겠지. 하지만 안 그랬어. 반박하지 않았지. 지금 생각하면 내가 꽤 잘 꿰뚫는 것 같아. 언젠가, 우리 사이의 거리가 투명했던 만큼, 아무 말을 안 했는데도, 리즈가 대답하더라고. 아사도가 만들어지는 데에 인간의 노동은 거의 안 들어가지만, 대신 동물의 숨이 끊어질 때의 고통이 필요하다고. 우리 주 그리스도조차 희생되기 위해 육신이 되셨고, 우리 모두의 영생을 위해 고난을 겪으셨다고. 스스로를 태우는 연료가 되지 않고 존재하는 세상이나 생명은 없었고, 앞으로도 없을 거라고.

첫 여행 내내 나는 아무것도 따지지 않았어. 그저 모든 것에 감탄했고, 감탄한 척했지. 감탄하지 않은 몇 번의 경우에도 말이야. 그게 내 첫 여행이었으니까. 난 모든 여행에 끝이 있다는 걸, 시간이 유한하다는 걸 온몸으로 알았어. 어쩌면 바로 거기에, 그 유한함 속에, 내 땅이 아닌 곳에서 집으로 돌아가야 한다는 것을 아는 데서, 매 순간의 찬란함과 입체감이 생겨나는 건지도 몰라. 나는 굶주린 듯 바라봤고, 이미지를 수집했고, 모든 것에 깨어 있으려 애썼어. 내 온몸, 내 피부 전체가 마치 우리가 사막에서 마주칠까 두려워했던 매복 중인 동물들, 고양잇과의 동물들, 퓨마 같은 동물들로 만들어진 것처럼 예민하게 깨어 있었지. 삶에 끝이 있다는 것을 아는 것처럼, 그 끝이 내 눈에 보이는 것처럼 말이야. 어떤 면에선 그랬을 수도 있어. 비만 오면 해골이 솟아나는 땅을 지나면서도 난 죽음에 대해 깊이 생각하진 않았어. 하지만 에스트레야와 리즈, 마차가 내 삶에 들어오기 전 그 더러운 몸의 감각만큼은 생생했지. 한 발을 땅에 내딛기만 해도 젖은 흙냄새가 훅 끼쳐 왔고, 기니피그들의 웅성거림에 귀가 먹먹했고, 바람이 불 때마다 몸을 떨었고, 잡초 사이 박하 향과 진흙에 박힌 주황색, 보라색 작은 꽃들의 향기에 취했고, 엉겅퀴 가시에 질리면 아팠어. 리즈의 요리는 입안에 침이 가득 고이게 했지. 리즈는 내가 진흙을 파 만든 부엌에서 그 푸짐한 아침 식사를 차려 내느라 온갖 재주를 부렸어. 스크램블 에그, 튀긴 베이컨, 토스트, 오렌지가 다 떨어질 때까지 바로 짜 마신 오렌지 주스, 차, 볶은 토마토, 흰 강낭콩. 리즈의 몸은 태양이 해바라기에게 하듯 나를 붙들어 줬어. 리즈가 날 봐 주지 않았다면 고개를 꼿꼿이 드는 게 얼마나 힘들었을까. 나는 중력처럼 끌어당기는 힘을 느꼈어. 우리를 서 있게 해 주는 바로 그 힘 말이야. 리즈는 나의 자극磁極이었고, 나는 나침반의 파르르 떨리는 바늘이었지. 내 온몸이 리즈를 향해 팽팽하게 당겨졌고, 그렇게 집중된 갈망으로 왜소해졌지. 나는 그 거대한 힘의 지배 아래 있다고 느끼기 시작했어. 어쩌면 영영 그럴 거라는 생각도 들었지. 세상은 타인과의 관계, 타인과의 끈을 통해서만 느낄 수 있는 거라고. 나는 내가 살아 있다고, 맹수 떼처럼 사납다고, 에스트레야처럼 사랑스럽다고 느꼈어. 에스트레야는 매일 아침과 모든 만남을 마치 기적처럼 맞이하거든. 마치 다시는 못 볼 수도 있었다는 걸 안다는 듯이. 내 작은 강아지는 알아. 우연과 죽음이 화약보다 더 사납다는 걸. 폭풍우처럼 언제든 들이닥칠 수 있다는 것도 다 알지.

영국의 과학

갑자기 모든 것이 고요해지고, 목초지가 흔들림을 멈췄어. 원래 팜파의 풀밭은 파도처럼 너울대거든. 무거운 침묵이 만물 위에 내려앉았지. 멀리 있는 줄 알았던 검은 구름이 순식간에 우리를 덮쳤어. 땅에 발붙인 우리 눈에는 그저 부드러운 질감으로 보였지만, 실은 짙은 회색과 옅은 회색의 소용돌이가 뒤엉켜 금방이라도 터질 듯 위기를 품은 상태였지. 육포가 될 고기를 마차 안에 들이는 그 짧은 시간 동안, 폭우는 맹렬하게 우리 위로 쏟아졌어. 격렬하게 번개가 내리꽂히며 나무들을, 때로는 동물들까지 바지직 태워 버렸지. 리즈는 마차에 프랭클린 피뢰침⊙이라는, 과학 발명품을 싣고 다녔어. 폭풍이 몰아치면 달려 나가 그 막대의 한쪽 끝을 지붕에 세우고, 연결된 한쪽 끝을 진흙 바닥에 찔러 넣었지. 효과는 있었어. 폭탄 같은 번개가 사방에 떨어져도 우리는 우산 아래 있는 것처럼 안전했으니까. 나는 우산을 사랑했어. 마차에 두 개나 있었지. 그중 하나는 내가 실험 중에 잃어버렸지만. 펼쳐서 바람을 막으려고 하다가 날려 보냈어. 그전에는 로사리오가 온 뒤부터 젖을 짜게 된 내 소를 위해 풀을 담는 자루로 썼고, 물을 담아 나를 수 있나 싶어 가죽 포대처럼 써 보기도 했지. 우리의 가우초 로사리오는 마부석에 짚으로 지붕을 만들어 놨는데, 비가 오면 에스트레야를 데리고 거기로 피신했어. 하늘이 온통 잿빛 스펀지 덩어리 같고, 빛이라곤 희미하고 칙칙하며, 푸르던 모든 것이 검게 변해 우리를 짓뭉개려 공모하는 것만 같은 그런 날에는 말이야. 리즈와 나는 흠뻑 젖은 채로 마차 안에 뛰어들곤 했어. 옷이 몸에 달라붙고, 머리카락에서 물이 뚝뚝 떨어지고, 신발 속에 물이 찰바닥거리는 꼴로. 비옷을 찾을 새라곤 없었지. 폭풍이 몰아치기 전의 공기, 공중에 멈춰 선 기운은 마치

⊙　미국의 과학자 벤저민 프랭클린이 1749년에 발명한 장치. '프랭클린의 막대'라고도 불렸다. 건물의 가장 높은 곳에 뾰족한 금속 막대를 세우고 도선을 연결해, 벼락을 안전하게 땅속으로 흘려보냄으로써 각종 피해를 막았다.

폭발을 위해 연료를 모으는 거대한 기계가 숨을 깊게 들이마시고 멈춘 상태 같았어. 아니면 밧줄을 끊기 직전의 맹수 떼가 멈춰 선 것처럼. 고요함 뒤에는 어김없이 광란의 움직임이 뒤따랐지. 갑작스런 어둠을 틈타, 금속성 번개에 번쩍이며 간신히 모습만 드러낸 세상을 휘젓듯 채찍질해 대는 저 바람의 폭력성 말이야. 하늘과 땅의 선 위로 새로운 선 하나가 더해졌어. 삐걱대고 부러지고 맹렬하게 날아가는 온갖 것들의 궤적, 원래는 고요 속에 머물고 싶었을 그 모든 것들의 선을. 고요함이야말로 팜파의 본질이니까. 이곳의 활동은 주로 땅 밑, 물질이자 대륙인 저 부식토에서, 무엇보다 거대한 모태母胎인 저 땅 속에서 일어나. 내 나라는 식물의 모험이 펼쳐지는 땅이야. 가장 중요한 일은 씨앗에게 일어나지. 소리 없이, 보이지 않게, 우리가 왔고 또 반드시 돌아가게 될 저 원초적인 진흙 속에서 펼쳐져. 씨앗은 어둠 속에서 습기를 머금고 부풀어 올라. 기니피그와 비스카차Viscacha○를 요리조리 피하고, 껍질을 터트려 줄기 내고 잎을 틔어 땅속 깊은 곳을 뚫고 나오지. 두 개의 떡잎으로 무장한 채 솟아올라 태양과 물에서 충분한 힘을 얻으면 떡잎을 떨치지. 바로 그때 소가 나타나. 땅이 갓 낳은 그

○　친칠라과의 설치류 동물이다. 페루, 볼리비아, 칠레 및 아르헨티나 고산 지대에 사는 야행성 쥐다. 큰 귀, 긴 꼬리, 동글동글한 몸집을 가져 토끼로 오인되곤 한다.

어린 풀을 소가 먹고, 번식하지. 소들은 천천히, 하지만 확실하게 여러 세대에 걸쳐 불어나고 결국 거의 모두 도살돼. 소들의 피는 씨앗이 있는 땅으로 떨어지고, 뼈는 카라카라와 지렁이의 먹이가 되고, 고기는 냉동선을 타고 영국까지 건너가. 사방에서 제국의 탐욕스러운 심장부를 향해 뻗어 나가는, 피 비린내 나고 차디찬 또 하나의 혈관을 타고 말이야. 우리 땅의 일이 모태의 일이야. 이미 내가 말했듯 소리 없고 보이지 않는 본원적인 과정, 모든 시작과 끝의 마그마와 연결된 과정이지. 하지만 영국의 일은 완전히 달라. 영국은 철과 증기의 섬, 지성의 섬, 땅과 살의 노동이 아닌 인간의 노동 위에 세워진 섬이니까.

육체, 육체란 얼마나 연약한지. 사막에서 예고 없이 우리 위로 불어닥친 폭풍우만큼이나 격렬한 운명에 휘둘리기 쉬워. 우리 둘은 마차 안으로 들어갔지. 옷을 벗고 랭커셔ㅇ 방적 공장에서 온 수건으로 몸을 말렸어. 그 면화는 미시시피 삼각주에서, 미국 흑인들의 등을 내리치는 채찍질 속에서 나왔겠지. 내가 만지는 거의 모든 물건이 나보다 세상을 더 많이 돌아다녔고, 내겐 그저 다 새롭기만 했어. 부드러운 실, 포근한 스펀지 같은 그 두

ㅇ　영국 면직물의 중심지.

툼한 수건이 우리를 감쌌지. 곧이어 잠옷, 양털 담요, 소가죽, 수지 양초의 작은 불빛, 찰나의 은빛 번개, 바람 소리, 빗소리로 깨진 어둠 속에서, 갈색에 가까운 노란 불빛이 희미하게 빛났지. 나는 리즈한테 기댔고, 리즈는 소리 내어 책을 읽어 줬어. 그날 밤, 아마 첫 폭풍이 몰아치던 밤이었을 거야. 아무튼 그 여정 내내 새로운 것의 기운이 감돌았던 게 기억나. 모든 게 다 처음일 수는 없었지만, 어쩌면 정말 그랬을지도 몰라. 내가 십사오 년 전 태어났던 바로 그 팜파에서, 난 다시 태어나고 있었으니까. 어쨌든 마차가 폭풍에 덜컹거리는 와중에 리즈는 내게 『프랑켄슈타인』을 읽어 주기 시작했어. 시체와 번개로 만든 괴물, 어머니도 아버지도 없는 불쌍한 괴물, 지금 우리 주변에 폭탄처럼 떨어지는 저 빛으로 영국의 과학이 만들어 낸 괴물, 프랭클린 피뢰침 같은 장치로 전기를 끌어모아 만든 외로운 괴물 이야기였지. 그날 밤 난생처음 느끼는 공포가 밀려왔어. 에스트레야도 그걸 냄새로 맡았는지 마차로 기어들어 와, 내 얼굴을 핥아 댔지. 로사리오도 무슨 일이냐고 물었어. 눈치 빠른 사냥꾼이니 그 역시 공포의 냄새를 맡았겠지. 내가 괴물 이야기를 해 줬더니, 로사리오가 마차 밖에서 고래고래 소리치기 시작했어. 리즈가 읽어 준 건 죄다 뻥이라고, 생명을 창조할 수 있는 건 번개 가진 그링고가 아니라 오직 신뿐이라고 했지. 만약 그게 뻥이 아니라면, 우리도 새로운 동물을 만들 수 있겠다고 말이야. 리즈가 로사리오한테 들어오라고 해서 위스키 세 잔을 따라 줬어. 그러고는 세 잔 더, 또 세 잔 더 따라 줬지. 나한테는 이미 로사Rosa, 리즈한테는 로즈Rose가 된 로사리오는 냔 두 다리에 퓨마 머리를 한 소를 상상해 냈어. 그래야 그 소들이 스스로를 지키거나 도망이라도 칠 수 있을 테니까. 오리발이 달린 양도 생각해 냈지. 강을 쉽게 건널 수 있게. 양털을 쓴 말도. 겨울을 잘 나게. 소가 주렁주렁 열리는 나무도. "양이 열리는 나무처럼." 하고 리즈가 맞장구쳤어. 이 수건에 쓰인 바로 그 면화가 처음 유럽에 전해졌을 때, 사람들은 거대한 나무에서 새끼 양들이 꽃봉오리처럼 자란다고 믿었다는 얘기를 해 줬지. 그 줄기가 아주 튼튼하고 유연해서 열매마냥 달린 양들이 매달린 채로 즐겁게 풀을 뜯어 먹을 수 있다고 생각했다나. "그것도 뻥이네요. 시체랑 번개로 만들었다는 그 가우초 놈처럼." 로사는 즐거워하며 결론을 내리고는 곧장 잠들어 버렸지. 리즈는 그를 안에서 재웠어. 이미 우리 침대로 파고든 에스트레야도 그냥 뒀지. 리즈는 내 이마에 입을 맞췄고, 나는 리즈를 끌어안았어. 나는 용 역시 영국의 과학 실험에서 전기로 만들어 낸 동물이 아닐까 궁금해하며 잠들었어. 어떻게든 그걸 알아내겠다고 다짐하면서. 과학에 대한 내 호기심이 무척 자랑스러웠지. 불과 얼마 전까지만 해도 일요일과 수요일, 1월과 7월도 구분 못 하던 나란 사람이 말이야. 살면서 그렇게 기뻤던 적은 거의 없었어.

공중에 뜬 채

환한 빛 때문에 놀라 늦게 잠에서 깼을 때 마차 안은 눅눅했고 찜통처럼 뜨거웠어. 나는 보통 해 뜨기 전에 벌떡 일어났거든. 전엔 없던 일이야. 파리 서너 마리가 윙윙거리다 내 얼굴에 앉기에 쫓아 버렸지. 전기로 만든 괴물들이 나오는 악몽을 꿨어. 빨간 눈을 한 양들이 번개를 쏘아 대며 하이에나 같은 이빨을 드러내는 꿈이었지. 우두머리는 검은 양이었는데, 푸른 뿔에 이빨이 무수히 많았어. 그 입이 꼭 하얗게 번뜩이는 칼날들의 숲처럼 보였지. 녀석이 날 통째로 삼킬 듯 입을 쩍 벌리고 덤벼드는 순간 잠에서 깼어. 난 겁에 질렸고, 심장이 어찌나 세게 쿵쾅거리던지 다들 깰 줄 알았어. 하지만 아니었지. 로사는 드르렁대며 코를 골았고, 리즈도 색색 잠들었어. 에스트레야만 눈치 채고 내 가슴 위로 올라와 다시 잠을 청했지. 녀석의 평온한 숨소리와 내 심장 위에서 뛰는 그 작은 심장 박동이 내 몸에 안정된 리듬을 찾아 줬어. 그렇게 나는 진정됐지. 잠시 누워서 마차 덮개를 때리는 빗소리를 들었어. 예전의 삶으로 돌아가는 공포, 그 네그라를 생각했지. 꿈속의 검은 양 때문에 그 여자가 떠올랐거든. 날 키워 준 그 여자는 뿔도 없고 이빨도 거의 없었지만, 그 양 못지않게 사나웠어. 타고난 분노를 가진 여자였지. 내가 고분고분 말을 잘 듣건 안 듣건 매일같이 몽둥이나 채찍으로 때렸으니까. 내 등엔 아직도 채찍 자국이 남아 있어. 도대체 어쩌다 그 여자 손아귀에 들어갔을까? 또다시 궁금해졌어. 내 어머니와 아버지는 어떻게 된 걸까? 프랑켄슈타인만 빼곤 다들 엄마 아빠가 있던데 말이야. 난 거기 누워 새삼 놀라움에 사로잡혔어. 왜 진작 엄마 아빠를 찾을 생각을 못 했을까? 네그라는 내가 아주 어렸을 때 집 문 앞에 놓인 궤짝에서 날 주웠다고 했어. 그 집엔 반질반질하게 윤이 나는 나무 궤짝이 하나 있었는데, 그 작은 마을 전체를 통틀어 가장 멋진 물건이었지. 나는 말이야, 육포랑 물을 챙겨서 그 안에 들어가 뚜껑을 닫고 숨도 죽인 채 가만히 있곤 했어. 기다렸던 거야. 내가 아는 한 기도에 가장 가까운 짓을 하면서. 어렴풋이 어디선가 들어 본 적 있는 신께 날 여기서 꺼내 달라고 빌었지. 이런 기도를 되풀이하는 거지. '하느님, 제발 저 좀 꺼내 주세요, 하느님, 제발요. 하느님 아버지, 제발 저 좀 여기서 꺼내 주시라고요.' 아니면 그 궤짝이 진짜 내 집이고, 그들이 궤짝 안에 내가 있나 들여다 볼 거라고, 내가 없으면 그냥 가 버릴지도 모른다고 굳게 믿었는지도 몰라. 그래서 틈만 나면, 네그라와 네그라의 남편이 딴 데 정신이 팔렸거나 사탕수수술에 떡이 돼서 쓰러졌거나 장을 보러 잡화점에 가고 없을 때마다 그 궤짝 안에 기어들어 갔어. 네그라는 날 찾아낼 때마다 머리채를 잡고 끌어내서는 채찍으로 내 가죽에 자국을 새겼지. 게을러빠졌다면서. 좀 더 커서도 나는 계속 그런 몽상 속에서 살았어. 네그라는 비웃으며 내 엄마는 목장 주인들한테 몸 파는 외국 여자 중 하나일 거라고 말하곤 했어. 내 몸 위엔 에스트레야, 옆엔 리즈, 몇 미터 떨어진 곳 그러니까 이미 너무 멀어진 곳엔 로사가 있던 그날 밤, 난 하느님께서 내 기도를 듣기는 하셨는지 궁금했어. 예전처럼 울면서, 아직 울음이 나던 시절처럼 소리 없이 눈물만 줄줄 흘리면서 말이야. 내 눈물은 꼭 저 멀리 강물이 불어 범람하는 것처럼 흘렀지. 말 없이 순수한 물. 그러다 내 생각은 '목장 주인한테 몸 파는 여자'라는 말에 머물렀어. 전에는 한 번도 생각 안 해 봤는데, 내가 목장 주인의 딸일 수도 있잖아? 난 그걸 먼저 알아보고, 용에 대한 건 나중에 생각하기로 맘먹었어. 이미 리즈한테 배웠거든. 모든 일엔 순서가 있고, 한 번에 하나씩 해야 한다고. 난 마음 편히 잠들었어.

　　마차에서 나왔을 때 아직 차가 뜨거웠어. 로사는 불 피우는 재주가 비상했거든. 사방 몇 킬로미터 내에 마른 나뭇가지라곤 없었을 텐데 말이지. 마른 건 정말 없었어. 마차 바퀴 하나가 진흙 속에 이삼 피트◑ 정도 깊이 박혔어. 단단한 갈퀴 모양 길에서 벗어난 거지. 사막에는 무한한 생명이 있었어. 땅 밑에는 동물들이 판 미로 같은 굴들이 층층이, 때로는 평행하게 때로는 교차하며 펼쳐졌어. 그래서 엄청난 수확이 가능한 걸 거야. 내가 지금 하는 이야기의 여정이 다 끝날 때까지 그 광활한 땅은 경작되지 않은 곳이었지만, 그 지하 터널들

◑　주로 영미권에서 사용되는 길이 단위로 1피트는 약 30.48cm에 해당한다.

덕분에 통기성이 좋아서 뭐가 됐든 심기만 하면 뿌리가 잘 내릴 테지. 비스카차는 부지런하게 일하는 동물이라 마치 기독교인처럼 작은 손들을 써서 깊은 저장 창고를 파고 그들이 발견한 모든 것을 모아 둬. 부드러운 새싹, 풀, 뿌리, 씨앗, 과일 같은 것들 말이야. 그런 저장고가 기니피그의 굴 바로 밑에 있으면 거대한 십자가 모양의 빈 공간이 생기는데, 재수 없게 마차 바퀴가 그 위를 지나가면 땅이 꺼져 버려. 그러면 마차는 진흙과 짓눌린 새끼 짐승들의 내장 범벅 속에 처박히는 거지. 그날 낮에는 물에 잠긴 굴속을 헤엄치는 동물들이 보였어. 깔려 죽지 않고 살아남은 제 새끼들을 입에 물고 구하려고 필사적으로 오가더라고. 온통 진흙투성이인 땅이 속살을 드러냈어. 굴과 터널이 얽히고설킨 게 다 보였지. 어떤 건 더 깊고, 어떤 건 깊고, 어떤 건 얕고, 어떤 건 곧고, 어떤 건 굽었는데 죄다 교차되며 뒤엉켰어. 한 발자국 떼는 게 고역이었지. 땅에서 발을 뽑아내야 했으니까.

리즈와 로사는 완전 지쳤어. 땅이 마를 때까지는 꼼짝도 못 할 처지였거든. 소들은 진흙탕에 빠져 허우적거리며 울어 댔고, 그 성격 급한 말들조차 발 디딜 곳을 고르느라 굼뜨게 움직였어. 등에 떼가 우릴 물어뜯었지. 하지만 새들이 나타났어. 온 하늘을 시끄럽게 채우더니 웅덩이에서 물장구를 치고 소리쳤지. 꼭 물에서 태어난 것처럼, 물에 몸을 적시기 전까진 죽은 듯 숨었다가 깨어난 것처럼, 녀석들의 삶도 어떤 식으로든 씨앗의 순환과 연결된 것처럼 보였어. 매미와 두꺼비, 개구리들도 비를 내려 준 하늘에 감사하며 합창하듯 울어 댔어. 태양이 진흙탕에서 피워 올린 수증기 속에는 벌들도 있더라. 녀석들은 어디 가지 않고 그저 공중에 뜬 채 윙윙거렸지. 여름의 열기가 절정을 향해 치달았어.

멀리 옴부나무가 보였고, 그 뒤로 개울 비슷한 게 보였지. 아버지 먼저, 용은 나중에 라는 우선순위가 생기자 머리가 맑아졌어. 나는 다 같이 목욕하고, 밥 먹고, 옴부나무 아래서 낮잠 좀 자다가 해 질 녘에 출발하자고 제안했지. 충분히 가능한 일이었어. 갈퀴 모양 길도 충분히 굳어 보였으니 우리만 조심하면 됐거든. 우리는 먼저 풀을 모았어. 젖은 풀을 마체테machete◉로 잔뜩 거둬다가 진흙탕 속에서 넋이 나간 소들에게 먹였지. 몇 시간 뒤에 출발하려면 힘을 써야 할 테니까. 그러고는 나

◉ 날이 넓고 긴 칼. 풀이나 덤불, 사탕수수 등을 거두는 데 쓰이는 농기구. 무게중심이 칼날 앞쪽에 쏠려 있어 도끼와 사용감이 유사하며, 식민지와 독재 시절 저항과 혁명의 상징적인 무기로 사용됐다.

무 아래로 가서 차를 한 번 더 끓였고, 리즈는 꿀 케이크를 꺼냈어. 마차 안엔 정말 무궁무진한 세상이 있었지. 우린 내 평생 가장 긴 아침 식사를 했어. 일행한테 내 계획을 들려줬지. 용 얘기엔 리즈가 웃음을 터트렸지만, 목장주 아버지 얘기는 아주 그럴싸하다고 했어. "그런 일은 항상 일어나는 법이야."라고 했지. 리즈는 신이 나서 여러 예를 들더니 결국 마차에서 책을 한 권 가져왔어. 『올리버 트위스트』●였지. 책을 읽기 시작했어. 올리버 트위스트는 영국의 고아인데 가족을 찾으면서 운명이 바뀌었대. "흠결 없는 도덕성을 보면 좋은 집안 출신이라는 게 딱 티가 나."라고 리즈가 말했어. "나도 가족을 찾을 거야. 아니 이미 찾았는지도 몰라." 내 말에 리즈가 맞장구를 치며 내 머리를 쓰다듬어 줬어. 하지만 나한테 다른 가족도 있었지. 낳아 준 가족 말이야. 그쪽은 아직 못 찾았거든.

● 영국 작가 찰스 디킨스의 소설. 19세기 영국의 산업 혁명을 배경으로 고아 소년 올리버 트위스트의 파란만장한 인생 역정을 그린다. 영국 사회의 불평등한 계층화와 산업화의 폐해를 날카롭게 비판했다는 평을 받는다. 고아 소년 올리버는 자신의 출신과 가족에 대한 정보를 알게 되면서 많은 유산을 상속받는다.

우리는 한 마리 한 마리
동물들한테 낙인을 찍었어

우리는 해 질 녘에 출발했지. 그날의 빛에 대해선 다시 말하지 않을래. 꽃은 피었지만 불과 조금 전까지 거칠고 가시투성이였던 잡초들마저 그 빛이 얼마나 부드럽게 만들었는지도 말 안 해. 그 시절 팜파는 키 큰 사람보다 더 높게 자란 보라색 꽃봉오리의 엉겅퀴 천지였어. 마부석에서 보면 대지는 온통 보라빛으로 잔잔히 물결쳤지. 길을 트며 앞장선 황소들은 바로 그 엉겅퀴만큼이나 온통 가시와 꽃을 뒤집어썼어. "네 발 달린 식물, 선인장 소, 과학이 만든 동물이 됐네."라고 로사가 말했지. 로사는 소들이 그럴 만해서 쇼털을 빗겨 준다고 했고, 그래서 소들도 로사를 좋아했던 것 같아. 풀어 줘도 로사를 얼마간 따라다녔거든. 소들은 로사 말고 거의 모든 것에 무관심해 보였어. 멍에의 무게 때문이었을 거야, 가엾은 짐승들. 노동은 영혼을 무뎌지게 하는 법이니까. 우리는 이미 엉겅퀴로 뒤덮여 희미해진 인디오들의 발자국 흔적을 따라 조용히 앞으로 나아갔지. 인디오들은 고양이처럼 가벼웠고, 은밀함과 기습 공격이 특징이라 흔적을 거의 남기지 않았어. 우리는 좀 겁이 났지. 아주 많이 난 것은 아니었고. 반은 인디오인 로사가 있었으니까. 본인은 그렇게 말했지만, 딱히 그래 보이진 않았어. 그는 백인이고, 눈썹이 하나로 이어졌으며, 인디오라기보다 스페인 기니피그처럼 보였지. 털이 북슬북슬하고 부지런해서 늘 손으로 뭔가를 하고 있었거든. 로사는 딱 반만 인디오였어. 아버지의 어머니가 과라니족이라 과라니어를 할 줄 알았지. 사푸카이sapukái◉를 내지르는 법도 알아서 우리한테 시범을 보여 줬어. 눈은 충혈되고, 목부터 머리까지 핏대가 바짝 오른 채 얼굴이 시뻘개져서

◉　과라니어로 '큰 함성'을 뜻한다. 아르헨티나, 파라과이, 우루과이에 있는 과라니족의 문화권에서 흔히 볼 수 있는 행위다. 누군가를 부르거나 기쁨을 표현할 때 지르는 길고 날카로운 고함을 일컫는다.

울부짖더라고. 진짜 기니피그들은 달아나고, 치망고들은 날아가고, 소들은 얼어붙고, 리즈의 얼굴은 공포로 일그러지고, 에스트레야는 로사를 못 알아보고 지칠 때까지 짖어 댔어. 그걸 보자니 사푸카이를 제대로 한 게 맞구나 싶었지. 사푸카이 중인 로사는 좀 무서웠어. 딴사람 같았거든. 파콘을 든 가우초, 그가 늘 말하던 진짜 가우초 같았지. 우리가 테우엘체tehuelches❶들한테 곧장 가는 중이라고 아무리 설명해도 소용없었어. 로사는 인디오끼리 서로 통한다고 우겼으니까. 그가 진짜 무서워한 건 요새였어. 얼마 전에 탈영했댔나? 자기도 시간은 잘 모른다는데, 여러 번의 여름과 겨울이 지났고, 북쪽에서 닥치는 대로 소를 몰고 내려왔다고 했어. 리즈랑 내가 계산해 보니 탈영한 지 십 년은 된 것 같았어. 우리는 소 떼를 갖고 싶었어. 리즈는 치즈를 만들면 된다고, 번영은 일하는 자에게만 온다고 믿었지. 리즈가 꾀를 하나 냈어. 자기 부부한테 아르헨티나 농장 관리를 맡긴 목장 주인의 낙인을 소들한테 찍자는 거였지. 문제는 낙인이 없었다는 거야. 내가 마차 차축을 받치는 큰 쇠고리를 찾아

---

❶　남아메리카 파타고니아Patagonia의 원주민으로, '아오니켄크Aónikenk'라고도 불린다. 유목 사냥꾼이자 수집가로 체격이 크고 용맹한 것으로 알려졌다. 현재 아르헨티나에 약 2만 7천여 명이 살고 있으며, 일부 후손은 여전히 테우엘체 말을 사용한다.

냈어. 그걸로 충분해 보였지. 우리는 한 마리 한 마리 동물들한테 낙인을 찍었어. 모두 삼백마흔일곱 마리였지. 우리가 얼마나 더디게 움직였는지는 말 안 해도 알 거야. 소 떼와 마차, 말 타기 좋은 갈퀴 모양 길 말고는 길도 없는 황무지, 발 디딜 때마다 위협해 오는 수렁과 비스카차 굴까지. 뭐 하나 도 와주는 게 없었어. 나도 안 도와줬고. 난 도착하고 싶지 않았거든. 괄호 같은 시간 속, 그 영국 남자 없는 마차 안에서 우리 넷이 영원히 살고 싶었어. 난 리즈가 남편 없이 지내길 바랐지. 원했어. 뭘 원 하는지도 모르면서 원했어. 리즈가 나를 사랑하기 를, 나 없인 살 수 없기를, 나를 꼭 안아 주기를, 리 즈의 베개 옆에 있는 것이 내 베개이기를 원했어. 나는 동물들한테 낙인을 찍는 데 사흘을 끌었어. 낮잠 시간을 늘렸고, 마차에 있던 위스키 세 통을 넉넉히 담아 모두한테 따르며 그들이 수다를 떨 게 부추겼지. 두렵고도 절망스러웠어. 마차가 어린 시절의 궤짝처럼 느껴졌지. 친구들이 궤짝으로 왔 고 그 궤짝에 바퀴를 단 거라면 그건 또 다른 세상, 진짜 내 세상 아닐까. 마차 말고 모든 건 위협이었 어. 네그라, 피에로와의 삶, 다 쓰러져 가는 오두막, 내가 알던 잔혹한 침묵의 세계. 땅과 고기, 소, 비와 가뭄, 험담 말고는 아무 할 말이 없었지. 이러저러한 농장 일꾼이 이런저런 여자랑 잤다는 둥, 아무개의 자식이 알고 보니 자기 형제이며, 제 아비의 자식이자 손자라는 둥, 목장 주인이 왔다는 둥 안 왔다는 둥, 오면 상을 줄까 벌을 줄까, 인디오의 기습이 있을까 없을까 하는 얘기 말고는 할 말이 없었어. 기습은 없었지. 이미 인디오들은 내륙 깊숙한 곳으로, 사막으로, 지금 우리가 선 곳으로 쫓겨 났으니까. 노인들은 옛날을 기억했어. 인디오 무리가 회오리바람처럼 재빠르게 나타나 싹 다 죽여 버렸던 때를. 메뚜기 떼보다 더 했대. 사람과 소는 물론 개까지 다 죽였다는 거야. 성당이 없는 것도 인디오들이 예배당 안에 사람들을 가둔 뒤 산채로 태워 버려서 그렇다더군. 내 아이들을 맡아준 노부부 중 남편이 그때 어린애였는데, 나무 위에서 다 봤대. 비명 소리를 듣고, 살이 타는 냄새를 맡으며 꼭대기 가지에서 두려움에 몸이 굳어 말도 잃은 채 이교도들을 깔아뭉갤 신의 번개만 기다렸다는 거야. 이틀이나 거기 있다가 겨우 내려왔대. 겁에 질려서도 인디오들이 당장은 돌아오지 않을 거라고 굳게 믿으면서. 더 이상 훔칠 것도 죽일 것도 없었으니까. 신의 번개가 사막에서 인디오들을 내리쳤을 거라고 믿었다지. 그는 요새로 도망가서 살다가, 옛 목장 주인이 새로운 소 떼와 가우초들을 데리고 왔을 때 다시 돌아왔어. 거의 붉은색에 가까운 갈색 얼룩이 있는 아름다운 흰 소들. 내 어린 시절 소들은 거의 다 그런 영국 소들이었어. 배를 타고 온 소들. 내가 알던 노인들도 거의 다 그런 사람들이었지. 기습malónⓞ에서 살아남은 사람들. 그들은 인디오들이 말도 할 줄 모른다고 했어. 짐승처럼 울부짖고, 퓨마처럼 찢어발긴다고, 신도 자비도 모르고, 애정도 몰라서 여자들을 강간하고, 자기네 아기들보다 살이 더 연해서 기독교인의 아기들로 스튜를 끓여 먹는다고 했지. 피부색이 더 어두울수록 더 강하다는 건 상식이니까. 가우초들은 그렇게 말했어. 강인함을 뽐내는 거지. 목장 주인들과 달리 자기들은 피부색이 많이 어둡고 아주 사내답다고, 괜찮다고 말하면서 말이야. 사내답고 강인해서 거친 일을 하는 거라고. 가우초들은 금발에 뺨이 분홍색인 젊은 목장 주인이 소를 몰고 망아지를 길들이거나 낟두 사냥하는 꼴을 비웃으

ⓞ 17세기부터 19세기 무렵 아르헨티나와 칠레의 식민지 및 독립 초기에 마푸체 원주민이 스페인인 등 백인 정착지나 요새, 농장을 상대로 감행했던 기습 공격. 아르헨티나에서 '말롱malón'은 원주민의 영토 방어와 대항을 상징하는 역사 개념으로도 해석되며, 한편 스페인어에서 '거친 사람'이라는 의미로도 사용된다.

면서 낄낄댔어. 그들은 로사스Rosas○도, 초대 목장 주인도 기억하지 못 한 거야. 젊은 목장 주인들이 주로 프랑스에서 지내다 어쩌다 한 번 오기라도 하면 가우초들은 '도련님'이라고 부르면서 깍듯이 모시곤 했어. 만약 꼬리가 있었다면 다리 사이로 말아 넣어야 했겠지. 웃긴 건, 일대일로 붙으면 자기들이 이길 거라고 확신했다는 거야. 대체로 맞는 말이었어. 파콘을 들고 붙었다면, 가우초는 상처 하나 없이 멀쩡하게 걸어 나왔을 테니까. "아님 말을 타고 질주했겠지." 하고 로사가 말했지. 위스키를 거나하게 마신 어느 새벽, 로사는 마치 사랑을 고백하는 사람처럼 자기 이야기로 우리를 융숭하게 대접하기 시작했어. 우리 손에 자길 맡긴 거야.

○   후안 마누엘 데 로사스Juan Manuel de Rosas는 아르헨티나 역사상 가장 유명하고 강력한 권력자 중 한 명으로, 1829년부터 부에노스아이레스 주지사를 맡아 1852년까지 약 20년에 걸쳐 철권통치를 한 정치인이다. 지방의 지도 세력인 '카우디요Caudillo' 중 한 명으로 중앙 정부의 통제가 미치지 않는 지방에서 카리스마와 무력을 바탕으로 권력을 장악했다.

고아의 운명

로사의 운명 또한 고아guacho❍의 운명이었지. 그는 얼굴에 피를 흘리며 어머니의 집을 떠났어. 어머니를 떠나고 싶지 않았지만, 다음에 또 맞서면 계부가 자길 죽일 거라는 걸 알았거든. 어린 가우초는 파콘 한 자루와 망아지 비스코 말고는 아무것도 없이 길을 떠났어. 며칠 동안 계속 길을 갔지. 그렇게 생각하더라고. 로사는 그때 기억이 거의 없대. 얼굴은 욱신거리고, 상처 주변엔 파리들이 꼬

❍　스페인어로 '과초'는 고아孤兒 또는 어미를 잃은 새끼 동물을 뜻한다. 아르헨티나와 우루과이에서는 종종 버려진 존재 또는 쓸모없는 사람이라는 의미로 상대를 낮잡아 부르는 말로도 쓰인다. 가우초Gaucho와 마찬가지로 케추아어에서 유래했다는 설이 있으며, 두 단어 모두 사회적 주변인을 뜻하는 어원의 유사성이 있다.

이는 데다 코리엔테스Corrientes◑ 지방의 뙤약볕에 눈이 멀 지경이었으니까. 그러다 기절하고 말았지. 어쩌다 그렇게 된 건지 모르지만, 말은 집으로 돌아가는 대신 자기 등에 업은 로사가 얼마나 허약해졌는지 안다는 듯 천천히 걸어서 어느 목장에 다다랐어. 가우초 여러 명이 로사를 발견해 숙소로 옮겼고, 한 노파가 약초와 고약을 발라 주며 그가 기억 못 할 주문 같은 말들로 상처를 치료해 줬어. 말을 할 수 있게 됐을 때, 로사는 노파한테 겪은 일을 털어놨지. 노파는 로사를 가엾게 여겨 다 쓰러져 가는 오두막에 자리를 내줬대. 바닥에 가죽을 깔고 불 쬐며 잘 권리를 준 거지. 노파는 혼자였어. 남편은 죽고 아들은 몬토네라montonera◐를 따라 떠났거든. 노파는 호박과 만디오카mandioca●

◑　아르헨티나 북동부에 위치한 주. 아르헨티나는 1개의 연방 지구와 23개의 주州로 이루어져 있으며, 코리엔테스 주는 파라과이와 접경한다. 습지와 아열대 기후로 유명하다. 과라니 원주민 문화의 영향을 강하게 받았다.

◐　19세기 아르헨티나와 우루과이의 독립 전쟁 및 내전 당시 활동했던 비정규 가우초 기병 부대. 카우디요를 따르는 가우초들로 구성되었으며, 정규 군사 훈련을 받지 않았으나 뛰어난 승마술을 바탕으로 창과 칼을 들고 게릴라 전술을 펼쳤다.

●　남아메리카 원산의 작물로, '카사바cassava'라고도 한다. 뿌리는 구황작물로서 감자처럼 쪄 먹거나 타피오카 가루로 만들어 빵이나 전분 요리의 재료로 사용한다.

농사, 목장 관리인capataz●의 자비에 기대 살았지. 로사가 함께 지내면서 노파의 형편이 좀 폈어. 로사는 어렸지만 야생마 다루는 솜씨가 제법이라 승마용 말을 조련할 줄 알았거든. 아직 턱수염도 안 난 녀석한테 온갖 사나운 망아지들을 맡기기 시작한 거지. 로사는 망아지들을 때리지 않았어. 말을 걸고 목을 쓰다듬어 줬지. "나만의 방—법—이 있거든."이라며, 로사는 기막히게 맛있는 음식을 먹듯 그 방법이라는 단어를 한껏 음미하곤 했어. 어렵게 배운 단어라 그런지, 마치 황금 담뱃갑을 꺼내는 사람처럼, 자길 드높이는 보석이나 왕관을 꺼내 보이듯 그 단어를 발음했지. 가우초들은 그 방법에 넋을 잃었어. 로사가 말들한테 마법을 건다고 믿었고, 술에 거나하게 취하면 귀찮게 굴었지. 가르쳐 달라고 조르면서 말이야. 그냥 말한테 부드럽게 말을 걸고 안아 주는 거라고 해도 안 믿고는 사나운 황소 우리에 처넣어서 소들도 잘 구슬려 보라고 으름장을 놓곤 했어. 무슨 말을 해도 안 통했대. 자기는 누구나 써먹을 수 있는 방법을 가진 것뿐인데 다른 가우초들이 믿질 않았다더라고. 그 무렵 로사한테 여자 친구가 생겼어. 마리아라는

● 작업반장 또는 십장. 스페인어로 '카파타즈'라고 한다. 목장인 '에스탄시아estancia'나 농장에서 주인인 '파트론patrón'을 대신해 가우초 등을 감독하고 업무를 총괄하는 우두머리이자 실질적인 작업 책임자로서 현장에서 큰 권위를 가졌다.

이름의 가우초였는데, 숙소에서 머리 땋은 게 가장 길었고, 튀김 토르타torta❶도 잘 만들었고, 작은 목소리로 조곤조곤 얘기도 잘하고 옛날이야기도 잘했대. 둘이 함께 습지에 가는 걸 좋아했지. 로사가 만든 뗏목에 올라탔고, 부레옥잠을 헤치며 노를 저었어. 악어 입에 막대기를 찔러 넣으며 놀았다지. 물론 긴 막대기로 멀리서 찔러 넣었고, 이 놀이를 자주 한 건 아니었어. 악어들이 방심한 왜가리를 한입에 꿀꺽 삼키는 꼴을 보면 알 수 있거든. 녀석들이 맘만 먹으면 뗏목쯤은 확 뒤집어 버릴 수 있다는 걸. 안 그래서 천만다행이지. 마리아랑 뗏목을 타고 섬에 가면 온통 웃음과 키스뿐이었어. 로사에게는 사랑하는 사람이 있었고, 정붙인 노파도 있었고, 자기만 탈 수 있는 말 비스코도 있었지. 게다가 집으로 돌아가 그 빌어먹을 가우초 놈한테서 어머니를 해방시킬 계획도 있었어. 바로 그때 목장 주인이 목장에 도착한 거야. 길고 누런 턱수염을 기른 노인이었는데, 태양처럼 보였고 좋은 사람이었나 봐. 밀린 임금을 지불하고, 구워 먹으라고 소 반 마리를 내주고, 초콜릿을 만들게 하고, 기타를 꺼내 춤판도 벌였지. 주인 어르신 만세! 다들

---

❶　빵. 밀가루, 소금, 물 등을 넣어 둥그렇게 만든 반죽으로 만든 '튀김 빵torta frita'을 뜻한다. 토르타는 스페인어권에서 매우 다양하게 쓰이는 말로, 케이크나 파이를 가리키기도 한다.

소리쳤어. 젊은 여자, 젊은 남자, 앵무새, 큰앵무새, 소, 말, 두꺼비, 댕기물떼새, 귀뚜라미들 할 것 없이 모두. 목장 주인은 아들을 데려왔는데, 금발에 예민해 보이는 도련님이었대. 도련님은 안경을 썼지. 안경 쓴 가우초를 본 적이 없긴 하지만 말이야, 아버지는 아들을 남자로 만들고 싶어 했어. 가우초들이 데리고 다니며 동물한테 팔맷돌 던지는 법, 올가미를 던져 붙잡는 법, 사냥하는 법, 말 타고 강 건너는 법, 비를 맞으며 계속 길을 가는 법, 태양을 견디는 법, 결투하는 법을 가르쳤지. 항상 도련님이 이겼어. 가우초들이 다 져 줬으니까. 늙은 목장 주인은 로사가 승마용 말을 길들이는 방식을 맘에 들어 했지. 로사는 말들을 다치게 하지 않았거든. 늙은 주인은 "너는 너만의 방법이 있구나."라고 말했고, 그제야 로사는 자기 재능에 이름을 붙이게 된 거야. "내 아들한테도 그 방법을 가르쳐 주렴." 가르쳐 보려 했지만 그 금발 녀석은 안 됐어. 싹수가 노랬지. 전혀 못 배웠어. 그래서 로사가 밤새 망아지들을 길들여 놓으면, 도련님은 아침마다 의기양양하게 타고 다니며 자기에게도 그 방법이 있다고 착각했지. 도련님이 뗏목을 태워 달라고 해서, 로사가 악어 얘길 해 줬대. 도련님은 걱정하지 말라며 권총 두 자루를 가져왔고, 둘은 악어 두 마리를 잡아 와 구워 먹었어. 금발 녀석이 포도주를 가져와 같이 마셨고, 결국 둘은 친한 친구처럼 끌어안았어. 그러고 나선 같이 녀석 아버지의 땅을 함께 질주하곤 했지. 항상 도련님이 앞서가게 우선권만 주면 평화로웠어. 어느 날 오후, 녀석이 사탕수수술을 진탕 마시고 취해선 비스코를 타겠다고 나섰지. 로사는 안 된다고 했어. 오직 나만 비스코를 탈 수 있다고, 비스코는 내 말이고, 내 목숨을 구해 줬고, 몹시 아낀다고, 비스코는 어머니가 남겨 준 전부라고도 했지. 그랬더니 금발 녀석은 하찮은 고아 놈도 타는데 나라고 못 타겠냐며 비스코의 등에 올라탔어. 로사가 말의 귓가에 대고 부드럽게 말을 걸며 저항하지 말라고 했지. 말은 걷기 시작했고, 모든 것이 순조로워 보였어. 금발 녀석이 두어 번 채찍을 휘두르기 전까지는 말이야. 채찍을 맞자 비스코가 울부짖으면서 무섭게 날뛰어 녀석을 내동댕이쳤지. 로사가 그를 일으켜 주려고 달려갔어. 비스코가 그대로 근처를 서성이자, 그 금발 녀석은 다시 올라타더니 사납게 채찍을 휘둘렀지. 비스코는 또다시 녀석을 내팽개쳤고, 금발 녀석은 일어나자마자 고삐를 붙잡고 칼을 뽑아 말의 목을 베었어. 로사는 비스코의 눈빛을 두고두고 기억한대. 손쓸 도리가 없어진 그 불쌍한 녀석은 도움을 청하며 애타게 로사를 바라봤고, 로사는 곧장 금발 녀석한테 달려들어 마구 두들겨 팼지. 그 몹쓸 놈은 희생자라도 된 양 비명을 질렀고, 다른 가우초들이 달려와 놈을 구하고 로사를 때렸어. 로사가 정신을 차려 보니 말뚝에 사지가 묶였더래. 잠시 후 금발 녀석이 다가와 "감히 날 쳤겠다? 이 빌어먹을 인디오 새끼야. 맛 좀 봐라." 하더니 좆을 꺼내 로사한테 오줌을 갈겼어. 가우초들은 녀석에게 져 줬을 때처럼 마지못해서 웃었지. 밤이 되자 그들이 로사를 불쌍히 여겼고, 가장 어두운 틈을 타 그를 풀어 줬어. 로사는 가장 좋은 말을 타고 도망쳤대. 산속 깊이 숨어야 했지. 매질에 삭신이 쑤셨거든. 수색대가 왔지만, 금발 녀석 빼곤 아무도 로사를 잡고 싶어 하지 않아서, 로사는 잊히거나 행방불명으로 여길 때까지 거기서 숨어 지냈어. 금발 녀석을 기다린 거지. 로사는 말을 탄 채 혼자 있는 놈을 덮쳤어. "둘 다 말에서 떨어졌어요. 녀석은 권총을 꺼내 저를 쏘고, 저를 마구 때렸어요. 하지만 제가 파콘을 못 쓸 정도는 아니었죠. 저는 놈을 칼로 찔렀어요. 어깨를 찌르고, 칼을 빼내 목에다 새로 구멍을 뚫어 버렸죠. 널브러진 놈을 그대로 둔 채 놈한테 침을 뱉고 오줌을 갈겼어요. 그러곤 말을 타고 전속력으로 달렸어요." 그는 또다시 상처 입었고, 파콘 한 자루만 쥔 채 말과 길을 떠났어. 이번에는 처음 나섰던 반대 방향이었지. 로사는 집으로 향했어. 어머니는 로사를 보자마자 울면서 가라고 애원했대. 동생들도 계부가 격분할까 봐 무서워서 울었지. 로사는 다들 밖으로 나가라고, 나무 뒤에 숨으라고 했어. 어머니는 제발 그러지 말라고, 봐 주라고, 그 정도는 아니라고, 누가 모두를 먹여 살리겠느냐고, 이러다 사랑하는 널 죽일까 봐 겁난다고 매달렸어. 로사는 듣지 않고 오두막 안에 앉았어. 어머니가 끓이던 스튜 냄비가 부글거렸지. 계부가 들어왔어. 다들 어디 갔냐고, 어딜 어슬렁거리냐고, 이 빌어먹을 따페tape◌ 새끼야, 뭐 찾냐? 했고 로사가 너 찾는다, 이 망할 잡놈 새끼야, 라고 했어. 그러자 계부가 자기 파콘을 꺼내며 뭐? 날 더러 인디오라고? 칼을 뽑아라. 누가 주인인지 알게 될 테니, 하고 소리쳤대. 로사도 파콘을 꺼냈어. 둘은 냄비 주위를 돌면서 서로를 쟀지. 늙은 놈이 팔을 뻗어 로사 가슴을 노렸고, 로사는 피하면서 상대를 밀쳤어. 놈

◌ 브라질 남부 해안 인근 지역에 살던 과라니족 혹은 원주민 혼혈을 낮잡아 부르는 말.

이 넘어졌고, 로사가 달려들어 놈의 몸을 뒤엎고는 말 타듯 엉덩이에 올라타 머리채를 움켜잡고 말했지. 이 썩을 놈아, 네가 우리 엄마 때리고, 내 얼굴을 긋고, 내 동생들을 두들겨 팼겠다. 그러고는 놈의 목을 반으로 갈라 버렸어. 놈이 죽어 가는 걸 느꼈지. 그 증오스러운 몸뚱이가 펄떡거리는 것을, 마침내 생명이 그 몸에서 빠져나가는 것을, 피가 살가죽 위로 퍼지며 생명이 옅어지는 것을 전부 느낀 거야. 로사는 일어서서 시체를 밖으로 끌고 나갔어. 동물 가죽도 꺼내 시체를 덮었지. 어머니께 안으로 들어가서 애들한테 밥 주시라고 소리쳤대. 그러고는 놈의 시체를 습지 안쪽으로 1레구아쯤 끌고 가서 네 마리 악어 떼 근처에 던졌지. 로사는 먹잇감이 도망 안 갈 걸 알고 천천히 깨어나 다가오는 악어들을 지켜봤어. 악어들은 시체를 먹어 치웠지. 로사는 집으로 돌아가 어머니께 작별을 고했고, 바로 손아래 동생한테 이제 네가 가장이라고 일러 주곤 피가 다 빠져나간 사람처럼 집을 떠났어. 다시는 돌아가지 않았지.

나는 다리를 불태웠어

"소 기생충들이야, 가축에게 생긴 이지." 어느 날 리즈가 나한테 말했어. "데얼 아 카우즈 파라사이츠, 캐틀 라이스*they are cow's parasites, cattle lice.*" 정확히 떠올리자면 이런 말이었지. 리즈는 딸기가 빨갛다고 말할 때처럼 열정도, 심지어 경멸도 없이 가우초들에 대해 말했는데, 그 목소리는 완벽하게 중립적이었어. 말한테 붙은 기생충이기도 해, 나는 경멸을 담아 덧붙였지.

나는 다리를 불태웠어. 떠나려면 다른 사람이 되어야 하니까. 그땐 너무 어려서 어떻게 알았는지 모를, 기관차의 속도와 힘으로 떠났어. 언젠가 꼭 보겠다고 다짐했던, 목초지와 인디오 천막, 팜파, 산맥을 넘어 앞으로 나아갈 그 기계들 중 하나인 기관차처럼 말이야. 나는 다른 사람이 되어 가며 내 사람들을 뒤로했지. 가장 먼저 흑인 여자, 나한테 불도장 같은 낙인을 새겼지만 부드러운 면모도 있었던 네그라를 떠나보냈어. 아주 어렸을 때 날 돌봐 줬던 모습이 아직도 생생해. 자장가도 기억나. 이마에 찬 수건을 올려 줬고, 가슴에 부항도 떠 줬지. 나는 옷과 음식, 말할 언어와 집이 있었어. 진흙과 배설물로 지어 가구라곤 동물 가죽과 뼈다귀, 먹다 남은 아사도 찌꺼기뿐인 그 쓰러져 가는 오두막을 집이라 부를 수 있다면 말이야. 그래, 가우초가 소와 말에 기생하는 기생충이라는 리즈의 말은 틀린 게 없었어. 하느님 아버지보다 노동을 더 믿었던 리즈. 호박이나 콩을 재배하지 않고, 길쌈이나 낚시도 안 하며, 사냥조차 거의 안 하고, 쓰러진 나뭇가지 말고는 땔감으로도 안 구하던, 오로지 고기와 물로만 연명하던 그 삶에 대해 리즈가 한 말에는 일리가 있었지. 우리는 반쯤 혼이 나간 채 말이나 소의 해골 위에 앉아, 말발굽으로 만든 가죽 장화를 신고 밤낮으로 고기만 씹으며 살았어. 잡화점에 가죽을 팔아 사탕수수술과 마테,

담배로 바꿔 왔고, 소를 잡거나 낙인을 찍었지. 겨울엔 소가죽 밑에서, 여름엔 모기 쫓으려고 피운 말똥 소똥 모닥불 옆에서 애벌레 떼처럼 서로 포개져서 잤어. 다 같이. 가족이고 뭐고 없이 아랫도리가 뒤엉킨 유충들의 마그마처럼 끓어올랐지. 네그라가 나를 벌주기 시작한 건 네그라의 남편이 날 더듬으면서부터였을 거야. 질투 때문에 그랬을지도. 동물들도 질투를 하니까. 나는 도망 다녔어. 그 집에 온 날부터 줄곧 네그라의 이빨 없는 주정뱅이 남편 놈이 무서웠거든. 네그라한테 숨으려고 하면 욕설과 매질이 날아왔지. 그래서 나는 모닥불에서 멀찍이 떨어져 잤어. 내 주변에 나뭇가지를 둘러놨지. 그 놈이 오기라도 하면 취한 데다 어두컴컴해서 걸려 넘어지라고 말이야. 또 다른 고아가 있었어. 어머니가 돌아가시면서 그 쓰러져 가는 오두막집에 남겨진 아이인데, 반은 인디오인 남자 아이였지. 걔랑 같이 도망치곤 했어. 걔네 엄마는 부에노스아이레스로 가는 도중에 아기를 업은 채 쓰러졌대. 가우초들이 의식 잃은 여자를 발견하고 불쌍한 마음에 데려왔는데, 손쓸 도리가 없었지. 인디오들한테서 도망쳐 왔다고, 가족한테 돌아가고 싶다고, 제발 아기만이라도 도시로 데려가 달라고 빌다가 점점 얼굴이 파랗게 질려 결국 죽었다는 거야. 아기는 그냥 거기 남았어. 사람들이 던져 준 음식을 먹으며, 길 잃은 개처럼 이 오두막 저 오두막을 전전하며 비위를 맞추고 쓸모 있는 척 애썼지. 잘 곳을 얻으려고 가우초 일을 배우게 됐어. 물 길어 나르기, 폭풍 속에서도 불 피우기, 여차하면 퓨마랑 싸우기 같은 것들. 딴 놈들보단 덜 애벌레 같아 보였나 봐. 결국 농장 관리인 눈에 띄었어. 쇠를 녹여서 모양 잡는 법, 몇 안 되는 나무에서 장작 얻는 법, 농장주의 과일나무 돌보는 법을 가르쳐 줬지. 걔 이름이 라울이었어. 흑인 부부를 피해 도망치기 시작할 때 걔랑 같이 다녔지. 황소 같은 목에 뭐든 잘하는 야무진 손, 눈부시게 아름다운 소년 가우초였어. 걔가 통나무로 덫을 놨고, 우린 풀밭에 동물 가죽을 깔고 누웠지. 걔랑 나는 우리 몸이 얼마나 달콤할 수 있는지, 누군가가 원하고 환영해 주는 기쁨이 뭔지 알게 됐어. 자기 소유물을 뺏겼다고 생각한 네그라의 남편 놈이 라울한테 몇 번 덤볐지만 그때 놈은 이미 늙었지. 라울은 착했어. 얼굴을 살짝 그었을 뿐이었지. 그때 죽여 버렸어야 했는데, 내 생각이 맞았어. 그 늙은 놈이 카드 게임에서 판돈으로 날 걸었고, 피에로가 이겨

버린 거야. 둘이서 내 머리채를 잡고 말 두 마리를 후려쳐 성당까지 내달렸고, 날 결혼시켰어. 나는 말을 멈췄어. 그것 말고는 할 수 있는 게 아무것도 없었으니까. 라울이 멀리서 나를 바라봤고, 나도 라울을 돌아봤어. 첫 애가 태어났을 때 피에로는 애 얼굴에서 인디오 핏줄을 봤어. 거울도 안 보는 놈인데 말이야. 피에로는 이틀 뒤에야 사탕수수술에 완전히 절어 나타났지. 다음 날 새벽, 내 사랑은 어느 협곡에서 머리가 두 동강 난 채 시체로 발견됐어. 사람들은 술 마시고 실족사한 게 분명하다고 했지만, 우린 다 알았지. 라울은 술을 안 마시거든. 농장 관리인이 돌아왔을 땐 우린 이미 다른 정착지에 있었어. 관리인이 라울을 아꼈다지만 자기 혈육은 아니었지.

피에로가 내 라울을 죽였어. 나를 안 죽인 건 내가 놈이 평생 만져 본 유일한 금발 여자고, 자기 재산이니까. 다른 남자들 것과는 다른 지주급 사치품이라 그랬겠지. 놈은 우릴 다른 목장에 데려다 놓고 자긴 노새 몰이꾼arriero○을 하러 떠났어. 몇 달 뒤에야 지칠 대로 지친 피에로는 술이 깬 채로 나타나 아들을 봤어. 자기와 마찬가지로 사타구

○　짐을 실은 노새 등을 몰아 험준한 산악 지대나 먼 거리를 이동하며 물품을 운반하는 직업인. 당시 철도나 제대로 된 도로가 없던 내륙 지역에서 상업과 무역업의 핵심 역할을 담당했다. 스페인어로 '아리에로'라고 한다.

니에 별 모양 점이 있는 아들을 말이야. 놈의 눈가가 흐려지더니 나한테 다정하게 말을 걸었지. 대꾸도 안 했어. 그 망할 술주정뱅이 피에로를 절대 사랑할 수 없었으니까. 라울을 죽인 뒤론 더더욱. 다행히 놈을 볼 일은 별로 없었어. 나는 아무도 날 만지지 못하게 조심했고, 놈도 날 많이 만지지는 않았지. "다리 벌려." 그렇게 가끔씩 내 안에서 잠깐 털곤 가 버렸어. 노새 몰이를 안 할 때는 잡화점에 처박혀 있거나 딴 놈들처럼 바닥에 자빠져 잤지. 취해서 거기 쓰러졌다고 핑계를 댔어. 내 알 바 아니었지. 멀리서만 쓰러진다면 상관없었어. 놈이 내 옆에 누웠을 때 죽여 버릴까 생각했지. 어느 날 밤에 놈의 파콘을 집어 들고 목덜미를 세게 내리찍으려는데, 그 순간 한 생각이 나를 얼어붙게 했어. 그럼 난 어디로 가야 하지? 나는 이내 살인자의 동상처럼 굳어 버렸어. 머리 뒤로 칼을 치켜든 두 손, 휜 등, 멈춘 숨에 모든 무게가 실렸지. 금속 칼날에 달빛 한 줄기가 반짝였다고 말하고 싶지만, 그럴 수가 없네. 피에로의 모든 것은 정말 더러웠어.

내가 죽일 필요는 없었지. 놈이 징용됐으니까. 난 어디로 가는지도 모르고 떠났어. 놈을 배신한 거

야. 내가 배신하지 않은 사람은 라울뿐이었어. 우리
계획은 함께 떠나는 거였거든.

붓을 든 예언자

리즈에 대해 우리가 아는 건 별로 없었지. 리즈가 해 준 얘기가 다였어. 나와 달리 리즈에게는 농부인 어머니와 아버지가 있었는데, 두 분 다 리즈처럼 얼굴이 붉었대. 아버지는 어쩌다 보니 농부가 된 사람이었어. 화가가 되고 싶었고, 실제로 화가였으며, 감자 캐는 시간보다 캔버스와 보내는 시간이 더 많았지. 어머니는 텃밭 일과 육아에 지쳐 괴로워하면서도, 남편을 사랑했고 남편이 그림 그리기를 원했어. 남편이 그린 풍경화, 언제나 쏟아지는 빛 덩어리들, 주 예수님의 빛에 눈부셔 하셨지. 어머니는 애들 아버지가 붓을 든 예언자라고 믿었던 거야. 리즈 말로는 어느 정도 진짜 그랬대. "아버지는 신이 태양과 비슷한 무엇으로 이뤄졌다고 믿었고, 세상을 색채 덩어리로 설명하곤 했어. 가장 깊은 어둠 속, 그분이 부재하고 버림받았다는 절망만이 우릴 짓누를 때조차 자세히 봐야 한다고. 무언가가 반짝이고, 무언가가 우리를 이끈다고. 그 섬광을 찾아 계속 나아가야 한다고." 리즈의 아버지는 스코틀랜드 구름의 격렬한 잿빛 소용돌이 속에서, 후광을 두른 감자 껍질의 밝게 빛나는 가장자리에서, 변화하는 하늘의 솜털 같은 흰색을 배경으로 반딧불이라도 된 양 흩날리는 깎인 양털의 회오리바람 속에서 그 빛을 발견해 냈어. 노련한 스콧 씨는 흰색 위에 흰색을 칠할 줄 알아서 한눈에 서로 다른 흰색을 구분했고, 정점에서 수직으로 떨어지는 태양 빛이 바다와 초원을 흐릿하게 만드는 것도 그릴 줄 알았지. "시골의 터너Turner◯."라고 리즈는 아버지의 그림 몇 점을 펼쳐 보이며 내게 설명했어. 나는 그 빛 덩어리들이 뭔지 바로 이해했어. 이 팜파에서 그걸 이해 못 할 리가 없잖아. 하지만 터너가 누군지는 몰랐지. 그러자 리즈는 다른 그림을 꺼냈어. 「눈보라-항구 어귀의 증기선

◯　조지프 말로드 윌리엄 터너Joseph Mallord William Turner(1775~1851). 19세기 영국의 낭만주의 화가. 빛과 색채의 대가로 불리며, 산업 혁명의 역동적인 속도감과 자연의 숭고미를 화폭에 담았다.

Steam-Boat off a Harbour's Mouth in Snow Storm」은 리즈 아버지가 고향 마을에 팔려고 그린 복제품이었지. 그러고는 또 하나, 내게 가장 큰 충격을 준 그림을 꺼냈어. 짙은 주황색이지만 약간 투명한 새벽빛을 뚫고 검고 사나운 기관차 한 대가 솟아오르는 그림이었지. 강 위에는 희미하게 보트 한 대가 보였어. "템스강."이라고 리즈가 말했어. 기관차처럼 철제로 된 거라고, 메이든헤드 다리 위를 달려 런던에서 서쪽으로 가는 기차라는 거야. 그림 제목은 「비, 증기, 속도─대서부 철도*Rain Steam and Speed─The Great Western Railway*」였지. 하늘은 스모그로 짙었어. 런던의 공기는 더럽고 석탄가루가 떠다니는데, 그 작은 입자들이 두 가지 일을 동시에 한다고 리즈가 설명했지. 새벽빛을 반사해 증폭시키면서 동시에 공기를 탁하게 만드는 거라고. 나는 그 모든 빛이 좋았어. 리즈의 아버지 브루스 스콧 씨의 빛, 윌리엄 터너의 기관차와 보트의 빛도. 우리와 너무도 닮았지만 너무도 멀리 떨어진 빛이 좋았지. 터너는 우리의 예언자이기도 했어. 영국 공기보다 훨씬 더 투명한 팜파의 대자연 속에서, 우리가 하는 모든 일에서 그 빛을 느꼈지. 내 생각은 틀림없어. 그림을 그리고 싶어졌고, 리즈는

그리는 방법을 알고 있었거든. 난 시작했지.

붓을 손에 쥐고 수채 물감의 팔레트에 매료된 채 나는 황소들과 우리 모습을 그려 보려 했어. 내 그림은 그렇게 나쁘지 않았지. 리즈는 당근 먹는 토끼처럼 행복해하며 아버지와 함께 산책했던 것에 대해 이야기했어. 인생에 대해, 아버지께서 읽어 주신 책들에 대해, 학교에 대해, 미래에 대해 얘기 나누곤 했대. 그 미래가 오스카를 만나면서 갑자기 명확해졌지. 머나먼 팜파로 떠나 돈을 벌겠다고 결심한 거야. 리즈는 팜파에 대해 잘 몰랐어. 거의 황무지나 다름없는 땅이라는 것 말고는. 아버지는 리즈의 등을 떠밀었어. 그 새로운 아메리카의 빛을 찾아가라고, 그런 다음 꼭 스코틀랜드로 돌아오라고, 기다리겠다고 했대. 지금 리즈는 신세계의 푸른 하늘 아래 자기 손길에 떨리는 내 손을 이끌며 자기만의 몫을 찾으려 해. 그 몫으로 어머니를 농장에서 구하고, 아버지를 그림 아닌 모든 것에서 구하고, 자매들을 원치 않는 결혼에서 구하고, 형제들을 감자와 일 년 내내 춥고 우울한 영국 날씨로부터 해방시키기 위해 여기로 온 거야.

말하다 지친 리즈가 내게 부드럽게, 아주 살짝 입을 맞췄어. 나는 용기를 내어 천천히 혀로 리즈의 입술을 훑었고, 천천히 혀와 혀를 섞으며 불타올랐지. 런던 새벽의 불꽃 속에 있는 터너의 기관차처럼. 리즈는 다정하게 나를 살짝 밀어내더니, 수채화를 계속 그리라고 했어. "잘하네."라면서.

2부
요세

화려한 한 팀

에스트레야는 자기가 발견한 것을 우리한테 물어오곤 했어. 우리 발치에 뼈를 떨구고는 마치 금을 수여하듯 자랑스럽게 꼬리를 흔들었지. 우리 뼈도 같은 운명을 맞이할 수 있다는 생각에 몸서리치며 녀석의 머리를 쓰다듬고 끌어안았어. 요새fortín ◗ 근처에서 풍기는 죽음의 악취 속에서 우리는 서로를 더 사랑했지. 우리의 위태로움과 취약함을 깨달으며 사랑은 더욱 단단해졌고, 욕망은 커져만

◗ 아르헨티나의 팜파 내에서 원주민의 영토인 '내륙 깊숙한 곳'과 유럽 이주민 정착지를 가르는 '전선Frontera'에 설치된 최전방 군사 기지를 뜻한다. 요새들은 19세기 아르헨티나 정부가 원주민 영토를 강제로 통합하기 위해 시행한 '사막 정벌 Conquista del Desierto' 기간 동안 주요 거점으로 활용됐으며, 원주민 학살과 영토 강탈을 위한 전진 기지로 쓰였다.

갔어. 밤은 낮의 그림자처럼 점점 더 길어졌지. 해가 갈수록 점점 버거워지는 불침번을 어떻게든 서 보려고 우리는 모두 모닥불 옆에서 모여 함께 잠을 청하기 시작했어. 리즈는 우리가 향하는 땅의 소유권 증서와 영국 귀족이 보낸 편지 여러 통, 그 편지를 공인하는 부에노스아이레스의 발행 문서를 가졌지. 하지만 아르헨티나 군대의 그 야만인들이 글을 읽을 줄 아는지 "하우 쿠드 유 비 슈어 how could you be sure(어떻게 확신하겠어)?"라며, 의문을 품었어. "이븐 이프 데이 노우even if they know(설령 그들이 안다고 해도)." 자신의 증서를 가로채고 우리 모두를 죽이지 않을 거라고 어떻게 확신하겠냐는 거였지.

어느 새벽 에스트레야가 울부짖기 시작했어. 우리는 두려움에 떨며 잠에서 깼고, 로사와 나는 개가 무엇을 알리려는지 보러 갔지. 인디오 시체 여섯 구가 있었고, 육천 마리는 족히 돼 보이는 치망고 떼가 시체를 쪼아 먹으며 가장 좋은 부위를 차지하려고 서로 다퉜어. 남자 넷, 여자 하나, 아이 하나였던 사람들은 이제 새들이 쪼아 먹는 고기 부스러기에 불과했지.

우리는 그 광경을 보고만 있진 않았어. 리즈

가 강하게 지시하기 시작했거든. 우리를 불시에 덮치게 둘 순 없다고, 우리는 영국의 대표단이라고, 본질도 중요하지만 겉모습도 그럴듯하게 영국 대표단으로서의 격식을 갖춰야 한다고 말했지. 리즈는 우리한테 옷을 갈아입으라고 했어. 리즈는 숙녀로, 나는 영국의 젊은 신사로, 로사는 제복을 입은 하인으로 보이게 말이야. 마차 안에는 그런 옷들이 있었어. 귀족과 그의 집사들, 리즈와 오스카가 머릿속에 그린 농장, 그곳 계급에 맞는 제복들을 갖춰 놨던 거지. 우리는 화려한 한 팀이었어. 나는 프록코트를, 리즈는 드레스를, 로사는 제복을 갖춰 입었지. 우리는 훗날 보게 될 그 어떤 이보다 훨씬 더 호화롭게 꾸민 채로 치망고들이 먹이를 쪼아 먹는 그곳을 지나 앞으로 나아갔지.

흙먼지가 제자리에 꼼짝 않고
멈춘 것처럼 보일 수 있어

흙먼지 구름이 지면과 맑고 푸른 하늘 사이, 작열하는 납덩이 같은 햇살 아래서 치솟았어. 우리는 여름 막바지의 어느 날 정오에 도착했지. 흙먼지 구름은 태양이나 치망고 떼처럼 하늘의 일부인 양 제자리에 꼼짝 않고 멈춘 것처럼 보일 수 있어. 하지만 그렇지 않아. 흙먼지가 지면에서 치솟는다는 건 움직임이 있다는 거고, 움직임이 있다는 건 위험하다는 뜻이거든. 그러니까 무엇이, 누가 흙먼지를 일으키는지, 무엇이 먼지가 땅으로 떨어지는 것을 막고 공중에 띄워 중력을 거스르게 하는지 파악해야 해. 로사가 앞장섰어. 제복을 뻣뻣하게 갖춰 입고 그가 그토록 끔찍해한 영국식 안장에 오른 채 말이야. 딱딱한 옷깃에 목이 조여 반쯤 질식할 것 같은 데다 그 거추장스러운 물건 위에 올라탄 모습이 불편해 보였지만, 그 옷을 입어 훨씬 더 안전하다고 느끼는 건 분명했어. 로사 장군님 같은 리듬으로, 짧은 보폭으로 나아갔지. 그가 구름 가까이에서 멈추자 잠시 뒤 눈앞의 먼지 장막이 조금 걷혔어. 그때 동물들이 어디에서 왔는지 알 수 있었지. 온갖 벌레, 땅벌레, 기니피그, 토끼, 자고새, 쥐, 비스카차, 물리타 펠루도 마타코스 피치 같은 각종 아르마딜로, 초이케Choique●, 냔두, 붉은 사슴, 퓨마, 멧돼지들이 총알처럼 일직선을 그리며 우리를 향해 돌진하다가 다시 팜파의 허공 속으로 흩어져 갔어. 먼지가 조금 더 가라앉고 흙이 산더미처럼 쌓인 구덩이에서 가우초들의 테라코타 같은 흙빛 머리통이 불쑥 모습을 드러냈을 때, 마차 위에서 지평선 너머로 뻗은 그 선이 무엇인지 깨달았지. 가우초들은 로사가 가는 길을 잠깐 가리키고는 다시 땅을 파기 시작했어. 그 참호의 선은 끊어지지 않고 이어졌지. 말을 탄 병사, 가우초만큼이나 꾀죄죄한 군인 한 명이 겨우 눈에 들어왔어. 그는 누군가와 얘길 나누고 마차를 훑어

● 남아메리카 파타고니아 지역에 서식하는 '작은 레아'를 일컫는다. 냔두보다 작고 갈색 빛을 띠며 어린 새끼일 때 흰색 반점이 뚜렷하다. 초이케는 마푸체어에서 나온 이름이다.

보더니, 차렷 자세를 취한 다음 누군가에게 우리의 도착을 알리겠다고 말을 몰아 빠르게 달려갔지. 로사는 우리에게 돌아와 말에서 내리더니 옷솔을 달라고 해서 제복과 안장, 말을 털어내기 시작했어. "렛츠 고Let's go(가자)." 리즈가 말했고 우리는 요새 입구를 향해 출발했지. 요새는 라스 오르텐시아스Hortensias●라고 불렸지만, 그 어떤 꽃 이름도 어울리지 않는 곳이었어.

● 수국. 수국이 많은 곳이라는 의미로도 쓰인다. 대령의 요새 이름이면서 목장이고, 농장이다.

아아, 마이 달링,
들어와요, 들어오세요

우리는 목장 본관으로 안내받았지. 흠잡을 데 없이 하얗고 거대한 집이었는데 튼튼하고 건강한 동물처럼 환하게 윤이 났어. 베란다가 있었고, 바닥은 어찌나 반질반질하게 닦았던지 미끄러질까 봐 겁이 날 정도였으며, 꽃과 새소리로 가득한 정원과 뚜껑 있는 우물이 있었지. 정원 한가운데에는 빨간 천으로 만든 안락의자가 있었는데, 나는 천을 만져 봤고 거기서 손을 뗄 수 없었어. 천의 실이 짧은 털이라서 한 방향으로 쓰다듬으면 색이 더 짙어졌고 다른 방향으로 쓰다듬으면 더 밝아졌지. 그 의자의 천은 정말 부드러웠어. 바로 그 의자에 대령이 앉아 우릴 기다렸지. 대령은 우리를 보자마자 벌떡 일어섰고, 몸을 숙여 인사했어. 리즈의 손에 입을 맞추고 말을 걸기 시작했지. 대령은 두 마디 만에 리즈가 영국인이라는 것을 알아차렸고 그토록 위대한 나라, 저 금발의 앨비언la rubia Albión❶ 출신과 대화하게 되어 기쁘다며 운율을 맞춰 말하고는 언어를 바꾸더라고. 리즈는 아버지가 그린 터너의 기관차 그림 모사본을 선물했고, 대령은 두 개의 언어를 다 동원해도 감사할 말을 다 찾을 수 없다고 했어. 발전의 동력인 기차를 아르헨티나에 들여오기 위해 자신은 여기 있으며, 마치 자기 인생의 목표를 알고 있는 것만 같다고 대령은 말했지. "아아, 마이 달링my darling, 들어와요, 들어오세요, 방으로 가셔서 편히 쉬시지요, 이 평원의 먼지를 씻어 낼 수 있게 욕조에 물을 채우라고 할 테니까요. 남동생분이 묵으실 방도 있으니, 제발, 어서요. 치나❷, 이 신사 숙녀를 손님방으로 안내해 드려라." 리즈는 거실의 마룻바닥과 양탄자를 밟고 벽에 걸린 그림을 보자마자, 말라서 축 처졌다가 비를 맞

---

❶　대령이 영국이나 잉글랜드를 가리키는 옛 이름인 앨비언을 금발로 의인화하며 멋을 부려 이르는 말.

❷　이때 '치나'는 남장을 입은 치나가 아닌 여자 하인을 가리킨다. 치나는 여자 가우초 또는 여자를 가리키는 일반명사로, 대령이 치나를 신사로 착각하는 아이러니한 상황을 묘사한다.

고 되살아난 식물처럼 변했어. 생기가 차오르고 빛을 내뿜기 시작했지. 눈, 피부, 치아, 리즈의 모든 것이 반짝였어. 마침내 나는 리즈가 그토록 여러 번 말해 준 것이 무엇인지 알게 됐어. 장식장이라고 불리는, 유리 덮개가 달린 나무 상자 안에 반지가 있었지. 반지 한가운데에는 다이아몬드가, 사람들이 서로 차지하려고 죽고 죽이는 그 돌이 박혔어. 마치 세상에서 가장 깨끗한 물이 그 한 점에 모여든 양 아름다웠지. 그렇게나 가볍고 단단했어.

색깔은 사물에서 분리돼 떠다녔어

색깔은 사물에서 분리돼 떠다녔어. 사물을 흐릿하게 하며 마치 붉은색과 흰색이 뒤섞인 채 깨진 달걀 껍데기처럼, 시체처럼 남겨졌지. 흰색. 나는 봤어. 식탁 위로, 에르난데스가 우리를 위해 차려 놓은 진미들 위로, 가축 사육은 오늘날 문명의 척도이며 과학적 수단과 정교한 지성을 요구하는 직업이라고 설교하던 에르난데스 자신 위로, 에르난데스의 목소리 위로, 우리 잔을 계속 채워 주는 하인들 위로, 그릇들 위로, 아 식기들! 숲과 작은 집, 강이 파란색으로 그려진 그 사랑스러운 백자 위로, 주전자와 손 씻는 물그릇 위로, 예술 작품이나 기계, 직물이나 양털을 똑같이 소중히 여기는 그 사회의 교양 위로, 반짝이는 무기고처럼 테이블 위에 깔린 그 은색 식기들 위로, 리즈의 피부가 하얗게 떠오르는 것을 봤지. 그 식기들을 어떻게 쓰는지 몰라서 난 그냥 리즈를 따라 했어. 리즈가 샐러드를 먹으면 나도 샐러드를 먹었고, 리즈가 자기 빵을 자르면 나도 내 빵을 잘랐지. 비프 웰링턴, 내가 알던 붉은 소고기를 채소로 둘러싸고 페이스트리라는 반죽 속에 넣은 요리를 포크로 찔러서 썰어 먹는 동안에도 내 위로 흰색이 떠다녔어. 포도주 위로도 리즈의 하얀 피부가 솟아올랐지. 아 포도주! 그날 나는 처음으로 붉은 보르도를 맛봤고, 그건 내 피를 끓어오르게 했어. 나는 이내 모든 것 위로 떠다니는 흰색을 봤지. 잔과 술병 위로, 거실을 뒤덮은 어두운 마호가니 위로, 내 위로, 리즈가 입은 분홍색 실크 드레스의 보트네크라인, 아니, 창턱처럼 깊이 파인 목선 위로. 리즈는 그게 프랑스식 드레스라고, 프랑스는 우아한 사람들과 예술가들, 방탕하고 쉬운 여자들의 나라라고 했어. 리즈는 쉬운 삶이 뭔지, 왜 그것이 여자한테만 적용되는지 나한테 설명해 줘야 했지. 에르난데스의 목소리가 거실을 가득 채웠지만, 그 목소리 위로, 물질의 모든 틈과 균열 사이로 농축산 산업과 전 세계적 인구 증가, 천연자원이 풍부한 곳으로의 인구 밀집, 사교계의 매력과 그 밖의 수많은 이야기 위로 창백한 무지갯빛이 퍼져 나갔어. 나는 리즈 위에서도 그 흰색을 봤지. 부드럽게 솟아오른 가슴 선과 어떤 천으로도 가릴 수 없는 그 둥근 윤곽을. 목장 주인의 거실에서 리즈의 하얀 피부는 붉은 색과 함께 빛났어. 흐르는 강물처럼 가슴 위로 흘러내리는 리즈의 풍성한 머리카락, 바람에 흔들리는 수수밭처럼 이리저리 물결치는 그 붉은 타래들을 봤지. "아 우리 농업과 축산을 발전시키는 데 필수적인 모든 것들!" 리즈는 머리카락을 얼굴 위로 흔들며 마치 아이가 까꿍 놀이 하듯, 사라졌다 다시 나타났어. "그건 단지 우리의 기본적인 욕구를 충족시키는 원천일 뿐만 아니라…" 리즈의 눈꺼풀과 붉게 휘어진 속눈썹도 그 투명에 가까운 하늘색 눈동자, 리즈의 유령 같은 눈동자와 어울렸고, 머리카락은 가슴 위로 쏟아져 내렸지. 아 맙소사! 난 그 자리에서 꼼짝도 못했어. 대령은 노동 계급의 안락과 복지뿐 아니라 부유층의 사치를 위해서도 이바지할 것이라고 말하는 중이었지만, 나는 몸이 거의 마비되어 오른손을 들어 와인 잔을 입술에 대는 것 말고는 할 수 있는 게 없었어. 그 흰색과 붉은색은 그날 밤 내가 알게 된 다른 경이로운 것들을 모두 가려 버렸거든. 크리스털 잔, 꿩이 수놓인 식탁보, 꽃이 가득 꽂힌 꽃병, 조각된 은쟁반 위로 그늘을 드리웠지. 나는 아무 말도 안 했지만, 아무도 내가 말하기를 기대조차 안 했어. 리즈가 나를 남동생 조셉이라고, 조셉 스콧이라고 소개했거든. 목장 주인인 대령은 기고만장한 표정을 지었고, 자기가 황소라도 된 양 으스댔지. 대령의 등이 더 넓어지고 가슴이 두꺼워지며 수염이 곱슬거리고 얼굴이 불콰해지는 게 보였어. 대령도 내가 보는 걸 똑같이 보는 게 분명했지. 리즈가 자기 힘을 아는 퓨마처럼 움직였거든. 리즈는 강력한 짐승이었어. 가장 생생하고 활기찬 살결을 아낌없이 내보이는 짐승, 생명 그 자체였어. 대령은 자기 목장과 소, 농촌 산업에 대해, 삼십 년 전 아르헨티나에 문명의 등대가 겨우 도착한 것을 목격한 것에 대해 지겹게 떠들어 댔지. 에르난데스라는 자는 자기 암말 얘기를 하면서 리즈를 쳐다보더라고. 리즈가 갈기를 휘날리며 뒷다리로 우뚝 선 갈색 암말이라는 듯이. 리즈에게선 온통 흰색과 붉은색, 분홍빛이 반짝거렸어. 그 늙은이는 자신이 가져온 팜파의 진보를 찬양했고, 옛 목장의 비문명적인 방식을 비난했지. 야생마 길들이기를 빼면 그건 산업도 아니라고. "중요한 건 야생 동물을 교육받은 유용한 동물로 바꾸는 겁니다." 그는 침을 흘리며 계속 떠들어 댔어. 더럼 황소, 영국 경주마와 프리지안 말, 랑부예 양과 숫양들까지 등장했지. "아! 유럽 품종을 통한 품종 개량과 그로 인한 변화 말이야." 그는 이런 말을 하려는 거였어. "애벌레 무리에서 노동자 집단으로 변모하는 민중을 상상해 보십시오, 밀레이디milady〇. 고통 없이는 안 되겠지만, 아아, 우리는 연민을 희생해야만 했습니다. 아르헨티나 국가 통합을 위해 우리 모두 희생해야 합니다." 대령의 목소리는 점점 탁해졌지만, 기세만큼은 꺾이지 않았지. 이 기독교인은 점점 더 흥분해서 떠벌렸어. 에르난데스는 화산처럼 완전히 폭발 직전이었고, 눈빛도 불안하게 흔들렸지. "우리는 애벌레 같은 민중에게 문명의 음악을 주입하는 거요. 그들은 공장의 리듬에 맞춰 심장이 조화롭게 고동치는 노동자 집단이 될 겁니다. 여기서는 나팔수들이 생산 리듬을 연주하며 그들의 무정부적인 영혼을 훈련시킵니다." 그는 그렇게 말했어. 하지만 그 사람 눈이 점점 초점을 잃어가더라

〇 프랑스에서 유래한 말로 귀부인을 부르는 호칭. '마이레이디My lady'를 줄인 말로, 주로 영국 귀족 사회에서 사용됐다.

고. 한쪽 눈은 이쪽으로, 다른 쪽 눈은 저쪽으로 가더니 서로를 찾아 헤매는 것처럼 사시 눈이 됐어. 아무 데도 초점을 맞추지 못하더니, 결국 시뻘겋게 달아올라 동공이 거의 하나로 붙을 지경이었지. 그러곤 말했어. "그 외의 모든 것은 다 야만스럽고 원시적이며 잔인합니다." 마침내 완전히 쓰러졌지. 가부장적인 농촌 공동체의 족장 같은 대령의 머리가 식탁 위로 쿵 떨어지면서 우리한테 그 여파를 튀겼어. 토사물이 콸콸 쏟아져 나왔고, 그의 이마에 부딪혀 접시가 두 동강 났지. 비프 웰링턴의 잔해 위로 대령의 피가 떨어졌고, 잔들이 엎어지며 붉은 포도주가 식탁보로 흘러넘쳤어. 물병들이 넘어지며 바닥으로 물이 뚝뚝, 목장 주인의 말처럼 끈적끈적한 액체가 되어 떨어졌지. 그러고는 새나 캥거루가 도약하듯 궤적을 그리며 돼지머리 하나가 바닥으로 통통 튀었어. 원래 세 번째 요리로 나올 예정이었던 그 돼지머리 말이야. 캥거루, 그래, 그것도 마차 안에서 리즈한테 배운 거였지. 세상에는 캥거루라는 동물이 있대. 거대한 토끼처럼 생겼지만, 배에 주머니가 있어서 새끼들을 거기 넣고 다니며 산책을 하고, 두 발로 서서 몇 미터씩 통통 뛸 수 있다고 해.

나는 절정에 이르렀어

바로 그때였어. 리즈가 일어서더니 집사를 불러 주인을 데려가 씻기라고 명령한 뒤 여자 하인 중 하나를 불러 목욕물을 데우라고 일렀지. 그러고는 내게로 와서 손에 든 잔을 빼앗고 내 손을 잡더니 자기 방으로 이끌었어. 커다란 욕조가 있는 큰 침실이었지. 침대는 바퀴 없는 호화로운 짐마차 같았는데 지붕이 천장까지 닿았으며 조각된 나무 기둥들이 받쳤지. 그런 걸 캐노피 침대라고 부른대. 침대 지붕에는 하늘하늘하고 반투명한 금빛 비단이 걸렸는데, 풍성한 주름이 잡혀 마치 공중에 뜬 투명 구름처럼 보였어. 두말할 필요도 없겠지. 나는 그런 방에 한 번도 들어가 본 적이 없었어. 다 쓰러져 가는 오두막집, 그 집의 흙바닥, 우리가 깔고 잤던 동물 가죽, 마차 말고는 본 게 없었으니까. 그런데 이제는 캐노피 침대, 비단, 탁상 램프의 부드럽게 일렁이는 노란 불빛, 안락의자라니. 나는 그 모든 새로움에, 게다가 멈추기는커녕 점점 더 강렬하게 뿜어져 나오는 리즈의 흰색과 붉은색에 압도돼 의자 끝에 잔뜩 움츠리고 앉았어. 리즈의 지배력이 미치지 않는 곳은 거의 없었지. 그러고는 리즈가 내 옆에 앉아 그 나른하고 푸른 눈으로 내 눈을 바라봤을 때, 리즈의 통제 아래 놓이지 않은 것은 아무것도 없어졌어. 리즈가 나를 의자에 가두고 오랫동안 키스했을 때는 더욱더 그랬지. 몇 시간이고 계속 키스했어. 아무도 내게 그렇게 키스해 준 적이 없었지. 리즈의 혀가 젖은 채 뜨겁고 거칠게 움직이는 것도 알게 됐고, 리즈의 침이 내 입안으로 섞여드는 것도 알게 됐고, 리즈의 이빨이 내 입술을 깨무는 것도 알게 됐고, 나는 계속 더 많은 것을 알게 됐어. 포도주와 네 개의 기둥이 있는 캐노피 침대와 욕조와 크리스털 잔과 목장 주인의 일까지 알게 된 그날 밤, 나는 정말 많은 것을 알게 됐지. 그토록 섬세하고 부드러운 손이 강력하게 내 셔츠를 열고, 내 가슴을 감싸고, 부드럽게 애무하고, 애타게 하다가 꽉 쥐고 문지르며 아프게 하더니, 이내 빨아서 그 아픔을 잠재우는 것을 알게 됐어. 리즈는 송아지처럼 내 젖꼭지를 빨았고, 강아지처럼 물었다가 다시 어린 양처럼, 꼭 브라울리오가 핥듯이 핥아 줬지. 리즈가 내 입술에 다시 키스했고, 그제야 나는 움직일 힘을 되찾아서 몇 시간 전부터 하고 싶었던 것을 했어. 리즈의 드레스 목둘레선에서 그 흰 살결을 해방시키는 것, 실크 드레스와 피부 사이로 손을 넣어 가슴을 빼내는 것을 말이야. 마치 연회 때 은쟁반에 음식이 차려지듯 리즈의 가슴이 드러났지. 저녁 식사 때 리즈의 매너를 따라 했듯 이제는 거울처럼 리즈의 애무를 따라했어. 리즈가 나한테 했던 그대로 했지. 젖꼭지를 핥았어. 리즈가 입은 실크 드레스처럼 분홍빛인 젖꼭지를. 용기를 내어 드레스를 벗기려 했지만, 리즈는 의외의 힘으로 내 손을 낚아채더니 일어섰지. 나를 일으켜 침대로 데려가 바지를 벗기면서 "마이 조세핀my Josephine, 굿 보이good boy."라고 속삭였어. 내게 확신을 주듯, 마치 위로하는 양, 자기 지배력을 확인하는 식으로 내 입 안으로 혀를 밀어 넣으면서. 리즈는 나를 완전히 발가벗기고는 자기도 속옷을 벗고 실크 드레스로 나를 덮었지. 그 부드러운 천으로 내 몸을 애무하더니 앉았어. 자신의 움푹 팬 곳을 내 솟아오른 곳에 맞대곤 앞뒤로 움직이기 시작했지. 내 젖은 살결 위로, 끈적끈적하고 은밀한 내 살 위로, 고동치는 둔덕 위로, 끓는 물처럼 거품을 뿜어내는 성기 위로 리즈의 몸이 미끄러졌어. 나는 아래에서 몸을 뒤로 젖히는 리즈를 올려다봤지. 드레스 자락이 더 이상 내 눈을 가리지 않았거든. 흔들리는 리즈의 가슴, 발뒤꿈치를 향해 활처럼 휜 목, 목덜미에서 시작된 곡선을 타고 등 뒤로 흘러내리며 허리까지 닿는 붉은 머리카락이 보였어. 리즈의 온몸이 긴장하더니 성기 끝까지 팽팽해졌고 절정에 달했지. 리즈는 웅덩이처럼 녹아내더니 이내 나를 덮치듯 안았어. 그제야 리즈는 자기한테 키스할 수 있게, 몸을 뒤집고, 침대에 등을 받쳐 주고, 자기 다리를 벌려 그 깊은 곳에 내 손가락을 넣게 해 줬지. 리즈의 다른 곳들처럼 분홍빛과 붉은빛인 그곳을, 그 부드럽게 젖은 근육질의 살을 알게 됐고, 혀로 맛봤어. 나는 리즈 위에 올라앉아 그 새로운 흔들림을 위한 자세를 잡았지. 베개 위로 쏟아진 붉은 머리카락, 그 사이로 달뜬 리즈의 하얀 얼굴

과 투명한 눈을 바라보며, 마침내 나도 절정에 이
르렀어.

뒤엉킨 다리들

내가 눈을 떴을 때 우리는 잠든 지 얼마 안 되었고 몸이 서로 엉킨 상태였지. 리즈의 빨간 머리와 나의 밀짚 색깔 머리, 리즈의 뜨겁고 약간 시큼한 숨결과 아마 비슷했을 나의 숨결, 주근깨가 난 리즈의 큰 가슴과 주근깨가 난 나의 작은 가슴, 뒤엉킨 다리들, 우리 둘 사이에 길게 늘어진 그 끈적끈적한 점액으로 미루어 밤새 떨어지지 않았을 우리의 살. 내가 움직이자마자 내 몸은 의지와 상관없이 마치 제 계획을 따로 가진 것처럼 리즈의 몸 쪽으로 밀착되기 시작했어. 창의 덧문 사이로 새어 든 빛이 점점 밝아졌고, 그 빛은 아침 햇살의 가느다란 선으로 이루어져 방 안의 떠다니는 먼지 입자들을 풍부한 황금빛으로 물들였지. 점차 스며드는 그 빛이 방 안을 채울 무렵, 아침 식사를 알리는 노크 소리가 들렸어. 이 목장에서는 이른 시간에 아침을 먹는 것이 관례였지. 나중에야 알게 된 거지만, 하루 일정에 활동이 있든 없든 이른 새벽에 일어나도록 하는 군대식 생활 방식이었어. 깊은 키스 한 번, 발끝까지 흠뻑 젖기에 충분할 정도로 깊었던 키스가 리즈의 인사였고, 나는 얼른 도망치듯 내 방으로 가서 옷을 갈아입고 내게 배정된 문으로 나왔지.

대령은 여자 하인 두 명과 함께 베란다에서 우릴 기다렸어. 하인 한 명이 그에게 마테를, 다른 한 명은 팜파의 별미인 파스텔리토pastelitos○, 꽃잎이 많은 꽃이나 빛줄기가 많은 별 모양 가운데 고구마 잼이 든 작은 페이스트리를 내왔지. 나중에 그 여자 하인이 나한테 파스텔리토 만드는 법을 가르쳐 줬어. 에르난데스의 안색은 엷은 회색이었고, 우리 역시 극도로 창백했지. 목장 주인은 창피한 듯 보였어. 우리한테는 말 걸지 않고 대신 여자 하인들한테 욕설을 퍼부었거든. 저 망할 것들, 펄펄 끓는 마테와 숯불이 든 것처럼 뜨거운 파

○　작고 귀여운 디저트.

스텔리토로 자기 혀를 데게 할 작정이라면서. 우둔한 인디오 같으니라고, 멍청하거나 살인자들이거나, 둘 다일 수 있다고. 아무튼 그런 말들을 내뱉으며 우리를 쳐다보지도 않았지. 리즈는 그의 손을 가만히 잡고 말을 걸었어. "코로넬, 하우 아 유 필링 디스 모닝Coronel, how are you feeling this morning(대령님, 오늘 아침 기분은 어떠세요)? 위 올 에이트 투 머치 예스터데이We all ate too much yesterday(어제 우리가 너무 많이 먹었나 봐요). 위 워 식 듀링 더 나이트We were sick during the night(다들 밤새 아팠어요)." 그제야 늙은이는 조금 기운을 차린 듯했지. 리즈를 바라보며 리즈의 손에 입을 맞춘 뒤 조금 전의 분노도, 전날 밤의 엄숙함도 지운 채 말문을 열었어. 이제 전날 밤의 근엄함은 사라지고 어쩐지 가벼워 보였지. 아마 그는 그런 사람이었던 모양이야. 술에 절면, 근엄한 목장주가 되는 사람. 술이란 그런 의식 같은 면도 있어서 동시에 사람을 다정하게도 만들고, 시비 걸게도 만드는 것 같아. 어떤 이들은 시간이 지남에 따라 점점 모든 인격을 번갈아 드러내기도 하지. 나는 남편을 통해 그런 모습을 익히 알았어. 그의 취기는 전설처럼 퍼졌고, 그의 노래들이 그가 한 번도 가

본 적 없는 땅에서조차 입에서 입으로 전해졌으니, 결국 여기 에르난데스의 요새에서도 들을 수 있었지. "미하ㅇ, 그렇소. 우리가 투 머치too much(너무 많이) 먹었지. 당신이 여기에 계셔서 기쁨도 투 머치합니다. 우리 이 계란도 먹고요, 치즈와 빵도 드십시다. 또 이 좋은 땅에서 난 치유의 허브차도 함께 마시고요. 그다음엔 팜파의 공기를 마시며 걸어 보십시다. 비록 저도 병든 몸이지만, 자 보십시오, 마테 하나 제대로 우릴 줄 모르는 인디오 계집들이 이제야 나온 것 좀 봐요, 저 굼뜬 것들." 햇살은 아직 부드러웠어. 우리가 대령 뒤를 따라나섰을 때, 여자 하인 둘이서 마테 주전자랑 디저트 접시를 들었거든. 꼭 그게 몸의 일부라도 되는 양, 아니면 오히려 반대였을 수도 있어. 그들이 마테와 음식의 일부인 양, 대령이 필요한 걸 들고 다니는 도구인 양. 그림자는 여전히 길었고, 들판에는 온갖 초록색이 다 있었지. 들판은 말이야, 거의 아무것도 싹트지 않았는데도 막 새싹이 돋아나는 것처럼 보였어. 나도 엄청 살아 있는 느낌이었지, 진짜 동물처럼. 에스트레야가 매일 아침 그렇듯 신나서 달려왔는데, 얘는 내 강아지거든, 꼭 위대한 업적을 이룬 것처럼, 아니면 대단한 승리라도 한 것처

ㅇ   'M'hija'는 스페인어로 '내 딸mi hija'의 약어인데 부모가 딸을 부를 때뿐만 아니라 젊은 여성이나 소녀를 친근하게 부를 때도 쓰인다.

럼 달려와. 하지만 결국 똑같은 아침일 뿐이었지. 나는 약간 갈기갈기 찢긴 것만 같은 기분도 들었어. 마치 내 몸이 리즈한테서 떨어져 나간 것 같고, 우리가 떨어진 게 누가 낸 상처인 양. 난 리즈로부터 몇 걸음 이상 멀어질 수 없었지. 그럼에도 불구하고, 아니 어쩌면 바로 그 때문에, 그토록 리즈다운 리즈를 보는 것, 나 없이도 완전한 리즈를 보는 것이 내 마음을 아프게, 두려움으로 가득 차게 했어.

영국 부츠처럼 광택이 나고, 대령의 보헤미아 산産◐ 크리스털 잔처럼 번쩍이는 가우초들, 머리를 빗어 넘긴 그 멀끔하고 우아한, 빛나는 가우초들로 이루어진 벽을 보자마자 내 연인으로서의 고통은 잊혔어. 그들은 머리도 빗질을 제대로 해서 뒤로 넘기고, 면도까지 말끔하게 하고, 향기마저 나는 것 같았지. 갈색 봄바차에 하얀 셔츠를 입고 검은색 알파르가타alpargatas◑를 신었어. 예전에 마차에서 지낼 때 나는 인디오들이 영웅일 수 있다는 사실에 놀라 할 말을 잃은 적이 있거든. 그것처럼 가우초들이 그토록 깔끔하고 단정할 수 있다는 것은 거의 계시에 가까웠어. 그걸 보면서 내가 치나에서 레이디로, 레이디에서 젊은 신사로 변했

◐　보헤미아는 현재의 체코 공화국을 구성하고 있는 역사적 지방 세 개 중 하나다.
◑　'에스파르토esparto'라는 풀로 밑창을 엮어 만든 편안한 신발.

다는 사실조차 깜빡 잊었다는 걸 떠올렸지. 목장 관리인이 외치는 소리에 맞춰 추는 가우초들의 춤은 두 파트로 이루어졌어. 하나! 둘! 하나! 둘! 마치 비참한 음악, 복종의 음악처럼 들렸지. 가우초들은 저마다 흰 천을 깔고 엎드린 채 경직된 몸통을 들어 올렸다 내렸다 했어. 그들은 판자로 변해 팔의 힘만으로 자기 몸을 지탱했지. "짐Gym(체조군요)." 리즈가 감탄하며 말했어. "디스 이즈 그레이트, 유 아 어 모던 로드this is great, you're a modern lord(정말 멋지네요, 대령님은 현대적인 통솔자이시군요)." 가우초들은 동작을 동시에 딱딱 맞추는 팔 굽혀 펴기를 했지. 그렇게 동시에 같은 동작을 하는 게 나한텐 마치 새 떼의 움직임 같았어. 예전에 살았던 마을 근처에 자주 날아다니던 새들처럼, 막 엉켜서 날아가는데 사실은 전부 따로 논다는 느낌이랄까. 난 어릴 때부터 새들을 보는 걸 좋아했거든. 지금도 그렇고. 새들은 지금도 여전히 서로 엮이며 마치 세상이 하나도 안 바뀐 것처럼 날아다녀. 하지만 그 가우초들을 바라보는 걸 내가 좋아했는지는 잘 모르겠어. 그들은 끝낼 때에도 동시에 동작을 멈췄지. 천을 하나씩 돌돌 말아서 작게 접고, 허리춤에 달린 주머니 같은 데에 쏙 넣더니, 일렬로 서서 간격을 맞췄어. 곧 팔 길이만큼 거리를 유지한 채 원형으로 달리기 시작했지. 그 체조는 멋없는 춤 같았어. 마침내 가우초들이 멈춰 섰고, 다리를 조금 벌려 쫙 편 채 유지하면서 손으로 발을 잡을 수 있을 정도로 상체를 숙였지. 그들은 그 동작을 여러 번 반복했고 마침내 목장 관리인이 쉬어, 라고 명령했어.

"좋은 아침이오, 가우초 형제들이여!" 대령이 소리쳤지. "좋은 아침입니다, 대장 형제님, 하느님께서 대장님께 장수의 은총을 내리시길!" 키가 가장 작은 사람부터 가장 큰 사람까지 스무 명씩 다섯 열로 늘어선 소년들이 힘찬 합창으로 답했어. "이제 낭송 시간이오, 내 가우초들이여!" "네, 대장님!" 젊은 가우초들은 옆구리에 팔을 붙이더니, 다리를 모아 곧게 펴고 턱을 하늘로 치켜든 채 우렁차게 소리쳤어.

●친구라면 절대
　궁지에 몰리도록 내버려두지 말게,
　하지만 아무것도 요구하지 말고
　모든 걸 맡겨 두지도 말게

● 　『마르틴 피에로의 귀환』 제30장에 나오는 구절. 마르틴 피에로가 아들과 동료 가우초들에게 공동체의 연대를 강조하며 부른 노래. 아르헨티나 사회에서 자주 인용되는, 매우 유명한 구절이다.

늘 곁에 있는 충실한 벗은
올곧은 행동이라네.

형제들이여 단결하라
그게 세상 으뜸가는 법
진실한 연대를 지키시게
어느 때고 간에
형제끼리 서로 다투기 시작하면
밖의 놈들에게 집어삼켜지네.

가우초 형제들이여 그대들에게 말하니
그대들은 내 친구들이네
하지만 내게 아무것도 요구하진 말게
우리들은 주인이자 일꾼
마치 동전의 앞뒷면과 같고
권총과 총알 같은 사이라네.

인디오와 말처럼,
조국과 목장처럼,
꽃과 향기처럼,
우린 함께 멍에를 메고
한마음으로 나라를 일구며,

같이 운명을 만들어 간다네.

리즈는 자리에서 벌떡 일어나 거의 춤을 추듯 박수를 쳤지. 그날 아침에 입은 하얗고 단아한 드레스의 프릴이 리즈의 움직임에 맞춰 부드럽게 휘날렸어. 리즈는 가우초들의 낭송에 매혹됐지. 리즈가 한껏 환호한 뒤 다시 자리에 앉자 이번엔 에르난데스가 일어나 모자를 벗어 경의를 표하며 말했어. "하느님 오늘 저희에게 허락해 주신 이 은총을 감사드립니다. 부디 오늘 하루 일이 잘 풀리게 하옵소서." 그러곤 기도를 시작했지. "하늘에 계신 우리 아버지여,❂ 우리는 하느님 이름을 거룩히 여기옵나이다, 하느님의 나라가 목장에 임하옵시며 하느님의 뜻이 하늘에서와 같이 땅에서도 이루어지이다, 오늘날 우리에게 일용할 양식을 주시고, 우리가 우리에게 죄 지은 자를 용서한 것 같이 우리 죄를 사하여 주옵소서, 아멘."

"일하러 가시오, 형제들이여!" 대령이 명령하자 가우초들은 몇 명씩 나뉘어 흩어졌어. 에르난데스가 우리한테 들려준 이야긴데, 가우초들이 읊

❂　이 기도문은 마태복음 6장 9~13장에 나오는 주기도문을 일부 변형하고 있다. 예를 들어, 스페인어 버전의 'Padre nuestro(우리 아버지)'를 'Tata nuestro'로 변경했는데 'tata'는 마푸체어로는 '아버지', '할아버지' 또는 '조부모'를 지칭한다.

은 그 시구들은 사실 자기가 쓴 거래. 부에노스아이레스의 5월 대로Avenida de Mayo❶에 있는 어느 호텔에서 숨어 지냈던 불행한 시절에 쓴 거랬지. 그때 그는 처음으로 그 항구 도시를 봤고, 화려하게 불 켜진 대로와 술집, 극장, 스페인풍의 집들을 봤대. 시의 1부는 어느 도망자 가우초 이야기를 담았는데, 그때 쓴 거지. 그가 문득 깨달아야 했던 것을 깨달았을 때에 말이야. 가우초들은 애벌레 같았고 못되게 굴었는데, 그건 목장에 갇혀 교육도 제대로 못 받은 데다 도시 사람들이 시골 사람들을 함부로 대했고 정작 도시 사람들이 가우초보다 더 기생충 같았기 때문이었지.

우리가 들은 것은 시의 2부였어. 그건 그가 이미 자기 지위를 되찾아서 병사들을 데리고 내륙 깊숙한 곳의 인디오 영토로 들어갔을 때 쓴 것이지. 병사들은 농사짓는 법, 망보는 법, 말을 모는 법, 총 쏘는 법, 대포를 쏘는 법, 수의사나 기병, 말 조련사가 되는 법을 대령한테 배웠어. 그들을 시대

---

❶　아르헨티나의 수도 부에노스아이레스의 핵심부에 위치한 대로. 대통령궁(카사 로사다)이 있는 마요광장에서 시작해 국회의사당 건물이 있는 콘그레소 광장까지 이어진다. 5월 대로라는 이름은 아르헨티나의 역사에서 가장 중요한 날짜 중 하나인 1810년 5월 25일을 기념하며, 이는 스페인으로부터 독립을 향한 첫걸음이었던 5월 혁명Revolución de Mayo이 일어난 날이다.

에 맞는 사람으로 키워 내는 건 힘든 일이었고, 그는 그걸 교육이라 생각했고, 남들보다 훨씬 깊이 이해했다고 해. 가우초의 피는 아끼지 말아야 한다고 사람들은 말했지만, 그는 달랐대. 가우초 한 명 한 명을 자기 목장의 소 한 마리처럼 소중하게 여기며 가우초가 아무 이유 없이 죽게 내버려두는 법이 없었다는 거야. 심지어 그는 자기 시의 속편을 일찌감치 써 놨대. 그 건설적인 소책자는 노동자들을 교육하기 위한 지침서였지. 노동자들과 목장주, 병사들과 대령은 하나이며, 모두가 함께 일궈야 할 유일한 국가는 대령들과 목장주들을 위한 나라이고, 노동자 역시 대령과 마찬가지로 신생 국가에서 모든 일을 스스로 해야 하기에 한배를 탔다는 걸 잘 이해시키려고 그 책을 쓴 거였대.

　"이봐Mirá○, 이봐요, 여기 나랑 같이 올라가요, 달링 케리다darling querida(사랑스러운 내 사람)." 마테에 사탕수수술이 조금 섞인 채로 뜨거운 물이 부어졌어. 정오 무렵이라 입맛을 돋우려는 거였지. 에르난데스가 망루로 기어오르기 시작했어. 그는

○　여기서부터 대령은 리즈에게 2인칭 단수 주격인칭대명사인 보스vos의 동사변화형을 사용하면서 더욱 친근하게 대한다. 이전까지는 3인칭 단수 주격인칭대명사인 우스테드usted를 사용하면서 깍듯이 대했다. '내 사랑mi querida', '내 사랑mi amor' 등은 현재에도 아르헨티나에서 상대방에 대한 친근함을 나타내고자 종종 쓰인다.

리즈한테만 말을 걸었지만, 우린 다 따라갔지. 꼭대기에 오르자, 그는 군주 같은 몸짓으로 양팔을 쫙 벌렸어. 미뉴에트를 추는 귀부인처럼 우아한 걸음걸이로 한 바퀴 돌면서 지평선 전체를 한눈에 바라보더니 말을 계속했지. "왓 캔 유 씨? 낫싱 벗 마이 워크What can you see? Nothing but my work(뭐가 보이나요? 내 일 말고는 없죠). 데어 아 노 시티즈, 노 피플, 노 웨이즈, 노 아더 파머스, 노 컬처. 데어즈 낫싱 히어There are no cities, no people, no ways, no other farmers, no culture. There's nothing here(도시도, 사람도, 길도, 다른 농부들도, 문화도 없어요. 여긴 아무것도 없어요), 내 사랑." "당신은 이 사람들이 뭘 스스로 만들 수 있다고 생각하오? 뭘 만들겠소? 뼈대와 가죽으로 지은 오두막집처럼, 아무 예술도 없는 다 쓰러져 가는 집이 고작이지! 저들은 흙이오, 밀레이디. 흙과 똑같지. 자기들이 먹는 것처럼 흙에서 만들어졌고, 태어나면서 죽을 때까지 진흙을 벗어나지 못해. 그러니 내가 있어야지. 우리가 있어야 해. 물론 우리도 저들이 필요하오. 하지만 우리는 저들을 다른 사람들로 교체할 수 있거든. 하지만 날 대체할 사람은 아무도 없소. 나는 책을 백만 권이나 팔았고, 전투도 서른여섯 번이나 이끌었고, 경작도 많이 했으니까. 농사도 엄청나게 먼 곳까지 지어서 당신의 예쁜 눈으로도 다 보진 못할 거요. 마테 한 잔 더 줘, 이 망할 치나야." 대령은 여자 하인을 보며 으르렁댔어. "뭐냐, 잠 덜 깼냐? 제대로 따라 봐." 그가 마테를 마시고 내려가기 시작하자 가우초 두 명이 올라오기 시작했지. 대령이 떨어질 경우 자기들 몸으로 받쳐서 충격을 덜어 주려고 하는 것 같았어. 대령은 떨어지지 않았지. 리즈는 매혹된 것 같았어. 리즈가 어떤 표정으로 그를 바라봤는데, 그게 사랑처럼 보여서 나는 숨 쉬기 어려웠지. 우리는 산책을 나갔어. 노인은 리즈와 팔짱을 꼈고 로사와 나는 조금 뒤에서 따라갔지. 그러다 로사가 분노 섞인 목소리로 자기가 목장에서 겪은 일들을 쏟아부었어. 그도 비누로 목욕했대. 그 목장에선 가우초들이 저녁 식사 전에 매일 목욕했어. 그들은 부엌의 난로 주변에서 같이 잠을 잤는데 전부 독신자였대. 그래서 악덕을 피하려고 가우초들이 혼자 오두막에서 지내지 못하게 한 거래. "악덕이라니, 로사?" "알면서, 너 내 말 알아들었잖아." 로사가 대답했지. "아니야, 뭔데?" 내가 되물었어. "남자 둘이 같이 자는 거말이야. 아니면 여자들을 찾아다니다가 일도 제대로 못하는 거 말이지. 이 목장 주인은 가우초들이 일하고, 말쑥하게 입고, 읽는 법을 배우고, 미사에 가는 것만 좋아하거든. 토요일 말고 다른 날엔 일절 파티도 못 열게 해. 술도 딱 사탕수수술 조금만 허용하는데, 그러면서 자기는 얼마나 술을 들이붓는지 너도 봤지. 애인도 딱 한 명만 둘 수 있어. 집합 나팔 소리가 들리면 모두 일어나서 씻고 옷을 입고 아침을 먹고 체조하러 갔다가 또다시 나팔 소리가 나면 일하러 나가야 돼. 일도 제각각인데 그중 어떤 건 가우초 일도 아니야. 쇠를 벼리고, 나무를 깎고, 곡식을 가는 건 그렇다 쳐도 꽃과 과일을 재배하고, 빵을 굽고, 신발을 고치고, 셔츠를 꿰매는 것은 치나의 일이야, 호세○. 물론 밀, 수수, 호박과 채소를 심는 일도 하지. 목장 주인이 가우초들에게 채소를 먹으라고 하거든. 가우초들은 야생 토끼를 잡아먹는 퓨마처럼 자기들이 키운 것 전부를 벌레가 먹어 치우지 못하게 싸우고, 또 한파와 우박에 맞서 싸워야 해. 농부가 되는 건 전쟁터에 있는 것과 같아." 로사는 이렇게 말하면서 목축 말고 다른 건 안 하고 싶다는 결심을 굳혔다고 했어.

나는 발걸음을 재촉했지. 리즈와 에르난데스가 붉은 잎이 달린 나무 아래 천을 깔고 앉아 얘기

를 나눴거든. 색이 연한 천 위로 과일이랑 물, 치즈, 빵, 포도주가 놓였어. '피크닉'이라고 불리는 것이었지. 그는 리즈에게 자신의 목적에 대해 설명했어. 자기가 짓는 건 단순한 목장이 아니라 현대적인 도시라고, 가우초는 목장에 들어선 뒤부터 느린 작업을 거쳐 일원이 되어 가는 거라고 말이야. 처음에는 가우초들한테 요새 둘레에 참호를 파는 것처럼 가장 힘든 일이 주어진대. 대령은 참호가 특별히 쓸모 있다고 믿는 게 아니래. 그저 신참들을 일에 적응시키려고, 녹초로 만들어서 밤에 술 취할 틈도 없이 뻗게 하려는 거래. 그래야 벌을 줄 일도 없대. 술 마시는 법을 알게 하려면 머리가 아주 차가워야 한다나. 같은 시간에 일어나고 잠드는 데 익숙해지게 하려면, 산업과 위생의 사이클에 익숙해지게 하려면 훈련이 필요하대. 그러니까 참호를 파는 건 그냥 일이 아니라 입문 의식이라고 해. 소의 낙인 같은 표식이고, 새로운 인생의 시작인 거지. 그래서 가우초들한테 참호를 스스로 파게 하면서 시작된대. 전과 후의 경계선을, 자기 인생의 새로운 출발을 스스로 정하게 하는 거지. 애벌레에서 벗어나는 첫걸음이래. 그다음엔 숙련된 이들 옆에서 다양한 일들을 배우고, 학교도 다니게 한대. 먼저 온 이들은 이미 읽고 쓸 줄 알게 됐어. 에르난데스는 그들에게 성경을 나눠 줬지. 종교는 일부 좋은 것들, 예를 들면 일부일처제 같은 걸 가르쳐 준대. 더욱이 하느님께 복종하는 법도. "앤드 유 아더 로드, 안트 유And you are the Lord, aren't you(당신이 주님 아니세요)?" 리즈가 그한테 물었고, 둘은 같이 웃었지. 나는 갓 싹튼 믿음에 처음으로 균열이 가는 것을 느꼈어. 하지만 상관없었지. 앞으로도 삶이 지난밤처럼 좋은 날을 선사한다면, 난 신 따위 필요 없을 것 같았거든. 떨리는 마음으로, 그래도 진심으로 결심했어. 지금 이대로 충분히 행복하다고.

"조국을 위해 땅부터 차지해야 했소." 에르난데스는 계속 얘기했어. 주변에 깔린 뼈들을 가리키며 목장을 지키려고 얼마나 싸워야 했는지 말했지. 야만인들이 쉽게 넘겨준 게 아니었대. "우리는 지금 한 무리의 노동 계급을 정복한 셈이오. 내 가우초들도 그렇고. 그래, 정말 그랬지. 결혼한 이들은 방이 두 개 이상 있는 자기네 집을 가졌소. 온 가족이 한 방에서 누워 잘 순 없잖소." 에르난데스가 말했고, 나는 그 말에 동의할 수밖에 없었어. "모두가 만족했느냐고? 천만에. 어떤 이들은 매질을 해야만, 다른 이들은 족쇄를 채우거나 말뚝에 묶어야만 말귀를 알아들었고, 몇몇은 채찍질을 몇 번 당한 끝에 도망쳤다가 다신 돌아오지 않았소. 매일 퍼마시던 사탕수수술이 제한되는 데다 자기 몫의 돈이 없다며 불만을 품고 달아난 거지.” “급여를 주지는 않나요?” “아니, 난 그 돈을 투자하오. 돈이 드물게 생기지만 교사에게, 학교에, 예배당에, 새로 이주해 온 가족들의 집에 투자하거든. 물론 내 목장과 집에도. 여긴 목장의 총사령부, 국가의 선봉대, 사막을 관통하기 위한 진보의 전초 기지니까.”

땅딸막하고 피부가 가무잡잡한 합스부르크 왕족들처럼

에르난데스가 우리한테 보여 준 건 미래의 인간상이었지. 그 자신이 바로 그 일부라더군. "나는 철도고, 증기 에너지고, 팜파의 경제요. 비옥하고 거칠며, 한 번도 경작된 적 없고 그저 야만인들이 말 달리며 질주하던 이 땅에 심겨진 문명과 진보의 씨앗이오. 그 야만인들은 유령이나 도둑처럼 사는 것 외엔 아무 역사도 없는 것만 같소. 저들이 남기는 건 슬픈 연기뿐이고, 오가며 뿌리는 건 약탈과 파괴뿐이오. 마치 땅 위를 떠다니는 존재들 같소. 백인의 수고로 만든 것을 훔치고 불태우지 않았다면 존재하지 않는다고 믿을 법도 하오. 마치 선조들이 찾아 헤맸던 엘도라도처럼, 전설 속 존재 같다고. 가우초들은 인디오와 스페인인의 피가 섞인 자들이지만, 유럽 조상에게서 물려받은 것이라곤 공짜 황금을 꿈꾸는 환상조차 없다오. 인디오마냥 야생 토끼마냥 가볍게 떠돌 줄도 모르고, 정말 아무것도 없소. 저들은 조국의 좋은 병사들이지. 가우초들은 용감하거든. 하지만 더 이상 전쟁은 없소. 이제 싸움은, 축산업과 농업의 느린 무기로 땅을 미터 단위로 정복해 나가는 것뿐이오. 그런데 저들은 거기엔 아무 관심도 없소. 저들에게는 건설이라는 개념이 없거든. 썩어 가는 판잣집에 떼로 모여서 살아요. 금기도 몰라요. 어머니와 동침하지 않는 건 그저 어린 여자아이들을 더 좋아하기 때문이지, 그마저 확신할 수는 없지만. 나는 셋, 아니…” 에르난데스는 장부를 들여다보며 말했어. “넷! 제 어미와 사실혼 관계를 맺은 놈들을 봤소. 그 여자들한테서 난 애들이란 게 어떻게 생겨먹었는지 봤어야 해. 놈들 반쯤은 키가 짤따랗고, 다리도 휘었고, 팔뚝은 비쩍 말랐고, 한술 더 떠서 그중한 녀석의 자식이자 형제인 놈들은 죄다 주걱턱이었소. 땅딸막하고 피부가 가무잡잡한 합스부르크 왕족들처럼 말이오. 문맹에다 열세 살에 이가 다 빠진 놈들. 그런 놈들을 내가 거뒀다오. 먹이고, 일을 시키고, 학교도 보냈다니까. 그 짐승 새끼들을!" 하면서 대령은 낄낄 웃더라고. "나는 엄격한 방법으로 놈들을 가르쳤소. 학교가 없는 곳에선 매가 곧 글을 가르친다더니, 때로는 학교가 있어도 매가 필요한 법이지요. 미스 데이지를 보셨소? 사르미엔토Sarmiento○의 그링가 중 하나를 선생으로 데려왔지. 겨우 서너 명 정도 배웠을까, 나머지는 일 년을 가르쳐도 엄마라는 글자 하나 못 썼어. 그런데 다섯 놈이 그 선생을 강간했소. 놈들이 선생을 채찍으로 얼마나 때렸는지 그 하늘처럼 푸르렀던 눈알 한쪽이 튀어나왔더군. 이가 세 개나 빠졌고, 두피가 벗겨져 머리카락의 절반이 없어졌어. 나도 그 여자를 본 적 있소. 절룩거리며 지나가던 그링가. 한쪽 눈은 없고, 절반은 대머리에, 이빨도 없더라고. 왜 절룩거리는지 묻지도 않았지. 뭐 하러? 그 애들도 학교에 보냈긴 했소. 그래도 놈들이 품종 개량에 힘쓴 건 맞다오. 반쪽짜리 미국 애들

○　도밍고 파우스티노 사르미엔토Domingo Faustino Sarmiento(1811~1888). 아르헨티나의 정치가, 교육가, 작가. 1868년부터 1874년까지 아르헨티나의 대통령을 역임했으며, 아르헨티나의 공교육 확대와 교육 개혁에 공헌했다. 아르헨티나의 문명과 야만의 대립 구도를 다루며, 로사스 독재 정권의 부당성을 격렬하게 비판한 소설 『파쿤도Facundo』를 쓴 바 있다.

이 일은 좀 더 잘하거든. 솔직히 말하자면 그래요. 다 말해야지." 에르난데스는 그렇게 말하며 리즈를 쳐다봤지. 그 눈빛이 어찌나 음탕한지, 콧구멍 양쪽에 발정 난 짐승의 음경이라도 달린 것 같았어. "그 여자는 억세고 독했소. 일주일을 누워 앓다가도 다시 제 발로 일어나 사람들을 가르치겠다고 고집하더라고. 제발 그 가우초들을 살려 달라고 빌더군. 상상이나 됩니까? 밀레이디. 그 자비심에 내가 다 감탄했지 뭡니까. 그런데 가까스로 몸을 일으키더니, 어느 날 새벽에 가우초들이 갇힌 곳으로 갔소. 내게 목숨만 살려 달라고 청하던 그 가우초들에게로 말이오. 불과 몇 시간 만에, 하룻밤이 채 지나기도 전에 그 여자가 어떻게 변했는지 봤어야 하오. 온순했던 하늘색 눈의 한쪽에는 칼자국만 남았고, 다른 쪽은 증오의 샘으로 변했다오. 색은 영원한 얼음처럼 차가워졌고, 이제는 더 이상 하늘색이라 할 수도 없어요. 무서울 정도지. 나중에 보시면 알 겁니다. 여자는 그 다섯 놈을 지하감옥에서 끌어내서, 말뚝을 박아 땅에 고정하라고 명령했소. 별 모양으로. 산 채로 만든 고기 별이나 다름없었소. 한낮의 태양 아래 그 놈들을 굽기 시작했다오. 몇 시간 뒤, 열네 시간쯤 지났을 때였소.

한여름이었지. 여자는 놈들한테 물을 끼얹기도 하고, 해가 질 무렵엔 마실 물을 줬소. 하늘에는 붉게 부푼 구름들이 떠 있었고. 마치 수천 마리 진드기 떼가 주황빛과 보랏빛이 섞인 하늘에 엉겨 붙은 것처럼 보였지. 그 광경을 보고 알아챘어야 했는데, 우린 그러질 못했어. 가우초들은 빌었소. 미스, 제발, 용서해 줘요. 일부러 그런 게 아니에요. 미스가 너무 예뻐서…… 술을 너무 많이 마셔서…… 우리 다섯 다 미스랑 결혼할게요. 평생 종이 될게요. 용서해 줘요. 미스 데이지는 놈들한테 밥을 주라고 명령했소. 죽이랑 사탕수수술도 조금 줬지. 가우초들은 희망을 품었어요. 고마워요, 미스. 평생 은혜 잊지 않을게요, 미스. 웃으며 서로 격려까지 나눴다오. 미스는 아무 말도 하지 않았소. 텅 빈 한쪽 눈과 아직 남아 있는 눈의 그 냉담한 허무로 그들을 바라볼 뿐. 여자는 놈들로 만든 별 한가운데에 앉았소. 굵은 나뭇가지 하나와 칼을 가져오게 하더니, 거기 앉아 나뭇가지를 뾰족하게 갈기 시작했어요. 가우초들은 점점 말문이 막혔소. 얼굴은 창백해지며, 흐느낌만 커졌어요. 놈들의 어머니와 아내, 아이들, 심지어 말들까지도 닥쳐올 운명을 예감하는 듯 울었다오. 미스 데이지의 분노는 이제 걷잡을 수 없었소. 내 결심마저 흔들리기 시작했다오. 그 백인 여자의 처벌을 허한 나 자신조차 말이오. 놈들이 무슨 죄를 지었든, 사람한테는 차마 못 할 짓이 있는 법이잖소. 하지만 나는 여자가 선택한 처분을 존중하겠다고 약속했거든. 자비를 택할 줄 알았는데! 머리가 희끗해도, 사람은 이렇게 잘못 판단할 수 있다오. 다른 가우초들이 그 다섯 놈을 구하려고 덤벼들기에 내가 엽총을 들고 막아섰소. 내 부하들, 장교 열한 명도 무기를 들고 나섰다오. 여기 라스 오르텐시아스 요새에서 일어난 가장 큰 반란이었소. 솔직히 말해서, 나도 그 순간 몇 놈쯤 그냥 쏴 죽이고 싶었지만 참았소. 왜냐하면 가우초들이 옳았거든. 그들은 미스 데이지가 지쳐서 병상으로 돌아갈 때까지 꼼짝 못 했소. 그제야 우리는 총을 내렸고, 가우초들은 놈들의 시체를 끌어냈소. 놈들은 자기 배설물과 말라붙은 피로 범벅이 됐다오. 땅에서 시체를 억지로 떼어 내어 씻겨 줘야 했소. 그들은 하얗고 깨끗하고 차가운 모습으로 돌아왔다오. 놈들은 한 번도 그렇게 하얗고 고요한 적이 없었소. 진작 그렇게 살았으면 좋았을 것을. 욕정에 눈이 먼 짐승처럼 날뛰지만 않았어도, 그렇게 끔찍한 꼴로 죽진 않았을 텐데 말이오. 그날 밤, 나도 울었소."

　　리즈는 대령이 말하는 동안 고개를 끄덕이면서, 이따금 그의 팔에 손을 얹으며 "히어로hero(영웅이에요). 유 아 어 패트리어트you're a patriot(진정한 애국자세요)."라고 말하곤 계속 잔을 채웠지. 대령은 남들이 눈을 단 자리에 남근을 단 것 같았고, 남들이 입을 단 자리에 열 마리 낙타를 키우는 것 같았어. 그 입은 운명처럼 모든 것을 집어삼켰고, 그 남근마저 익사시키는 위스키 웅덩이였지. 잘만 다루면, 에르난데스는 아주 쉬운 남자라고 리즈는 말했어. "그래서 그 불한당과 어미들은 어떻게 됐나요?" 리즈가 물었지. "그 힘들다는 학교에서 글자를 새기고 있소. 아까 말한, 피로 배우는 학교 말이오. 미스 데이지가 그 두 학교를 다 맡았거든. 하지만 걔네가 데이지를 너무 무서워해서 절대 아무것도 배우지 못할 것 같소. 그 가무잡잡한 놈들 말이오." "그럼 다른 학교는 어디 있나요." 리즈가 다시 물었어. 에르난데스는 나무들 뒤쪽을 가리켰지. 덤불 하나 없는 그저 맨땅이었어. 그가 외치자 말끔하게 씻고 머리를 뒤로 넘긴 가우초 하나가 나타났지. 에르난데스는 그 가우초한테 말했어. "숙녀들을 좀 모시고 가게." 가우초가 웃었고,

에르난데스도 웃었지. 그때 난 파콘을 뽑아 들었어. 에르난데스가 말했지. "아니야, 아니야, 꼬마야. 너랑 상관없는 일이야. 네 누나가 두 사람 몫을 하거든." 그는 우리를 탈선자의 학교로 보냈어.

학교에서 군림하는 건 금발 여자와 쌍둥이들이었지. 아이들은 잔인한 성정에 거의 백인처럼 보였어. 그게 문제였지. 어머니처럼 완벽하게 하얗지 않다는 게 못마땅했던 거야. 어머니와 똑같지 않았던 건, 그 똥과 피에 파묻힌 별 모양의 다섯 남자들 탓이니까. 아이들은 가우초들을 증오했지. 어머니와 함께 미국으로 돌아가 미니애폴리스에서 카우보이가 되고 싶다고 했어. "렛츠 고 백 홈, 마미 let's go back home mummy(집으로 돌아가자, 엄마.)" 리틀 데이지들은 그렇게 말했지만, 그들에게 돌아갈 집이란 에르난데스의 농장뿐이었지.

밧줄 채찍[1]과 가죽 채찍[2]

우리한테 닫힌 문은 하나도 없었어. 요새의 주인은 자부심을 갖고 모든 것을 우리에게 보여 줬지. 햇빛에 말라가는 가죽처럼 축 늘어지고 말라비틀어진 몸. 갈라진 피부, 질겅하며 감은 두 눈, 고통으로 뒤틀린 얼굴. 캄포 말로Campo Malo[3]의 가우

---

[1] 과스카guasca. 가죽, 끈 또는 밧줄로 만든 가닥으로 특히 고삐나 채찍으로 사용되었다.

[2] 레벵케rebenque. 가우초들이 사용한 길이가 짧은 채찍이다. 주로 말을 채찍질하기 위해 고안된 이 채찍은 약 50cm 길이의 단단한 나무 손잡이와 동일한 길이에 약 5cm 너비의 생가죽으로 만들어진 채찍날로 구성된다.

[3] 스페인어로 '나쁜 들판' 또는 '불길한 땅'을 뜻한다. 민간 신앙에서는 악령이 깃들거나 불길한 장소를 의미하기도 하며, 여기서는 규율 위반자들을 가혹하게 처벌하는 특정 구역을 가리킨다.

초들은 그런 상태였어. 캄포 말로는 에르난데스가 탈선자들을 위해 따로 마련한 지옥이었지. "탈영병과 살인자는 원칙적으로 죽음으로 다스렸소. 탈영과 살인은 라스 오르텐시아스 요새에서 저지를 수 있는 가장 큰 위반이었소. 나머지는, 도둑질까지도 경범죄로 간주되어 말뚝에 사지를 묶거나, 족쇄를 채우거나, 젖은 가죽끈의 매듭으로 매질당하는 벌을 받았다오. 절대 해선 안 되는 건 도망치는 것, 그리고 살인이었소. 살인자들은 갓 죽은 소의 가죽 안에 갇혀 죽음을 맞이했다오. 그 형벌은 '마탐브레Matambre'●라고 불렸소. 놈을 가죽에 싸서 꿰매곤 노천에 내버려두는 거요. 그러면 가죽이 마르면서 서서히 조여들다 질식하게 되지요. 태양 아래에서 죽을 때까지 몇 시간이고 그렇게 있는 거요. 사형 아닌 벌을 받은 경우, 가우초는 벌을 받은 후 각각 팔맷돌에 사지가 묶인 소처럼 손발이 매듭으로 묶인 채 가죽과 흙으로 된 좁은 벽감에 욱여넣어졌소. 댐드 아이들스damned idles(그 빌어먹을 게으름뱅이들)가 누워서 자지 못하게 하려는

● 아르헨티나에서 애피타이저로 즐겨 먹는 소고기 요리. 소의 갈비뼈와 가죽 사이의 얇은 부위를 사용해 채소나 삶은 달걀 등을 넣고 돌돌 말아 굽는 형태가 대표적이다. '허기를 죽인다'라는 뜻의 스페인어 '마타르 함브레matar hambre'의 줄임말로, 도축 직후 허기를 달래기 위해 이 부위를 가장 먼저 구워 먹던 것에서 유래했다.

거요. 데이지의 아들들이 자기네 방법을 우리한테 설명해 주었소. 기껏해야 열다섯 살이 넘지 않을 그 애들은 자기 엄마만큼이나 맹수 같았어요. 리틀 데이지들은 말가죽 끈으로 가우초들의 눈을 가리고 입에 재갈을 물리더니, 그대로 땅바닥에 거꾸러뜨리곤 채찍질을 퍼부어 몸에 상처를 냈소. 가우초들은 피투성이였고, 쫓을 수도 없는 파리 떼가 구름처럼 엉겨 붙어 검고 푸르스름한 덩어리로 보였소. 데이지의 아들들은 데이 두 놋 원트 투 런 they do not want to learn(그들은 배우려 들지 않거든요.)라며, 족쇄나 말뚝 형벌을 내린 다음 날 그들을 벽감에 처넣고 일주일 동안 참회하게 한 뒤에야 풀어 준다는 거요. 예컨대, 라이크 디스 스투피드 니거like this stupid nigger(이 멍청한 깜둥이처럼)라면서, 리틀 데이지 중 키가 더 큰 녀석은 머리 껍질이 벗겨져 생살이 훤히 드러나, 보는 것만으로도 아플 지경인 가우초의 머리통을 발로 걷어찼소. 그러고는 엄마 집으로 달려갔다오. 히스 머더 앤드 히스 와이프 인 더 세임 보디his mother and his wife in the same body(제 어머니이자 아내인) 그 마녀 같은 창부의 젖을 빨기 위해서였소. 우리에게는 다른 놈들도 있었소. 도망친 녀석이 둘 있는데,

한 놈은 게을러터져서 일 안 하고 노래만 불렀지요. 녀석은 글자를 배워 급기야 자기 이야기를 썼고, 나중에는 주인이 자기가 지은 시구를 훔쳤다고 떠들고 다녔소. 그래서 녀석에게 밧줄 채찍과 가죽 채찍 맛을 보여 줬지요. 놈은 때리고 또 때려도 그 노래들이 자기가 만든 거라고 계속 고집을 부렸소. 우리는 놈을 길들이려고 별렀어요. 아시다시피, 밀레이디milady, 놈의 양손에 말 한 마리, 양발에 또 한 마리를 묶어서 말 한 마리는 내륙 깊숙한 곳을 향해, 다른 한 마리는 영국을 향해 달리게 하려고 했다오. 그런데 그 하찮은 벌레 같은 놈이 도망쳐 버렸소. 구더기가 맞는 모양이오. 놈을 묶던 밧줄에서 빠져나갔으니까. 하지만 상관없소, 우리가 언젠가 놈과 다시 마주치든 말든. 우리에게 무슨 상관이겠소, 그 빌어먹을 인디오 놈. 여기 젠장맞을 인디오 놈들 전부 알 게 뭐요.” 그들은 침을 뱉었어. 그들이 우리에게 보여 준 것에는 위협과 허세가 있었지. 나는 그저 그곳을 떠나고 싶은 마음뿐이었어. 거의 죽은 것이나 다름없는 자들이 뱉어내는, 가냘픈 숨결 속의 애원을 그만 듣고 싶었지. 하지만 리즈는 그들을 칭찬했어. 내가 네 어머니라면 너희를 자랑스러워할 거라면서. “굿 보이즈good boys(착한 소년들이구나). 부지런하고 매너도 아주 영국인다워." 리틀 데이지들은 흡족해했어. 그들은 때리고 욕하던 걸 잠시 멈추고, 우리를 캄포 말로의 출구까지 배웅해 줬지.

목장의 나머지 구역, '더 굿 컨트리사이드the good countryside(좋은 시골)'에서는 노동이 모든 이에게 행복을 가져다주는 것 같았어. "세상은 하나의 직물이에요." 리즈가 입을 떼었어. "여기서 씨실이 빛날 수 있는 건, 캄포 말로라는 살과 피로 짠 날실이 밑바닥을 받치기 때문이에요. 세상은 언제나 그랬고, 우리 모두가 베틀에서 제 역할을 깨달을 때까지 계속 그럴 거예요." 이 씨실 안에서, 아이들에게 아침을 먹이느라 체조를 하지 못한 가우초와 치나들은 아침 여덟 시부터 저녁 여덟 시까지 정성껏 일했어. 그들은 노래했지. "여기 있네, 우리가 숭배하는 깃발. / 벨그라노❶ 장군이 우리에게 남겨 준 그 표식. / 슬픔에 잠긴 조국이 노예가 되었을 때 / 요오오오옹맹으로 그 사슬을 끊어 냈네." 그러고는 분업해서 일했어. 내 말은 누구도

---

❶ 마누엘 벨그라노Manuel Belgrano. 아르헨티나의 정치가이자 군인으로, 국민 영웅 중 한 명으로 추앙받는 인물이다. 1812년 아르헨티나의 국기를 창안한 인물로 유명하며, 독립 전쟁 당시 군대를 이끌고 스페인 군대에 맞서 승리를 거두었다. 소설 속 노래 가사에 등장하는 '벨그라노가 남겨 준 표식'은 아르헨티나 국기를 상징한다.

한 가지 일을 통째로 하지 않았다는 거야. 아무도 시작한 일을 혼자 끝까지 하진 않았다는 거지. 예를 들어, 세탁을 하는 여자들은 커다란 물통의 가장자리에 앉아. 맨 처음 사람들은 옷을 적시고 비누칠을 해. 그걸 다음 사람들에게 넘기면, 그들이 솔로 문지르지. 그 다음에는 헹구는 사람들에게로 넘겨. 그러다 마침내 빨래를 너는 사람들에게로 와. 한낮의 태양처럼 새하얀 셔츠들이 피부색이 어두운 여자들에게로 넘어오는 거야. 대장간도 마찬가지였어. 한 사람은 불을 지피고, 다른 이는 쇠를 달구고, 다른 한 명은 적당해질 때까지 기다리고, 또 다른 이는 원하는 모양으로 두들긴 뒤 물에 담가. 또 다른 이가 그걸 꺼내 젖은 채로 선반 위에 올려 둬. 그 방식으로 하루에 수백 개의 편자를 만드는 걸 봤지. 대령은 팜파에 새로운 속도를 발명하고 싶어 했어. 그는 영국과 미국에 가 봤고, 앵글로색슨의 힘이 가진 그 광기 같은 것을 아르헨티나 사람들에게도 심고 싶어 했지. 대장간은 남자들의 일터였고, 남자들은 관리인이 근처에 없을 때면 여자들을 뚫어져라 쳐다보며 딴 노래를 불렀어. "암컷 두꺼비가 짜고 있네 / 수컷 두꺼비한테 줄 커다란 모자를 / 암컷 두꺼비는 한눈팔지 말기를 / 수컷 두꺼비가 들이댈 테니.”

　　그날 밤 대령은 또다시 성대한 만찬을 베풀었고 와인에 곯아떨어졌어. 족장의 머리가 식탁에 처박히기도 전에 리즈가 의자에서 벌떡 일어나 나를 거의 밀치다시피 하며 자기 침대로 데려갔지. 나는 아무 저항도 하지 않았어. 단지 묻고 싶었고, 이해하고 싶었을 뿐이야. 리즈가 여행 내내 너무나 달랐거든. “오, 유 라이크 잇, 돈트 유Oh, you like it, don't you(오, 너 좋아하잖아, 안 그래)?” 리즈는 침대로 나를 거칠게 밀어붙였지. 마치 몸에 붙은 불을 끄려는 사람처럼 다급하게 내 옷을 벗겼어. 그러고는 자기 옷도 벗고, 다시 교육을 이어 갔지. 이번에는 부드러웠어. 내 몸의 앞뒤를 구석구석 애무했어. 손으로, 입으로, 혀로, 그리고 코로. 그러고는 자신의 가슴을 내 모든 구멍 속으로 밀어 넣었지. 정작 그 순간 나는 단 한 마디도 내뱉을 수 없었어. 리즈가 사막을 건너면서, 마차 안에서, 모닥불 곁에서, 옴부나무 아래에서, 로사의 사탕수수술을 마시며 그렇게 많은 말을 내게 가르쳐 줬는데도. 치나들이 문을 두드렸고 안으로 들어와서 나는 숨었지. 치나들은 욕조에 뜨거운 물을 채웠고, 리즈가 차 좀 달라고 해서 가져다 준 뒤로 다시

오지 않았어. 리즈는 다시 나를 잡더니 물속에 넣었고, 자기도 들어왔지. 그러고는 아무도 내게 한 적 없는 것을 했어. 리즈는 나를 뒤집어 눕혀 자기 가슴을 내 견갑골에 바짝 대고는 강아지를 데리고 강을 건너는 개처럼 내 목덜미를 세게 깨물었지. 날 놓아주지 않고, 한 손으로는 내 젖꼭지를 애무하기 시작했고, 다른 손으로는 내 성기를 만졌어. 내 엉덩이를 벌리고는 몸을 바짝 댔지. 리즈는 내 손을 꼭 잡고 자위하는 법을 가르쳐 줬어. 내 손가락들을 빨더니, 그 손가락들을 내 클리토리스에 올려놓고, 내가 자기만의 리듬을 찾을 때까지 내 손을 자기 손처럼 썼지. 내 항문을 크게 벌려 자기 손을 내 안으로 밀어 넣었어. 그러면서 나를 더 세게 물고 내 젖꼭지를 더욱 세게 자극했지. 나는 자위를 멈추고 양손으로 욕조를 꽉 붙잡았어. 그 새로운 쾌락, 바늘과 핀으로 찌르는 듯한 더 예리한 쾌락으로 내 안이 가득 차오르게 내맡겼지. 리즈는 자기 품 안에서 내가 짐승처럼 으르렁거리게 했어. 나는 항문으로 오르가슴을 느꼈고, 리즈에게 영원한 사랑을 맹세하고는 거의 질식할 때까지 리즈의 것을 빨았지.

자기를 작가라고 믿은
그 이상한 가우초

"오, 플리즈, 텔 어스 어바웃 댓 스트레인지 가우초 후 빌리브드 히 워즈 어 라이터! 더 원 후 랜 프롬 유Oh, please, tell us about that strange gaucho who believed he was a writer! The one who ran from you(오, 제발, 자기를 작가라고 믿은 그 이상한 가우초에 대해 얘기해 주세요! 당신에게서 도망친 그 사람이요)." 아침 식사 시간에 가벼운 인사를 마치자마자 리즈가 말을 꺼냈지. 그 의례적인 인사도 갈수록 격식이 없어지고 있어서 나는 기쁘기도 하고 솔직히 좀 무섭기도 했어. 첫 햇살이 침실로 들어오기 전, 나는 거의 숨이 막혀 깨어났지. 리즈가 내 얼굴에 몸을 비비적거렸거든. 아, 리즈의 성기가 내 입 안에 있었고, 리즈의 끈적이는 숨결과 불규칙한 리듬에 맞춰 숨을 쉬어야만 했어. 마치 나를 길들이는 것 같았지. 내가 알아차렸건 몰랐건 간에, 리즈는 나를 길들였던 거야. 동물이 반항 없이 주인이 원하는 대로 숨 쉬게 만드는 것보다 더한 조련이 어디 있겠어. 하지만 지금 리즈는 대령 볼에 입을 맞췄지. 아침에는 잿빛이 됐다가 동이 트자마자 벌떡 일어나는 그 남자. 에르난데스 역시 조련사였어. 숙취마저 조련하는 사람이었지. 리즈가 쳐다보거나 말을 걸거나 어떻게든 자길 향하기만 하면 기쁨의 섬광을 번뜩였어. "이봐요, 달링! 이 들판에서도 천재성의 빛이 번뜩이지요. 평원 마을이 어떤 곳인지 묻는 이들한테 난 늘 이렇게 말한다오! 거의 문맹인 가우초 하나가 미스 데이지한테서 뭘 좀 배우더니, 글쎄 내가 자기 노래를 훔쳤다지 뭐요." "오, 예스. 어 리얼리 위어드 맨, 이즌 히 Oh, yes, a really weird man, isn't he(정말 이상한 사람이네요, 그렇죠)?" "그렇소, 그렇긴 한데 아예 틀린 말은 아니오. 내가 훔치진 않았지만, 놈이 노래하는 걸 들었을 땐 감동이 있었소. 그래서 내가 쟁기질을 그만두라고, 소작농들이 일하는 동안 즐겁게 해 주라고 그를 붙잡아 뒀거든." "유 아 어 리얼리 제너러스 맨, 서You're a really generous man, Sir(정말 관대하신 분이네요, 선생님)." "그렇게 봐 준다니 고맙군, 그링기타gringuita◐. 사실 사람들이 더 기뻐하더라고. 난 군인이고 지주니까, 부하들 다루는 법을 잘 알아야 한다오. 기쁨도 줘야지, 무조건 채찍만 휘둘러선 안 되지요. 특히나 가우초들은 천 명이고, 진짜 내 병력은 장교들이랑 나까지 합쳐 봐야 스물한 명밖에 안 된단 말이오. 만약 우리, 진보를 믿는 가우초들까지 친다면 이백 명쯤은 될 거요. 하지만 실전이 벌어지면 어찌 될지는 몰라. 경마장에 서 봐야 말의 진가를 알 수 있다지만, 나는 놈들이 나한테 덤비는 꼴은 안 보고 싶거든. 이 땅에 뿌리박게 해야 해요, 무슨 말인지 알겠소? 자기들 땅이라고 느끼게 해야 한단 말이오. 자기가 일군 건 어느 정도 자기 것도 되는 법이오." "낫 올웨이즈Not always(꼭 그런 건 아니죠)." "어느 정돈 그렇다는 말이오, 눈부신 아가씨. 놀라지 마시오. 내가 공산주의에 빠진 건 아니니까. 굶주린 유럽 이민자들이 메뚜기 떼처럼 몰려들어 와 퍼트리려는 그 역병 말이오. 우리 조상들이 천연두를 가져

◐ '외국인 백인 여성'을 뜻하는 그링가Gringa에 '작다'는 의미의 지소사 −이타-ita를 붙인 말. '작고 가냘픈 백인 아가씨' 정도의 뜻으로, 귀여워하는 마음과 얕잡아 보는 마음이 뒤섞인 표현이다.

와서 길을 닦아 놓은 것처럼 군다니까. 제발 웃어 넘겨요, 그링가. 여기선 모든 게 너무 지루해. 상상 해 봐요, 달링. 언젠가 놈들은 쪽수로 우릴 이길 수 있다는 걸 깨달을지도 몰라요. 저들도 알거든, 바보가 아니에요. 꽤 오래 산 놈들은 알죠. 우리 뒤엔 아르헨티나 군대가 있다는 걸. 물론 걔네도 우리 쪽이지만, 우리보다 덜 우리일 뿐. 여기선 모두가 우리지만 저마다 급이 달라요. 어떤 놈들은 완전히 우리고 어떤 놈들은 일부만 우리지요. 내 말 뜻을 알아듣겠소? 아무튼 첫 번째 대대가 도착하기 전까지, 놈들은 기회만 생기면 우리 목을 따 버릴 거요. 거의 다 죽어가는 놈이 자기 피에 미끄러지는 동안 노래 부르는 꼴을 당신도 봤어야 하는데. 가우초들은 그걸 레스팔라resfala○라고 부르길 좋아하거든. 심지어 자기 피를 보면서 말이오. 그래서 내가 그 가우초 작가 놈한테 예술가 노릇을 맡겼던 겁니다. 가끔은 그 짐승 같은 놈이 만든 시를 들어 봤는데, 진짜 들을 만했소. 솔직히 말해서, 그 짐승은 민중 시인이었어요. 내 첫 책에도 그 시 몇 개를 넣었소. 책 제목도 그놈 이름을 따서 붙였다

○　'미끄러지다'라는 뜻의 스페인어 레스발라Resbala에서 유래한 말로, 로사스 독재 정권 시기에 행해진 잔혹한 고문 및 처형 방식을 가리킨다. 처형되는 자의 목을 베기 전, 몸에 칼자국을 내어 흐르는 피에 몸이 '미끄러지게' 하며 마치 춤을 추듯 고통스럽게 죽게 하는 것을 이르는 말이다.

오. '마르틴 피에로Martín Fierro'라고요. 영감 넘치는 짐승의 이름, 하루 열두 시간씩 시를 지어낼 수 있는 녀석, 악랄하기 짝이 없는 놈이지만 재능은 있었소. 그놈은 내가 한 일을 평생 이해할 수 없겠지만, 나는 그놈 노래를 가져다 내 책에 넣었고, 그 목소리를 위해, 목소리 없는 사람들의 목소리를 대변하며 전국 방방곡곡에 전한 겁니다. 영국 아가씨, 그게 바로 저 도시 부에노스아이레스가 우리 것을 훔치면서 살아가는 방식이오. 도시 놈들은 우리가 생산한 곡물과 소를 자기네 항구로 내보내는 통행료로 먹고 살지요. 우리가 다른 곳에 큰 항구를 짓는 것도 못하게 막으면서 말이오."

에르난데스는 항구, 세금, 약탈 이야기를 계속했고, 지주와 가우초를 하나의 '우리'로 엮으면서 부에노스아이레스 사람들porteños⊃의 압박과 인디오와의 전쟁을 치르기 위해 우리는 함께 뭉쳤다고 떠들었지. "타자가 없으면 우리도 없다."라고 그가 말했을 때, 나는 수첩을 꺼내 적고 싶을 지경

⊃　항구 사람이라는 뜻으로 스페인어로 '포르테뇨'라고 한다. 아르헨티나 수도인 부에노스아이레스 출신자를 일컫는 말로, 팜파의 가우초들과 대비되는 중앙 권력층이나 도시인을 상징한다. 항구를 통해 유럽 문물을 빠르게 받아들였기에 세련되고 교양이 풍부하다는 인상이 있으나, 지방 세력인 가우초들에게는 법과 규율을 앞세워 자유를 뺏으려고 드는 오만하고 계산적인 존재로 비치기도 한다.

이었어. 대령은 멍청이가 아니었고, 리즈와 마차 안에 있을 때처럼 나도 뭔가 배운다는 느낌이 들었지. 마치 눈에서 붕대가 풀리는 기분이었어. 내가 이집트 미라처럼 칭칭 감겨 있었구나 싶을 정도로. 수천 년 전 피라미드라는 거대한 무덤에 묻힌 시체들처럼 말이야. 아프리카 북쪽 사막, 코끼리와 기린이 사는 그 대륙. 동시에 몽둥이로 그의 머리통을 후려치고 어디로든 도망가고 싶은 충동에 떨었지. 나는 그 시들을 알아차렸거든. 내 남편의 것이었어. 그 시들이 내 남편 것이라면 에르난데스는 나한테서도 도둑질을 한 셈이야. 물론 내 아이들한테서도. 그날 아침 지주 옆에 조셉 스콧으로 앉아 있었지만, 나는 기만당한 자의 부인이었지. 대령이 내 것, 내 아이들의 것이었을 무언가를 훔쳤다는 사실을 알았고, 생전 처음으로 주인의 감각을 느꼈어. 그 목장에서 주인이 된다는 게 어떤 건지 알 것 같았지. 나는 무시당한 거야. 그래서 결심했어. 이 요새에서 빈손으로 나가진 않겠다고. 정의를 실현하겠다고. 한편으로는 피에로와 가까이 있단 걸 알게 되니까, 그를 만날까 봐 두려웠지. 나를 원래 있던 곳, 그 오두막집으로 돌려보낼까 봐 두려웠어. 하지만 그럴 일은 없었지. 그 짐승은 도망쳤고, 이젠 탈영병 신세라 농장으로 돌아올 수 없을 테니까. 나를 잡으려 할 수도 있겠지. 그의 이름을 듣자마자 내 결심을 더 굳혔어. 계속 남장을 하고, 총을 절대 놓지 않겠다고. 나는 똑똑히 알았지. 책은 사고파는 것이고, 돈이 된다는 걸. 하지만 그 오두막집으로 돌아갈 순 없었어. 더구나 그와 함께라면 결단코 안 돼. 늙은이는 항구의 세금과 공공의 이익, 조국에 대한 질문을 계속 늘어놓았지. "조국을 키우고 만드는 사람들을 벌하고 훔치면서, 어떻게 조국이 성장할 수 있겠소?" 에르난데스는 헛소리를 했고, 나는 내 생각 속을 오갔어. 누가 조국을 키우지? 대체 세금은 뭐고 어디에 쓰는 건데? 늙은이는 피에로 얘기로 돌아가서 껄껄 웃으며 말했지. 그가 한때는 '엘 가요El Gallo(수탉)'라고 불렸지만, 나중에는 그 별명이 바뀌었대. 피에로의 악덕이 알려지자마자 별명이 달라졌다는 거야. "별명이 뭐였는지 아시오, 리즈? 이런 말을 해서 미안하지만 진실은 형용사가 붙지 않아요. 진실은 예쁘지도 추하지도, 진보도 보수도, 좋지도 나쁘지도, 뚱뚱하지도 마르지도, 도시 것도 시골 것도 아니거든. 그냥 진실일 뿐이야. 안 그래요? 수탉의 진실은 말이지, 그놈이 아주 '갈리나

Gallina(암탉)' 같았다는 거요. 그래서 그렇게 불리게 되었소. 겁쟁이라서 그런 건 아니에요. 언제든 파콘을 뽑아 들고 싸울 준비가 된 놈이었으니까. 그게 아니라, 어떻게 말해야 하나, 스페인어로는 부파론bufarrón(호모 새끼)이라고 하거든? 영어로는 패것faggot(게이 놈)이라고 하든가? 다른 흑인 놈이랑 껴안고 자는 걸 들켰거든. 둘 다에게 말뚝 형벌을 내렸지만 솔직히 말하면, 나도 세상 좀 살아 봐서 알아요. 그러니까 게이라면, 몽둥이찜질로도 못 고쳐요."

리즈와 대령은 내 숨통까지 지배했어. 처음에는 춤을 추듯 출렁이며 내 입을 채우고 비우던 리즈의 열기 때문에 겨우 숨을 쉴 수 있었지. 그러고 나선 에르난데스가 하는 말에 따라 그 오두막집과 동전으로 가득 찬 자루 사이를 오가느라 숨이 가빴어. 대령의 말이 진실인지는 알 수 없었지. 피에로를 내 위에서 충분히 겪어 봤으니까, 그가 완전 남자에 미친 게 아니란 걸 알 수 있잖아. 하지만 다시 생각해 보면, 그는 나를 가졌던 것뿐이고 나 역시 불과 몇 시간 전 마음만 먹으면 내 숨통을 끊어 놓을 수 있을 만큼 격렬한 여자의 은밀한 성기 아래 파묻혔던 거지. 그 거리감, 내 아이들의 아버지

와 내가 각자 알게 된 그 새로운 취향들이 나를 오
두막집에서 멀어지게 했어. 내가 한숨을 크게 내
쉰 모양이야. 에르난데스가 날 보며 웃었어. "겁먹
지 마, 꼬마야. 전염병이 아니니까. 너도 언젠가는
세상을 알게 될 거야. 사람들이 침대에서 뭘 하든
지 놀랍지 않게 될 거고. 미안하오, 그링가. 이렇게
적나라한 얘길 해서 말이오. 당신이 기혼녀인 걸
아는데 설마 이런 일에 쉽게 놀라진 않겠지? 아닌
가?" 리즈는 얼굴이 빨개졌지. 여자 하인들이 따
르는 마테에 사탕수수술을 부어 마셔 대던 대령은
순간 사과를 하려 했지만 소용없었어. 리즈가 뛰
쳐나갔거든. 그는 한동안 말없이 멍한 눈으로 봄
비야◑를 빨았지. "저것 좀 보게. 미안하다, 꼬마야.
네 누나인 건 알지만, 하루 종일 내 앞에서 젖통을
흔들어 대더니, 별것도 아닌 일에 얼굴 붉히며 도
망치다니. 여자들은 다 망아지 같은 것들이지, 얘
야. 누가 주인인지 깨달을 때까지 채찍질을 해 줘
야 해, 알겠나? 너도 곧 알게 될 거다. 아직 안 해
봤다면 여기서 시작해라. 갓 구운 파스텔리토처럼
맛있는 치나들이 있거든. 아주 싱싱해. 난 다 맛보
지는 않아. 몇 명만 골라 먹지. 나도 이젠 나이를
먹었으니까, 어떤 한 입을 베어 물지 잘 골라야 하

◑　　마테 잔의 쇠 빨대

거든." 그는 몇 시간이나 더 떠들어 댔어. 자기가
혼잣말하는 게 아닌 걸 확인하려는 듯, 내가 가끔
고개를 끄덕여 주는 것 말곤 아무것도 바라지 않으
면서.

펀치와 위스키

리즈가 화났는지, 아니면 화난 척했는지 나는 잘 몰랐지. 하지만 리즈는 하루 종일 목장주한테서 도망쳤고, 혀가 꼬인 노인이 더듬더듬 사과하면서 사탕수수술의 바다에서 허우적거리게 내버려 뒀어. "아이 베그 유어 파든, 페르도나메 레이디I beg your pardon, perdoname lady(용서를 청합니다. 저를 용서하세요, 부인). 짐승들 사이에 있으면 누구나 짐승이 되기 마련이죠. 제가 뭘 어쩌겠소." 대령은 리즈가 자기 장교들 중 한 명과 이쪽저쪽으로 지나가는 모습을 봤고, 장교들은 가능한 리즈에게서 멀어지려 애썼지. 장교들은 혹시라도 대령이 자기가 무시당한다고 느끼면, 받게 될 처벌이 두려웠던 거야. 그렇게 하루가 흘렀지. 리즈는 대령을 피해 달아났고, 장교들은 리즈를 피해 숨었고, 나는 무슨 일이 벌어지는지 도통 모른 채 늙은이 곁에 그저 붙박였지. 내가 조금이라도 자리를 뜨려 하면 그는 내 팔을 붙잡았어. 어느 순간 리즈가 연민을 느꼈지. 그게 나를 향해서인지 그를 향해서인지 몰랐지만, 어쨌든 둘 다 안도했어. 리즈가 우리한테로 다가오더니, 장교들과 함께 깜짝 선물을 준비 중이라고 늙은이한테 말했지. "뭐라고요? 그링가?" 대령이 거의 소리를 지르다시피 반색하며 묻자, 리즈가 대답했어. "언 잉글리시 디너, 유 윌 러브 잇an English dinner, you will love it(영국식 만찬이요, 분명 마음에 드실 거예요)." "아이 윌 러브 에브리싱 이프 유 아 히어I will love everything if you are here(당신이 여기 있기만 한다면 난 뭐든 다 좋소)." 늙은이는 호기롭게 대꾸하며, 자리에서 일어나 인사를 하려다 그만 머리부터 땅바닥에 고꾸라졌지. 꼭 물속에서 물고기를 본 오리처럼 거꾸로 처박혔어. "오, 코로넬, 카냐 이즈 어 베리 칩 드링크, 렛 미 헬프 유Oh, Coronel, caña is a very cheap drink(사탕수수술은 너무 싸구려예요, 제가 도와드릴게요)."

"그럼, 당연히 널 내버려두고말고." 두 명의 가우초가 대령을 집 안으로 데려가는 동안 그는 연신 중얼거렸지. "물 가져오고, 낮잠을 준비해 줘요!" 리즈는 여자 하인들에게 명령했어. 그들은 기절해서 부하 중 한 명에게 업힌 대령보다 먼저 침실에 도착하려고 달려갔지.

리즈는 부엌을 장악했어. 리즈는 광채를 띤 채 거기 섰어. 유령 같은 창백함과 옥수수 속대 같은 붉은 빛이 감돌았지. 온몸이 너무나 따뜻해서 나는 리즈 곁에서 떠나기가 힘들었지. 리즈 살결 속으로 파고들고 싶은 갈망을 벗어나기가, 리즈 목소리라는 뜨거운 섬 안에 머물고 싶은 욕망을 떨치기가 어려웠어. 결국 나는 그러지 못했지. 리즈는 곧 여길 떠날 거라며 조용히 짐을 챙겨 두라고 나에게 말했어. 그러고는 마차에서 위스키 한 통과 카레 가루가 담긴 병들을 가져왔지. 로사와 나, 에스트레야까지 바삐 움직였어. 에스트레야는 우리를 졸졸 따라다녔는데, 아마도 무서웠던 것 같아. 다른 개들과 함께 밖에서 자야 했는데, 가엾게도 물린 자국이 꽤 많았지. 대령은 우리 각자에게 자리를 정해 준 데다 개가 집 안으로 들어오는 것을 절대 용납하지 않았거든. 대령이 시야에서 완전히 사라졌기에, 나는 해야 할 일을 마친 뒤 에스트레야를 주방으로 들여와 쓰다듬어 줬어. 녀석은 마치 내게 그동안의 불운을 이야기하듯 낑낑거렸지. 나는 고기 조각을 주며 녀석을 달랬어. 다시는 그런 일을 겪게 두지 않겠다고, 언제나 나와 함께 잠들게 하겠다고 약속했지. 녀석은 배를 위로 드러내고 목을 내민 채 완전히 나를 믿고 잠들었어. 내 강아지는 내게 지휘권을 넘겨준 거야. 리즈는 그 모습을 잠시 다정하게 바라보더니 도와달라는 신호를 보냈어. 나는 팔이 거의 떨어져 나갈 지경이 될 때까지 오렌지와 레몬 껍질을 벗기고 썰어야 했지. 라스 오르텐시아스에 있던 과일들이었어. 리즈는 펀치를 만들 준비를 했지. 군대에서 쓰는 솥들을 가져왔는데, 어마어마하게 커서 솥마다 기독교인 한 명을 삶아도 충분할 정도였어. 가우초들을 위해서는 사탕수수술과 과일을 섞은 네 개의 솥을, 장교들을 위해서는 위스키와 과일을 섞은 두 개의 솥을 준비했지. 당근과 호박을 넣은 카레, 그리고 송아지 요리도 만들었어. 리즈는 대령에게 인부들까지 술을 마시게 해 주겠다는 허락을 받아낼 자신이 있었지.

리즈는 정말 해냈어. 파란 드레스를 입고 머

리를 풀어 내린 리즈의 모습은 강림한 환영 같았지. 커피와 물, 위스키를 들고 방으로 찾아온 리즈를 보며 늙은 대령도 분명 그렇게 생각했을 거야. 리즈는 갓 길어 온 물 한 주전자를 다 마시게 한 뒤 커피를 대접하며 시시콜콜한 말을 늘어놓았어. 다시는 사탕수수술을 입에 대지 않겠다는 맹세까지 받아 냈지. 대령은 분명 리즈가 제 건강을 걱정해 준다는 사실에 황홀해하며 기꺼이 맹세했겠지. 마지막으로 리즈는 질 좋은 스카치위스키를 작은 잔에 따라 줬어. 그러자 군인은 기운을 차렸고, 리즈는 모두를 위한 잔치를 허락한다면 사과를 받아들이겠다고 했지. 리즈는 환하게 빛나는 모습으로 나와서 식탁보를 깔고 촛불과 크리스털 잔을 준비하라고 명령했어. 곧 가우초들의 기타 소리가 울려 퍼졌지. 노래를 부를 줄 아는 가우초가 피에로 그 짐승 한 놈뿐인 건 아니었어. 인부들은 마치 궁전에 가는 것처럼 단장했지. 태어나서 보헤미아산 크리스털 잔에 입을 대 본 적도, 펀치를 마셔 본 적도 없는 사람들이었어. 그들은 씻고, 머리를 빗고, 면도를 하고, 머리를 땋았지. 말가죽 부츠가 영국산 앵클부츠처럼 보일 때까지 닦고 또 닦았어. 가우초 부대의 군인들도 제복을 차려입고 훈장을 꺼냈으며 향수를 뿌리고 장검을 닦았지. 마치 목장에 크리스마스가 온 것 같았어. 주인들이 처음 왔던 때처럼 요새 전체가 축제 분위기였지. 풍요가 거의 모든 사람에게 주는 행복, 특히 풍요를 누려본 적 없는 이들에게 행복은 더 크게 다가왔어. 가우초들의 화덕 위에는 송아지 열 마리가 통째로 십자가처럼 구워졌고, 장교들 쪽에서는 카레 냄새가 진동했지. 가우초들과 치나들은 펀치가 나오자마자 춤을 추기 시작했어. 그들은 리즈의 음료를 폰차다ponchada라고 불렀지. 판초가 몸을 따뜻하게 해 주듯, 이 술도 판초처럼 좋은 것이 분명하다고 확신했거든. 그들은 술맛에 푹 빠져 동이 틀 때까지 잔에서 입을 떼지 않았어.

리즈에게는 아주 단순한 계획이 있었지. 내가 거짓말을 할 줄 모른다고 확신했기에 내게도 미리 말해 주지 않았던 거야. 우리는 처음 왔을 때처럼 셋이 함께 그곳을 떠나겠지만, 우리끼리만 가는 게 아니었어. 가장 노련한 가우초들과 어떻게 일해야 하는지 이미 배운 이들을 데려갈 생각이었지. 우리가 세울 목장에는 대장장이, 정원사, 증류기를 어떻게 만드는지 완전히 아는 사람, 돌로 집 짓는 법을 아는 사람, 암소에서 최상의 우유를 짜

내는 법을 아는 사람, 모래 위에서도 딸기를 키울 줄 아는 사람 들이 필요할 테니까. 로사가 미리 그들을 눈여겨봤고, 리즈는 그들의 솜씨를 확인했지. 우리는 셋이서 왔지만 스무 명을 더 데리고 떠날 예정이었어. 날품을 파는 노동자들이 먼저 떠나고, 우리는 뒤따라가려고 했어. 정의가 실현되는 거지. 나는 이 모든 걸 그날 오후 잔치가 시작되기 직전에 알았어. 그러고는 그 사실을 알게 된 것이 너무 행복해서, 거나하게 취해 정신이 혼미해진 사람들과 함께 가락에 맞지도 않는 노래를 불렀지. 인부들은 발을 구르며 춤을 췄어. 볼 만한 광경이었지. 가우초 소년들은 장화를 신고서 먼지 폭풍을 일으켰고, 치나들은 자기 치마로 먼지 폭풍을 태풍의 눈처럼 퍼트렸어. 아이들까지 춤을 췄고 부엌은 무도회장이 되었지. 장교들은 대령의 방을 벗어나기 시작했어. 틀림없이 문명의 대제사장인 그의 산업에 대한 설교에 질렸기 때문일 거야. 그들은 가우초들과 뒤섞였고, 술잔이 하나하나 비워질수록 배운 자와 못 배운 자, 제복 입은 사람들과 치나들, 인부와 군인 사이의 경계가 지워졌지. 로사는 저택 밖을 돌아다니며 보초를 서던 군인들의 입을 데워 주었어. "딱 한 잔만 마셔 봐요. 펀치가 얼마나 맛있는지 몰라요." 결국 병사들은 나무에서 잘 익은 과일이 떨어지듯 망루에서 고꾸라졌지.

　해 질 녘에 시작된 술자리는 한밤중이 되자 춤꾼들이 일으킨 먼지 구름 속에서 온 집안이 들썩거릴 정도로 달아올랐어. 해가 뜨기 두 시간 전에도 그 구름은 여전했지. 치나들, 가우초들, 장교들이 뒤엉켜 격렬하게 성교하면서 먼지 구름을 만들었거든. 내 기억 속엔 여자 하인 하나가 앞에선 자기 치마 밑으로 손을 넣은 가우초와 입을 맞추고, 뒤에선 자기 가슴을 주무르는 군인과 뒤엉킨 장면이 있어. 여자는 한 손에 하나씩 양손에 빳빳하게 선 음경을 움켜쥐었지. 품행이 바르지 못한 가우초 하나가 그들을 보며 자위했고, 여자 하인 하나는 그의 등에 자기 가슴을 비벼 댔어. 키 작은 흑인 하나가 그 여자 하인의 허벅지 사이에 자기 음경을 세워 넣었고, 또 다른 여자 하인은 그의 불알을 빨았고, 그 와중에 또 다른 남자는 여자의 보지를 빨았고, 또 다른 여자는 여자의 젖꼭지를 핥았지. 그러면서도 계속 펀치를 마시며 신음을 내뱉었어. 그들은 타오르는 양초들처럼 서로에게 열정을 불태우며 녹아들었지. 누가 누구와 무엇을 하는지 구분하기 어려워질 만큼 말이야. 사람들은 흔들리는 하나의 거대한 덩어리가 되었어. 가죽 채찍질로 정액과 애액이 온통 뒤섞이고, 곧이어 사방에 엄청난 양의 토사물이 흘러넘쳤지. 해가 뜰 무렵 그들은 모두 기절해 버렸고, 먹다 남은 소고기 조각과 오렌지 껍질들과 함께 오물 연못에 둥둥 뜬 것 같았어. 홀에는 에르난데스와 리즈만 남았지. 대령은 바닥에 널브러졌고, 리즈는 옷매무새를 가다듬었어. 난교의 끝은 역겨웠지. 우리도 바닥에 드러누워 목장주의 토사물을 다 뒤집어써야 했어. 몇 시간 전, 우리 일행 스무 명은 이미 떠난 뒤였지. 에르난데스의 아름다운 말 스무 마리와 밀린 임금에서 겨우 움켜쥘 수 있었던 동전 몇 푼을 손에 쥐고서 말이야.

이 망할 치나

가우초 부대와 인부들, 대령이 하나둘 잠에서 깨어
나면서 그 그림은 산산조각이 나기 시작했지. 그
들은 조금씩 숙취의 마그마에서 간신히 벗어났어.
몇 시간 전 그들을 하나로 묶어 줬던 그 강력한 힘
은 사라졌고, 몇몇은 다시 미끄러지듯 쓰러졌다가
비틀거리며 일어났지. 다들 머리를 쥐어뜯으며 징
징거렸어. 에르난데스는 겨우 한쪽 눈만 뜬 채 다
시 잿빛 실신 상태로 빠져들었지. 리즈는 물을 가
져와 그의 얼굴을 적시면서 말했어. "아, 대령님.
정말 대단한 파티였죠. 자, 대령님 방으로 가요. 유
니드 투 슬립 인 어 베드you need to sleep in a bed(침

대에서 주무셔야 돼요). 어서요, 어서. 대령님. 제가 돌봐 드릴게요."

"이 망할 치나!" 고함 소리가 조금씩 들리기 시작했지. 먼저 정신 차린 가우초들은 사라진 아내들이 누구와 있는지, 누구의 위아래에 있는지, 누구의 곁에 널브러졌는지 확인하면서 더욱더 언성을 높였어. 남자들은 크게 소리쳤고, 여자들은 덜 그랬지. 하지만 "닥쳐, 이 호모 새끼야. 어젯밤에 널 똑똑히 봤어."라든가, "이 망할 도둑년! 네가 감히 내 남편을 빼앗아?" 같은 욕설도 빠지지 않았어. 그날 라스 오르텐시아스에서 얼마나 많은 결혼이 깨졌는지, 아침 챙겨 주는 사람이 없어 얼마나 많은 아이들이 배고파 울었는지, 얼마나 많은 개가 다리 사이에 꼬리를 넣고 도망쳤는지 몰라. 곧이어 주먹다짐과 다툼이 시작됐어. 남자들은 주먹과 파콘으로 여자들에 대한 소유권을 주장했고, 여자들은 맨손으로 가우초에 대한 소유권을 외치며 목청껏 소리 질렀지. 몸뚱이들이 뒤엉켜 새로운 전쟁이 시작된 거야. 바닥에는 수 리터의 피가 고였고, 잘린 손가락 다섯 개와 파콘에 찔린 시신 세 구가 굴러다녔어. 다행히 장교 하나가 총기 창고까지 기어가 허공에 총을 쏜 덕분에 더 이상의 사상

자는 없었지. 화약 냄새와 함께 비통한 침묵이 목장 안을 덮쳤어. 다들 다음날까지 토악질을 하거나 서로에게 용서를 구하며, 우는 것 말고는 아무것도 하지 못했지. 리즈와 로사, 나도 그들처럼 행동했지만, 사실 우리는 탈출 전야의 기쁨으로 마냥 행복했어. 지긋지긋한 위선과 수많은 말잔치에 이미 신물이 났거든. 우리는 우리의 소박한 세계인 마차로, 깨끗하고 광활한 평원으로, 우리 소들에게로, 밤이면 땅에서 어른대는 작은 벌레들한테로 돌아가고 싶었지. 또한 내 몸에서는 야릇하고 새로운 기쁨이 일렁였어. 나는 두 명의 치나들, 사람들이 '호모'라고 부르던 가우초와 키스했거든. 놀랍게도 치나들과 그 게이 가우초와의 키스가 정말 맘에 들었어. 나는 그 생각을 차분하게 가라앉혔지. 내 곁에는 리즈가 있었고, 리즈와 평생을 함께하고 싶었으니까. 그때는 사랑과 자유를 동시에 가질 수 있다는 걸 몰랐지만, 몸 안에서 기쁨이 솟구치는 건 확실했어. 뭔가가 깨지는 기분이었고, 마치 대기가 들끓을 만큼 무더운 여름날 오후, 강물로 뛰어드는 것과 같았지. 은유가 아니야. 뜨거운 공기가 햇볕에 뒤틀려 사물의 형태를 왜곡할 때 비로소 드러나는 그 강렬한 진실.

리즈는 그 늙은이를 마치 친아버지처럼 보살폈어. 안락의자에 앉아 대령이 구토할 때마다 대야를 받쳐주고, 위스키를 섞은 차를 티스푼으로 떠먹였지. 우리를 아프게 한 바로 그 독으로 병을 고치는 것보다 더한 처방은 없었으니까. 리즈는 에르난데스를 돌보며 눈물을 흘렸고, 그가 그 눈물을 똑똑히 보게 했어. 하지만 왜 우느냐는 질문에는 입을 닫았지. "대령님이 회복하시는 게 우선이에요." 리즈는 위령 기도문을 읊듯 중얼거렸어. 기혼자로서 남편을 불명예스럽게 만들었다는 자책과 남편이 너무 그립다는 거짓말을 섞어 가면서 말이야.

그날 밤, 나는 여자 하인들이 엉망이 된 부엌을 엉금엉금 기며 치우는 모습과 장교들이 시체를 묻으며 살인자들을 어떻게 처리해야 할지 망설이는 걸 지켜본 뒤 에스트레야와 잠자리에 들었어. 장교들은 미스 데이지와 리틀 데이지들도 잡아갔지만, 그들도 상태가 너무 안 좋아 처벌을 내릴 엄두를 못 냈지. 살인자들은 감방에서 숙취를 달래며 대령이 깨어날 순간을 두려워했어. 하지만 말과 사람들이 사라진 걸 알게 된 장교들의 공포에 비하면 아무것도 아니었지. 수색대가 파견됐지만,

내 짐작대로 그들은 몇 킬로미터 못 가 잠이 들었거나 말들만 보초를 세워 두고 찾는 시늉만 했을 거야. 탈선자들의 흔적조차 찾지 못했거든.

다음 날 아침, 전령이 도착했어. 늙은이가 레몬과 위스키 몇 방울을 넣은 차를 마시면서 하루를 시작할 때였지. 그는 리즈의 권유로 마테도 마시지 않았어. 밤색 말이 땀에 흠뻑 젖은 채로 목장에 도착한 뒤에야 온갖 비보가 쏟아졌지. 그 소식은 마치 옴부 나뭇가지가 머리 위로 떨어진 것처럼 그를 강타했어. 탈영병들, 시체들, 도난당한 말들, 흙과 가죽으로 만든 감옥에서 판결을 기다리는 살인자들. 대령은 말문이 막힌 듯 있다가 이내 짐승처럼 울부짖으며 욕설을 퍼붓기 시작했지. 그는 파티 날 밤에 보초를 섰던 장교들을 군사 재판에 넘기고 살인자들을 즉각 처형하라고 명령했어. 주전자와 찻잔 세트를 벽에 내던지며 광분했지. 하지만 온몸으로 흐느끼는 리즈를 보자 기세가 조금 꺾였어. "아이 베그 유어 파든, 코로넬, 아임 길티, 아이 슈드 해브 네버 던 더 파티I beg your pardon, Coronel, I'm guilty, I should have never done the party(죄송합니다, 대령님. 제 잘못이에요. 파티를 열지 말았어야 했어요)." 리즈는 영국 이야기를 꺼내며, 자기 나라 사람들은 절제하며 술을 마신다고, 자기가 아르헨티나를 너무 몰랐다며 제발 더 이상의 죽음은 막아 달라고 애원했지. 결국 늙은이는 한 발 물러나 유죄라고 판단한 모든 이들에게 일주일간의 말뚝 형벌을 내렸어. 그들은 강등되었고, 밀린 급여는 물론 향후 이 년 치 급여를 몰수당한 채 다시 참호로 돌아가게 됐지. "하느님이 원하시는 자들만 살아남겠지요, 그링가. 저놈들은 당신과 하느님께 목숨을 빚진 거요." 결국 리틀 데이지들까지 말뚝에 묶이게 됐지만, 리즈는 여자들이 어떻게든 그들에게 몰래 물을 건네고 그늘을 만들어 줄 방법을 찾아낼 거라고 믿었어.

대령이여, 안녕

에르난데스의 분노는 밤이 되어서야 수그러들었지. 위스키 기운이 그를 다시 목축 산업의 꿈으로 데려다 준 덕분이었어. 대평원과 항구, 항구와 세계, 영국을 잇는 철도의 강철 시대로, 지구의 굶주림을 종식시키기 위해 아르헨티나라는 국가가 연주해야 할 장엄한 교향곡의 세계로 말이야. 그는 학교를 몇 년이나 다니고도 어처구니없는 짓만 골라 하는 가우초들을 보라며, 그들을 가르치는 것이 국가의 사명이라고 떠들었지. 그러고는 리즈의 요청에 따라 리즈 남편의 운명을 추측하며 지껄였어.

"아르헨티나 군대는 영국인을 함부로 붙잡아두지

않소." 그는 단언했지. "벌써 풀려났을 거요. 아주 심각한 범죄를 저지르지 않았다면." "하우 데어 유How dare you(어떻게 그런 말을)." 리즈가 벌떡 일어났어. "아니, 아니, 당신 남편이 범죄자라는 뜻이 아니오. 아르헨티나 법이 그렇다는 것뿐이지." 그는 예전에 실수로 징용됐던 영국인이 얼마 지나지 않아 풀려난 사례를 들려줬어. "그 지도를 다시 보여줘 봐요. 당신 목장이 어디 있는지 보게." 지도를 한참 들여다보던 그가 말했지. "이봐요, 그링가. 누가 당신네 로드Lord(귀족)에게 이 땅을 팔았는지 모르겠지만, 여긴 여전히 인디오들의 손아귀에 있소. 남편이 그쪽으로 갔다면 지금쯤 인디오들한테 잡혔을 거요. 하지만 너무 겁먹지는 마시오. 그들도 그리 나쁜 자들은 아니니까." "돈트 유 라이 투 미. 아이 해브 빈 리딩 유어 북Don't you lie to me, I have been reading your book(거짓말하지 마세요, 나도 대령님 책을 읽었어요)! 나쁜 사람들이 아니라고요? 유 아you are(당신) 거짓말을 하고 계시잖아요, 대령님. 아이 캔트 빌리브 잇I can't believe it(믿을 수가 없어요)! 포로로 잡힌 그 불쌍한 여자에게 그들이 무슨 짓을 했는지, 대령님이 직접 쓰셨잖아요."

사악한 치나가,
그토록 증오했던 그 여자가,
어느 날 말하기 시작했지.
언니가 죽은 건
틀림없이 그 기독교인 여자가
마법을 걸었기 때문이라고.

인디오는 여자를 들판으로 끌고 가
자백하라며 겁박하기 시작했지.
마법을 부린 게 사실이라면
순순히 자백하라고.
아니면 죽을 때까지
벌을 주겠노라고.

불쌍한 여자는 울며 애원했지만
잔인한 인디오는
분노에 차
여자의 품에서 아이를 낚아챘고,
채찍을 단 한 번 휘두르자
여자는 비명을 지르며 고꾸라졌네.

야만인의 잔혹한 매질은

멈출 줄을 몰랐지.
여자를 내리칠수록
광기는 더 거세졌고,
가엾은 여자는 온 힘을 다해
쏟아지는 매를 막아 내려 했네.

인디오는 분노에 차 외쳤지.
"자백하지 않겠다는 거냐!"
그는 여자의 몸을 뒤집더니
고통이 극에 달하게 하려고,
그 어린아이의 목을 베어
어미의 발치에 던져 버렸네.

에르난데스는 리즈의 낭독을 들으며 혈색과 웃음을 되찾았어. 리즈의 묘한 억양이 그에게도 우스웠던 모양이야. 그는 눈물까지 흘리며 한참을 껄껄댔지. "그링가, 달링. 책에 적힌 걸 다 믿는 거요? 그건 내가 다 지어낸 거요. 뭐, 거의 전부라고 해 둡시다. 포로로 잡힌 여자들이 있긴 하지만 공주 대접을 안 한다 뿐이지, 우리가 치나들한테 하는 것보다 딱히 나쁠 것도 없소. 아, 미안하오. 리즈. 웃음을 못 참겠군. 내가 말했잖소, 포로들이 있다고. 하지만 포로 자식의 목을 양처럼 벤다는 소리는 들어본 적도 없소. 오히려 그곳에서 잘 지내는 여자들도 많지. 어머니께서 말씀하시길, 당신 같은 영국 여자 하나가 인디오 남자와 사랑에 빠져 문명 세계로 돌아오길 거부했대요. 어머니는 그 여자한테 집도 주고 아이들도 구해 주겠다고 약속했는데, 어떻게 그 약속을 지키려 하셨는지는 모르겠으나, 어차피 지킬 필요도 없었소. 그 영국 여자가 거절했거든. 내륙 깊숙한 곳에서 인디오 전사와 함께 지내는 게 행복하다면서 말이오. 나중에 어머니는 그 여자와 다시 마주쳤는데, 금발의 인디오가 된 여자는 잡화점에 물건을 사러 나왔더래. 양이 도축된 날이었는데 그 여자가 말에서 뛰어내려 양의 뜨거운 피를 빨아 마셨다는구려." "아 유 텔링 더 트루쓰 나우Are you telling the truth now(지금 그 말은 사실인가요)?" "그럼, 그렇소. 이건 지어낸 이야기가 아니라 어머니가 해 주신 이야기를 해 주는 거요, 그링가. 내 생각에 그 여자는 우리 어머니 보라고 일부러 말에서 뛰어내린 것 같소." "왓What(뭐를요)?" "자기가 이제 다른 삶을 택했다는 걸 알리려고 말이오. 당신이 여기서 하는 것처럼. 당신도 그 기계들과 품위, 온갖 문명을 갖춘 그 잘난 영국을 떠났잖소. 이름 모를 땅에서 부富를 찾겠다고 말이오. 친애하는 당신, 누가 그 땅을 당신네 귀족한테 팔았는지는 모르겠지만, 거기 정착하기가 그리 쉽지는 않을 거요. 인디오들과 협상하지 않고는 말이오.” “앤 와이 디드 유 라이And why did you lie(그럼 왜 거짓말을 했어요)?” “이미 말했잖소, 리즈. 국가가 진보하려면 그 땅이 필요하고, 가우초들을 한마음으로 뭉치기 위해 적이 필요하오. 나는 지금 조국을 만들고 있소. 땅 위에서, 전쟁터에서, 종이 위에서 말이오. 이해하겠소? 당신 역시 우리 조국을 만드는 데 일조하는 중이고, 우린 당신이 필요하오. 빈손으로 보내지는 않겠소. 엽총과 화약을 주지. 인디오들이 환장하는 물건들도 좀 챙겨 줄게. 여기 사람들은 더 이상 마시지 않을 사탕수수술과 담배, 거울도 가져가요. 곧 알게 되겠지만, 인디오들은 꽤 멋쟁이들이거든. 자, 이젠 나를 따라와요. 깜짝 선물이 있소.”

둘은 그렇게 떠났어. 위험을 무릅쓸 밤은 아니었기에, 난 내게 배정된 방으로 가서 잠을 청했지. 에스트레야도 몰래 들였어. 녀석은 마치 상황을 이해하는 듯 얌전했지. 어쩌면 정말로 이해했을지도 몰라. 밖에서는 또다시 가우초들의 사나운

개들한테 시달릴 게 분명했으니까. 나는 녀석을 껴
안고 잠들었어. 동이 틀 무렵 나타난 리즈는 이미
마차에 오를 옷차림이었지. 리즈는 내게 수없이
입을 맞추며 에르난데스의 깜짝 선물을 보여 줬어.
다이아몬드였지. 그 보석은 리즈의 오른손에서 반
짝거렸어. 리즈의 그 붉고 하얀 빛깔 위로 눈부신
광채를 더하면서 말이야.

3부

내륙 깊숙한 곳

거품처럼 반짝였어

우리가 출발했을 때 목초지는 바람에 일렁였지. 팜 파는 마치 두 빛깔을 품은 바다처럼 보였어. 풀 줄기가 바람에 굴복해 누울 때면 팜파는 하얗게 거품처럼 반짝였고, 다시 제자리로 일어서면 초록빛이 감돌며 풀들은 온갖 색조를 띤 채 눈부시게 빛났거든. 이제 더는 자라날 것이 없는 계절이었지만 그 목초들은 어린 새싹처럼 보이기도 했지. 하지만 사실은 새싹이 자라기는커녕 모든 게 갈색으로 물들며 흙으로 돌아갔어. 연두색에서 차츰 노란색으로, 다시 황금색과 황토색으로 변하며 땅으로 떨어지는 때였지. 우리는 다시 숨을 내쉬었어.

마치 우리가 동굴을 빠져나오기라도 한 것처럼 말이야. 라스 오르텐시아스 요새의 공기는 탁하고 무거웠어. 그 공기 속에 사는 모든 것이 보였지만, 그곳 공기는 어쩐지 달랐지. 차라리 물에 가까웠고, 목구멍을 조이는 물거품들이 느껴졌지. 그 공기는 제대로 들이쉬기도, 내쉬기도 어려웠어. 그곳이 캄포 말로였기 때문일까, 벌받는 가우초들의 신음 때문이었을까. 아니면 금지된 것들을 향해 사람들이 꾹꾹 억누른 욕망 때문이었을지도 모르지. "예스, 프리덤 이즈 더 베스트 에어, 마이 달링 Yes, freedom is the best air, my darling(그래, 자유야말로 가장 좋은 공기야, 내 사랑)." 리즈의 말이 맞았어. 황소들조차, 우리가 멍에를 씌울 때면 가엾게도 사랑스러운 속눈썹을 내리깔던 그 몹시 지친 소들조차 한결 가뿐해 보였거든. 에스트레야는 제법 자랐는데도 강아지처럼 온몸을 나풀거리며 기뻐서 뛰어다녔지. 송아지들은 있지도 않은 허리를 틀며 춤을 추다가 결국 머리를 들이받고는, 다시 달려가 서로 맞섰어. 내가 보기엔 모두 웃는 것처럼 보였지. 동물들이 기쁠 때 짓는 그 고요하고 장난기 가득한 웃음 말이야. 마차에 탄 우리 모두의 폐에서 웃음이 터져 나왔어. 로사는 이미 가우초

옷차림으로 갈아입은 채 앞장섰지. 대령이 우리한테 선물한 말 네 마리 중 가장 훌륭한 갈색 말을 골라 타고는 자랑스러워하며 전속력으로 달렸어. 로사가 소리 내어 웃으며 우리를 돌아보고 외쳤지. "이봐요, 그링가들. 저 파란 새 좀 봐요! 새 둥지로 가득한 저 옴부나무를 보세요! 새끼 오리마냥 우리를 따라오는 암소들을 보라고요! 백인 아가씨, 술도 마음 편히 못 마시게 하고 말도 마음대로 못 타게 하던 그 악질 대령 놈한테서 드디어 벗어났네요! 가자, 씨엘로, 이랴!" 로사가 갈색 말의 사기를 북돋웠고, 말은 검은 빛줄기처럼 땅을 가르며 달렸어. 리즈의 손에 빛나는 다이아몬드 광채도 함께 달렸지. 리즈의 흰 피부와 빨간 머리 사이에서 번쩍이는 그 광채들은 나를 거의 눈멀게 했어. 리즈를 내 몸 위에나 아래에, 아니면 옆에라도 두고 싶다는 욕망이 차올랐지. 하지만 기다려야 했어. 리즈는 남들 앞에서 자기를 만지는 걸 안 좋아할 것 같았거든. 우리는 처트니 소스를 곁들인 차르키를 먹었고, 에르난데스가 준 포도주도 몇 잔 마셨지. 그 노인은 정말 지독한 사람이었지만, 우리에겐 꽤나 후했어. 난 약간 속이 울렁거렸지. 화려한 캐노피 침대를 내어 준 것과 리즈가 나랑 있을 땐 벗는 걸 좋아했던 그 드레스들을 입게 해 준 것에 대한 고마움, 중력에서 해방된 듯한 안도감 사이에서 마음이 갈팡질팡했거든. 요새의 참호를 가로지르는 다리를 막 건넜을 때의 기분이란! 마치 엉겅퀴 꽃잎이 다 떨어지고 난 뒤, 그 뾰족한 보랏빛 틈바구니에서 빠져나와 바람에 날아가는 창백한 솜털이 된 것 같았지. 태양이 지거나 떠오를 때 하늘에서 훔친 것만 같은 선명한 연보라색 꽃들. 내가 그때 말했던 것과 마찬가지로 이렇게 말할 수 있어. 나는 그때 이미 알았거든. 태양은 그저 돌기만 할 뿐이며 세상의 불꽃들이 그렇듯, 태양 역시 스스로를 태우며 소진해 간다는 것을.

은하수가 리즈의 손에서
시작되거나 끝나는 것처럼

우리는 투명한 보물들로 무장한 채 인디오 정착촌으로 향했지. 사탕수수술, 맑고 투명하게 반사하는 속성을 가진 거울들, 가장 값진 보물인 리즈의 다이아몬드를 품고서 말이야. 나는 은하수가 리즈의 손에서 끝나는 것인지, 시작되는 것인지 알 수 없었어. 리즈의 가운뎃손가락에서 팜파의 하늘이, 별들의 강이 풀려나왔지. 별들은 고요하게 폭발하며 뒤섞였어. 마치 화산의 본성은 펄펄 끓어오르고 솟구치지만 정작 화산의 돌덩이들은 고요한 것과 마찬가지였지. "그들은 바보가 아니오, 그링가. 그 돌, 다이아몬드가 얼마나 귀한 건지 알 거요. 비록 반짝이는 잡동사니에 넋을 잃거나 자신들을 망칠 술에 사족을 못 쓰는 작자들이지만 말이오." "아이 언더스탠드 뎀, 마이 코로넬, 돈트 유I understand them, my Coronel, don't you(전 그들이 이해가 되는 데요, 대령님은 안 그러신가요)?" "당연히 조금은 그렇소. 물론이지요. 우리 모두 인간이잖소. 우리처럼 미래를 잉태할 운명을 타고나 개척지에 내일의 씨앗을 뿌리는 사람들이 있는가 하면, 저들처럼 동물이나 마찬가지로 시간 개념 없이 살아가는 자들도 있는 법이오. 그링가. 그럼에도 불구하고 당신 말이 맞소. 위스키라면 저들도 환장할 거요." 리즈는 회색이나 칙칙한 녹색, 혹은 갈색일 수도 있는 마차 옷으로 수수하게 갈아입었어. 그러고는 마치 꽃잎 한 장 한 장을 떼어 내듯 에르난데스와 나눴던 그 마지막 대화들을 되새겼지. 리즈는 나와 그 숱한 밤을 보낸 적이 없는 사람처럼, 서로 타액을 뜨겁게 섞은 적이 없는 사람마냥 굴었어. 한마디로 우리 사이에 아무 일도 없었다는 듯이 내게 말을 걸었지. 푸른 하늘 위로 이내 묵직하고 우중충하며 표정이 풍부한 구름들이 몰려왔어. 구름들은 서쪽 소식에 대해, 비록 거센 바람이 강타할지라도 다시 우릴 애무하듯 감싸안는 태양에 대해

이야기했지. 곧 쏟아질 비와 바람에 섞인 물비린내, 그 물을 받아 마시려 입을 벌린 채 숨을 몰아쉬는 땅에 대해서도 말이야. 구름은 하늘 전체가 무너져 내리길 바랐던 내 마음을 알았을 거야. 그래야 우리가 길을 멈출 테니까. 그렇게 되면 리즈가 피뢰침을 들고 달려가는 걸 붙잡아 마차 안으로 데려간 뒤, 젖어서 몸에 착 달라붙은 리즈의 옷을 벗겨 줄 수 있을 테니까. 폭풍이 올 때면 늘 소란을 피우지만, 그날따라 유독 불안해하는 닭들을 챙기러 나 역시 달려 나간 뒤에 말이지. 리즈의 반지에 번갯불이 반사돼 암탉들을 환하게 비추고 닭들은 눈부신 달걀들을 낳을 거야. 그 달걀에서는 훗날 카우칼리트란Kaukalitrán●이 사랑에 빠지게 될, 윤기 흐르는 검은 깃털의 수탉들이 태어나겠지.

그 밤은 나에게, 아니 우리 둘 모두에게 비단처럼 부드럽고 찬란하며, 검고도 푸르스름했어.

● 마푸체어로 카우카Kaukau는 갈매기, 리트란Litrán은 '빛나는', '찬란한'이라는 뜻이 있다.

땅이 개골개골 울어 댔어

비가 그치자 땅이 개골개골 울어 댔지. 새들은 물 웅덩이로 뛰어들어 날개를 퍼덕이며 공중에 쨱쨱 거리는 소리를 흩뿌렸어. 무지개는 한쪽 다리가 다른 쪽보다 짧아 마치 절뚝이는 것처럼 보였지. 요새를 떠난 뒤부터 세상은 줄곧 오르막이었어. 난 그걸 거의 알아채지 못했어. 리즈를 만지고 싶다는 욕망과 리즈가 날 만지면 좋겠다는 욕망에 사로잡혀 정신이 없었거든. 마치 리즈의 손에서 빵과 물이, 심지어 나를 살게 할 공기조차 흘러나오는 것만 같았지. 리즈와 함께 있으니 모든 것이 숨 막히는 갈망으로 변해 날 아프게 했어. 나는 균열을 느껐지. 그건 오스카를 찾자마자 우리가 이별하게 될 거라는 예감 때문이었어. 그 긴장감으로 우리 사이를 잇는 실이 팽팽하게 당겨졌지. 하지만 나는 절뚝이는 무지개도, 목초지를 아래에 둔 채 땅이 위로 휘어지는 풍경도 본 적이 없었어. 목초지는 드레스의 주름 장식처럼 부드럽고 우아하게 펼쳐졌고, 연보라색과 노란색 꽃물결과 꽃들의 작은 그림자들이 있었지. 모든 사물이 그림자를 드리우며 부드러운 대비로 물들기 시작했거든. 저 멀리 앞쪽 하늘엔 호수에 가까워졌음을 알리는 왜가리와 가마우지, 홍학들이 날아다녔어. 그날 아침에는 모든 것이, 생명 그 자체가 따뜻한 포옹이었지.

올라가는 것은 뭐든 내려오게 마련이야, 심지어 행성도. 난 그 사실을 터득했고, 가엾은 황소들도 마찬가지였어. 소들은 아무런 도움도 받지 못했고, 수레를 끈다기보다는 저항하며 버텼지. 자꾸만 뒤를 돌아보며 자기들을 밀어내는 것이 무엇인지 확인하려 했어. 내 생각에 황소들은 마차를 이미 자기 몸의 일부로 여겼던 것 같아. 그러니 자기 몸의 일부가 자기를 덮친다고 느꼈겠지. 소들은 도망치려 애썼고, 갈대가 깃털 같은 이삭을 흔드는 게 보일 때까지 갈퀴 모양 길을 따라 계속 달렸어. 우리는 멈춰 서서 소들의 멍에를 벗겨 줬어. 로사는 아사도를 준비했지. 조금은 배가 고프기도 했고, 우리를 뜯어 먹는 모기와 검은 바리귀이barigüí● 파리들을 연기로 쫓아내야 했거든. 로사가 기니피그 세 마리를 잡기 전까지는 사방에 아무것도 없었어. 이어지던 작은 짐승들의 비명, 거대한 인간을 할퀴려고 뻗던 작은 손들의 공포, 고통으로 활처럼 휘어진 몸들. 우리는 그 가엾은 동물들의 캄포 말로였을 테지. 잠시 뒤 불에 노릇노릇하게 익은 고기 냄새가 풍겨 오자 우리의 뱃속, 즉 우리 몸과 영혼도 이내 평온해졌어.

● 아르헨티나 여러 주를 가로지르는 살라도 강Río Salado 유역에서 생긴 파리의 일종. 질병을 전파하지는 않지만 인간과 동물을 물면서 통증을 유발하는 상처를 입힌다.

불규칙한 비행

포만감 뒤에 평화가 찾아오듯 젖은 땅에서 버섯들이 돋아났고, 팜파는 계속 물결쳤지. 그때 깨달았어. 물결치는 풍경은 가만히 멈춰도 너울대는 것처럼 보이고 평평한 풍경보다 더 많은 색을 품는다는 걸. 땅 전체가 마치 기지개를 켜는 개의 등허리처럼 꿈틀댔고, 높낮이가 들쭉날쭉한 그 털들은 마치 바람이 불 때 빛을 반사하며 요동치는 물결과 비슷했지. 예전엔 길 위의 삶이 그저 천상의 것으로 여겨졌다면 이제는 짙은 보라색에서 연보라로, 노랑과 오렌지로, 하양과 연두로, 때로는 눈에 띄게 짙은 녹색과 이따금 보이는 갈색으로 시시각각 변주돼. 마치 무지개에서 잘려 나간 한쪽 다리가 땅 위로 흩뿌려진 것만 같지. 땅은 계속 그렇게, 점점 더 힘차고 선명하게 물결쳤어. 우리가 앞으로 나아갈수록 그 빛깔은 더 강렬하고 뚜렷해졌지. 더 이상 흙먼지가 아닌 꽃잎들이 공중에 흩날리는 듯했어. 나비들은 도움닫기를 하는 것처럼 충동적으로 날개를 치며 움직였지. 점점 힘이 다해 파닥이다가 바람의 장난감이 되기 직전에야 다시 날갯짓을 시작했어. 새들의 비행과 비교하면 참 불규칙한 비행이야. 새들은 언덕에서 돋아나듯 우리 주위로 떼 지어 몰려왔지. 대부분 날개를 움직이지 않은 채 날았어. 나비처럼 날개를 멈췄다 폈다 하며 간헐적으로 움직였지만, 나비와는 달리 아무 수고도 필요하지 않은 양 자연스럽고 조화로운 궤적을 그렸지. 벌새들은 그 중간쯤에 있었어. 그 화려한 색상은 물론이고 전기처럼 찌릿하며 끊임없이 움직이는 비행 방식까지 말이야. 어쩌면 벌새는 곤충에 더 가까울지도 몰라. 공기는 살아 움직이는 동물 떼였어. 꿀벌과 파리, 바리귀이와 모기가 윙윙대는 소리는 거대한 생명의 숨결이었고 나도 그들과 함께 숨 쉬기 시작했지. 밤이 되면 더 불규칙한 다른 소리, 진흙 속 수많은 벌레들이 울어 대는 소리가 더해졌지만 나는 기꺼이 그 묵직한 소음 속에 몸을 맡겼어. 우리는 연못 지대에 있었지. 물은 그 속에 비치는 모든 것을 두 배로 만드는 것처럼 행복도 두 배로 불어나게 했어. 그곳은 온갖 생명으로 가득했지.

우리는 진흙과 공기 사이를 가르며 계속 길을 갔어. 나는 꽃향기와 대령이 준 와인에 흠뻑 취했지. 리즈가 짐이 너무 무겁다고 결론을 내려서, 우린 마차 안을 비우는 데 집중했거든. 그 과정은 마치 축제 같았어. 우리를 연결하던 그물의 실들은 어느덧 해먹처럼 느슨해졌지. 우리는 두 개 언어로 노래를 부르며, 또 우리 셋이서 새로 만든 우리만의 언어로 노래를 부르며 이리저리 몸을 흔들었어. 에스트레야는 그 하모니에 섞이려는 듯 짖어대며 우리의 언어를 더 확장시켰지.

대개 벌거벗었고 아름다웠어

그들은 우리를 그렇게 봤어. 이상한 언어로 노래를 부르는 여자 하나, 남자 하나, 두 개의 영혼을 모두 가진 사람 하나, 이렇게 세 사람이 탄 마차가 이끄는 행렬로 말이야. 눈이 노란 검은 강아지 한 마리가 짖는 소리로 노래에 참여했는데, 거의 이질감 없이 어우러졌지. 수백 마리 암소가 춤추듯 앞으로 나아갔고 가장 젊은 암소들은 서로를 들이받으며 경쾌하게 종종거렸어. 겉보기에 어수선해 보였지만 마차를 중심으로 움직였지. 아름다운 말 다섯 마리는 원하는 곳으로 달릴 자유를 만끽하며 암소들에게 다가갔다가 또다시 달려 나갔어. 온순한 황소 여섯 마리와 마차 뒤쪽 우리 안에서 꼬꼬댁대는 닭들도 함께였지. 본 적 없는 장치 아래에서 달렸어. 그들은 그게 무기일까 두려워했지만, 물론 그런 시끌벅적한 즐거움은 군대와 어울리지 않았지. 이미 군인들의 건조한 규율과 그 메마른 잔혹함, 어떤 수직적 위계가 주는 굴욕을 그들은 잘 알았거든.

그들은 이틀 동안 우릴 따라왔고 우리는 곧 알아챘어. 에스트레야도 알아채곤 꼬리를 흔들며 나무들 쪽으로 짖어 댔어. 내 개는 인간에게서 피난처와 음식, 놀이 말곤 기대할 수 없다는 걸 몰랐지. 로사도 알아챘어. 그는 노련하고 길잡이 역할을 잘 아는 사람이니까. 리즈와 나는 에스트레야와 로사를 보고 눈치챘지. 하지만 우리는 두려움이 몸속에서 자라나게 가만두지 않았어. 계속 와인을 마시고 노래를 불렀지. 이제는 나무 하나하나 사이에서 우리가 알아챈 그 눈동자들에게 노래를 불렀어. 우리는 겨우 셋이었고 가던 길을 계속 가야 했으니까. 공격은커녕 심지어 방어조차 못할 것 같았거든. 우리는 노래를 불러야만 했어.

나는 항상 믿었지. 사막이란 보이면서도 보이지 않는 그 인디오들의 땅이라고 말이야. 사막은 낙원 같았어. 아니면 내가 낙원처럼 여길 만한 곳. 낮은 지대에 있던 호수들과 오르막에 있던 호수들은 참 특이하게도 일부 마른땅보다 더 높은 곳에 있었어. 나무들이 점점 더 늘어나 많은 지역에서 나무밖에 안 보였고 새들은 소리 높여 노래했지. 왜 새들은 소리치는지 모르겠고, 새들이 정말로 노래하는지도 못 믿겠지만. 노래한다고 내가 단언할 수 있는 유일한 동물은 내 에스트레야뿐이야. 그렇다면 새들이 소리칠 때 그들은 뭘 하는 걸까? 다른 새들을 부르고 매력을 뽐내서 더 많은 새가 태어나게 하려는 걸까. 생명은 계속 존재하기 위해 복잡한 메커니즘을 지녔어. 잔혹하게도 자신의 아름다움을 헤프게 쓰지. 그것이 우리를 창조하고 죽이는 방식이야. 그렇게 생명은 스스로를 끊임없이 만들어 내. 새들이 날아다니는 것은 춤이자 먹이를 찾는 방식이기도 했어. 그렇게 왜가리들은 물에 뛰어들어 물고기들을 삼켜. 살아 있으면서 더 많은 왜가리를 낳기 위해서야. 와인 때문이었을까, 아니면 대령의 목장을 떠난 뒤 내가 느낀 두 번째 해방이 확장된 것이었을까? 혹은 둘 다였을까? 나는 완전히 사색에 잠겼어. 우린 아직 우리 가우초들과 마주치지 못했지만 걱정하진 않았지. 그들은 말을 타고 갔으니 우리가 따라잡을 만큼 그들이 충분히 머물기 전까지 몇 레구아를 앞서 있을 테니까. 우리는 인디오들을 만나고 싶은 마음이 간절했어.

먼저 그들의 소리를 들었고 그다음엔 냄새를 맡았어. 그들도 노래를 부르며 아사도를 먹더라고. 맛있는 냄새가 우릴 높은 산맥 사이 대평원으로, 하늘색 호숫가로, 꽃이 핀 들판으로 이끌었는데 거기 그들이 있었어. 그중에 몇 명은 무장한 채 전사의 옷을 입었지만 충분히 입진 않아서 마치 윗도리에 바지를 걸치고 아랫도리에 모자를 쓴 것처럼 어색했지. 그들은 대개 벌거벗었고 아름다웠어. 큰 키에 어깨가 넓었고 턱은 단단해 보였지. 눈매는 줄처럼 가늘고 두 눈은 마치 정오의 태양처럼 늘 강렬하게 빛났어. 피부는 아주 어두웠는데, 기름을 발라 반짝였고 유령 같은 흰색 그림들을 그려 놨지. 그들은 뼛가루로 물감을 만들었거든. 꽃이나 깃털로 만든 머리 장식을 꽂았고 어떤 이들은 두 가지를 모두 꽂았는데, 우리처럼 성별에 따라 장식을 고르진 않는 듯했지. 그들은 여러 개 작은 무리를 지어 모닥불 주위에 모여 앉았고 손과 칼로 음식을 먹었으며, 아름다운 몸 일부를 뒤덮은 물감처럼 흰 이를 드러내며 미소 지었어. 그들은 수가 많았지. 천막들은 멀리까지 뻗어 있었는데, 그들이 피부에 바르는 기름을 발라 반짝였어. 이 기름은 인디오들에게 거의 모든 것이 그렇듯 다양한 용도로 쓰였지. 우리는 축제 날에 도착했어. 그들은 여름의 절정을 축하했지. 꽃과 동물의 아름다움, 나무에 손을 뻗거나 땅 위를 돌아다니는 많은 동물 중 하나에게 팔맷돌을 던지거나 물고기와 새를 활로 쏘는 것 이상의 노력을 바라지 않고 그저 아낌없이 열매를 내주는 대지의 관대함을 기렸어. 우리는 그들을 바라보며 어디에서 멈춰야 할지 잘 모르는 채 다가갔지. 딱히 어떤 천막이 다른 것보다 더 중요해 보이지 않았으니까. 우리는 맨 앞줄에 있는 천막에서 멈췄다가 다시 걸어갔어. 우리가 뭘 해야 하나 정하는데, 그들이 멈춰 서서 우리를 바라보기 시작했지. 그중 한 무리가 앞으로 나섰는데, 전사가 아니라 벌거벗은 이들이었어.

분명 짧은 순간이었을 테지만 묘한 정적, 서로를 바라보는 순간의 정적 때문에 긴 시간처럼 느껴졌어. 우리는 그들을, 그들은 우리를, 우리 소들은 그들의 소들을, 내 개는 그들의 개들을, 말들은 모두를 바라봤지. 그러다 벌거벗은 이들 중 앞장선 이들이 노래하며 걷기 시작했고, 우리도 똑같이 따라 했어. 노래하며 두 팔을 벌리고 걸었고, 그들이 하는 대로 모든 걸 따라 하며 결국 인디오들과 하나로 어우러졌지. 그들은 불순물이 섞이지 않은 아주 밝은 빛과 기름 냄새, 꽃이 만발한 차냐르chañar◉와 라벤더 향으로 이루어진 것 같았어. 자신들이 쓰는 기름에 그런 향을 넣었거든. 카우칼리트란을 껴안았을 때 난 숲속으로 더 깊이 빠져들었어. 알고 보니 그 숲이 인디오 영토인 내륙 깊숙한 곳이었지. 나는 여름에 빠져들었어. 나무에 매달린 붉고 터질 듯한 오디 열매, 나무 그늘에서 자라는 버섯, 나무 하나하나에 빠져들었지. 내 마음의 변덕스러움, 내 몸이 가질 수 있는 여러 욕망의 양도 깨달았어. 나는 오디 열매도 되고 싶었고 오디 열매를 깨무는 입도 되고 싶었지.

욕망을 이루기까지 오래 기다릴 필요는 없었어. 포옹에 뒤이어 여러 번 입맞춤이 이어졌고 야생 침으로 범벅이 된 카우칼리트란의 혀가 내 입속에 파고드는 걸 느꼈지. 카우칼리트란에게서는 페페리나peperina◑ 향, 냔두 발, 퓨마, 옴부나무, 달콤한 마가리타꽃 연기, 사탕수수술과 알아채기 힘

◉　남아메리카 남부 가장 건조한 숲에 서식하는 콩과 나무. 높이가 최대 8m이며, 열매는 달고 먹을 수 있다.
◑　아르헨티나 원산지의 약용 식물로, 향이 박하와 비슷하다. 소화와 기타 의료 목적으로 쓰였다.

든 씁쓸한 맛이 났어. "우리들의 축제에 온 걸 환영해, 내 사랑스러운 영국 소년ㅇ." 입맞춤을 멈추고 숨을 고를 때 카우칼리트란이 내게 말했지. 인디오들은 우리에게 태초의 스페인어로 말했어. 흡사 에르난데스 같았는데, 로사스 목장에서 스페인어를 배운 조부모로부터 언어를 배웠기 때문이야. 왕실의 관습을 지녔던 복원자el Restaurador 로사스는 인디오 추장들의 장남을, 혹은 그가 추장이라고 여긴 이들의 장남을 평화 협정의 인질로 삼았어. 셀크남 부족은 큰 갈등 없이 추장을 자주 바꿨는데, 갈등은 여성 원로 회의에서 조정했고 결론이 나지 않으면 대개 창槍을 겨눠 해결하는 식이었지. 로사스는 외교관들의 장남도 데려갔어. 우리의 인디오들은 더 이상 셀크남족이 아니었지. 테우엘체족은 물론이고 윙카winca○와도 상당히 섞였지만 조상 중 가장 남쪽에 살던 조상을 기억하기로 택했어.

ㅇ 원문에서는 '내 사랑스러운 영국 소년mi querida muchacho inglés'을 표기할 때 남성형과 여성형의 형용사를 섞어 썼다. 이를 통해 치나가 남장을 했지만 실은 여자라는 점을 카우칼리트란이 안다는 걸 짐작할 수 있다.

○ 마푸체 원주민이 비非마푸체인, 칠레 백인, 아르헨티나 백인을 지칭할 때 쓰는 용어. 마푸체는 칠레와 아르헨티나 남부에 거주하는 원주민 부족으로, 19세기 말까지 남아메리카에서 가장 큰 원주민 중 하나였다. 현재 칠레에는 약 170만 명(2017년 기준), 아르헨티나에는 14만 명(2022년 기준)이 넘는 마푸체족이 산다.

자신들이 곧 사막이기에 우리를 품는다고도 말했
지. 그들은 사흘째 우릴 지켜보았노라고, 자신들의
여름 축제에서 우리도 같이 먹고 마시며 춤추자고
말했어. 카우칼리트란이 나한테, 카트리엘◐이 리
즈한테, 미야라이◑가 로사한테 말했지. 그들은 우
리 눈을 바라보며 말했고, 손을 놓지 않은 채 우리
를 쿠트랄-코Kutral-Có◗ 호수로 데려갔어. 호수 이
름은 불의 물Agua de Fuego이라는 뜻인데, 왜 그렇
게 불리는지 우리는 곧 이해하게 될 거였지. 우리
여섯은 나무둥치 위에 앉았고, 그들은 줄기가 가느
다란 버섯의 금빛 갓을 먹으며 우리에게도 권했어.

◐ 마푸체어로 '얼굴에 상처나 표식이 있는 자'를 뜻한다.
실제 팜파 지역에서 강력한 세력을 떨쳤던 마푸체-테우엘체
추장 가문의 성씨이기도 하며, 역사적 실존 인물과도 연결되
는 이름이다.
◑ 마푸체어로 미야Milla는 황금빛을, 라이Ray는 꽃을 뜻
한다.
◗ 마푸체어에서 쿠트랄(kutral 또는 kütral)은 불을 뜻한다.
고대 의식에서 쿠트랄은 정화의 상징으로 썼고, 공동체 주변
에 존재하는 나쁜 에너지를 없앤다고 여겼다. 전통적인 마푸
체인들의 주거 공간인 루카에서도 중앙에 위치한 화덕인 쿠
트랄에서 항상 불이 타오르며, 불은 마푸체의 중요한 모임인
트라윈(의회), 뉴트람(대화)에서도 중심에 배치된다. 불은
이들의 문화와 우주관에서 중요한 요소로, 따뜻함, 요리, 심
지어 영적 측면과도 연관된다. 코Có는 마푸체어에서 물 또는
개울을 뜻하는 단어로 지명 및 문화와 관련된 용어에서 자주
등장한다.

우리는 씁쓸한 열매들도 먹었지. 한동안 아무도 말하지 않았어. 그러다 카우칼리트란이 호수 전체를 아우르는 듯한 몸짓을 하자, 다른 둘은 웃기 시작했어. 홍학 떼가 분홍빛 얼룩처럼 하늘로 날아올랐지. 그 많은 움직임 때문에 호수가 어떤 색이어야 할지 모른 채로 드러났어. 나는 호수의 우유부단한 모습이 우스워 처음에는 살짝 웃었다가 이내 깔깔 웃기 시작했지. 쿠트랄-코는 자기가 어떤 색이어야 할지 몰라. 살아 있지. 호수는 한 마리 동물이야. 봐, 에스트레야, 결정 못하고 망설이는 호수 언니야. 내 강아지를 불렀어. 봐, 카우칼리트란, 내 에스트레야가 태양을 얼마나 품었는지, 봐, 리즈, 카우칼리트란이 얼마나 아름다운 퓨마인지, 봐, 내가 냔두 같은 두 다리로 어떻게 달리는지, 봐, 아무도 날 따라잡지 못해, 로사, 너한테 번개처럼 빠른 망아지들이 있어도 안 돼. 퓨마야, 내가 널 어떻게 쫓아가는지 봐, 카우카, 이리 와, 나 수영하고 싶어. 나는 옷을 벗었고 카우카가 날 이끌도록 내버려뒀어. 카우카는 매년 축제가 열리는 쿠트랄-코 호수의 진흙을 훤히 잘 아니까. 그게 진흙이라고 느끼진 못했고 내가 동물 혀를 밟았다는 걸 깨달았어. 그때까진 동물인 줄 몰랐지. 혀는 호수 바닥과 가장자리를 이루고 물은 그 몸이야. 몸에는 돌과 식물, 물고기, 나뭇조각 들이 가득해. 그 몸속으로 카우카와 함께 들어갔을 때 우리는 물고기가 됐어. 내 몸은 수루비surubí●처럼 은빛을 띤 채 길고 가늘어졌지. 수염도 자라났어. 난 카우카의 몸에 수염을 문지르고 쓸어내렸지. 카우카의 몸은 파쿠pacú●처럼 납작하고 넓어지며 납빛으로 변했어. 카우카가 이미 마음을 정한 채로 물 위에 떠 있는 동안 나는 파쿠의 황금빛 배를 핥았어. 그때 파쿠는 보라색이었고 밤색 비늘에 밤색 혀를 지녔지. 그렇게 내 파쿠의 황금빛 배를 계속 핥는 동안, 그 배는 홀쭉해지며 호랑이 무늬를 띠더니 타라리라가 되어 마치 미끼인 양 날 물었어. 내 물고기 여인은 나를 물고 내게 매달린 채 거기 있었어. 나무줄기 위로 멀리 리즈가 보였지. 리즈의 붉은 머리는 불길처럼 타오르는 듯했고 역시 벌거벗은 채 몸이 밤색 물감으로 칠해지는 중이었어. 나는 리즈가 밤색 망아지로 변하는 것을 바라봤어. 이미 그런 모습을 본 적이 있지만 다른 사람의 손길에 벌거벗겨진 모습을 보는 것은 처음이었고, 내가 호수의 몸 한가운데에서 타라리라의 손길에 벌거벗

● 라플라타강에 서식하는 대형 민물고기로, 다양한 색조의 잿빛을 띤다.

◗ 몸통 길이가 80센티미터까지 이르는 라플라타강의 타원형 민물고기.

은 채 있는 것도 처음이었어. 이 새로운 시각이 날 웃게 했지. 카우카도 웃었어. 성적인 포옹은 마치 물속에 녹아내리듯 풀렸지. 우리는 호숫가로 헤엄쳤어. 나도 내가 원하는 사람이 되고 싶었어. 나를 발가벗기는 그림이 내 피부에도 그려지길 바랐어. 암호랑이 타라리라나 카우카나 어느 쪽이든 상관없었지. 난 결심했어. 풀밭에 드러누워 나한테서 타라리라 영혼을 본 마치machi❶가 내 몸에 그림을 그리게 내버려둔 거야. 그러고는 다시 암망아지 리즈를 봤고 리즈의 등을 핥았어. 리즈는 내게 영어로 말하며 나를 "타이그레스, 미 티그레사, 마이 머메이드, 마이 걸, 마이 굿 보이, 미 가우차 블랑카, 마이 타이그레스tigress, mi tigresa, my mermaid, my girl, my good boy, mi gaucha blanca, my tigress.(암호랑이, 내 암호랑이, 내 인어, 내 소녀, 내 착한 소년, 내 하얀 가우차❷, 내 암호랑이)."라고 불렀지. 우리는 진창에 몸을 던졌고 우리와 함께 카우카도, 카우카와 함께 카트리엘, 곧이어 로사와 미야라이도 함께 우리 주위를 뛰어다니는 두꺼비들처럼 될 때까지 뒹굴었어. 우리 두꺼비들은 세계의

---

❶　마푸체어로 무당shaman을 뜻한다. 아르헨티나와 칠레의 마푸체족 문화에서 민간요법, 마술, 종교 등을 행하는 사람. 인간이 평온하게 살기 위한 방식으로써 자연과 화합해 상생하기를 기원한다.

❷　가우초gaucho의 여성형.

시원始原 같은 진흙에서 그렇게 짝짓기를 했지. 세상의 처음이 그러했듯 우리 모두가 아무 부끄러움 없이 서로 사랑했고 사랑하길 멈추지 않았어. 홍학들이 돌아왔고, 그 무한한 분홍색은 마치 웨누마푸Wenumapu○ 즉 사막의 하늘이 자기의 빛나는 피를 우리에게 보여 주며 기뻐하는 듯 보였거든. 곧 주의가 흩어지고 배가 고파져서 우리 모두 밤색인 채로 쿠트랄, 즉 불가로 달려갔어. 몹시 급한 마음을 참아야 했고, 의식이 끝난 뒤에야 한 입 베어 물었어. 고기 굽는 사람이 불 위의 냔두 고기를 인원수만큼 토막 내서 나눠 줬지. 그 사람은 자기나 자길 보조해 준 사람 몫으로는 아무것도 남겨 두지 않았어. 리즈와 로사와 나는 고기를 물어뜯고 싶은 마음을 꾹 참으며 인디오들이 어떻게 식사하는지 지켜봤어. 그들은 달려들지 않았고 구운 고기가 떨어진 것을 서로에게 알렸어. 그러면 가장 큰 몫을 받은, 특히 냔두의 근육질 가슴살을 받은 이들이 칼을 잡고 가장 좋은 부위를 잘라서 굽기 담당자와 그를 보조한 이에게 건네주었지. 그제

○　마푸체 원주민들의 세계관에 따르면, 세상은 웨누마푸(상위 세계 또는 천국), 마푸(지구), 문체마푸(지하 세계)로 구성되어 있다. 마푸체 원주민은 웨누마푸에 거주하는 조상들의 영혼이 지상에 사는 사람과 천상의 신성한 존재를 중재할 수 있다고 믿는다. 이들은 웨누마푸를 선善, 순수, 좋은 에너지의 원천으로 여긴다.

야 그들은 미친 듯한 배고픔을 풀어 줬어. 우리 모두는 굶주려서 죽을 지경인 퓨마처럼 물어뜯는 데 몰두했어. 우리는 쿠트랄 주변 풀밭에 드러누웠어. 날이 저물기 시작했지. 밤이 되자, 알다시피 이슬이 내렸어. 우리는 비에 젖은 땅처럼 느껴졌어. 누군가 깃털로 만든 담요 몇 개를 가져다줬는데 내 담요는 분홍색이었어. 나는 카우카의 손과 반지로 은하수의 모든 우유를 다 빨아들인 것만 같은 리즈의 손을 잡은 채 별이 폭발하는 하늘을 바라보며 홍학처럼 잠들었지.

몇 시간 뒤 혼자 깨어났을 때, 무슨 옷을 입어야 할지 몰랐어. 그링고 가우초 옷은 우스꽝스러웠지만 내가 가진 유일한 옷이었거든. 난 쿠트랄-코 호수로 돌아가 가려운 진흙을 씻어내려고 목욕한 뒤 다시 가우초 옷을 입고 홍학 담요를 판초처럼 걸쳤어. 큰 쿠트랄, 요리용 불 말고도 불을 여러 개 피워 놔 인디오들이 땅에 별자리를 그린 것 같았어. 근처 한 쿠트랄에 리즈와 로사가 있었는데, 둘은 인디오처럼 차려입었더군. 흰 왜가리 깃털로 만든 하얀 튜닉, 뻬헤레이pejerrey❍ 비늘로 만든 황금빛 장식, 카르핀초carpincho❶ 가죽으로 만든 적갈색

❍   은어銀魚와 유사한 남미의 민물고기. 몸은 가늘고 길며, 측면에 은빛 줄무늬가 있어 빛을 받으면 찬란하게 반짝이는 것이 특징이다.

옷이었지. 모두 너무나 아름다웠고 어떤 동물들처럼, 모든 동물들처럼, 그들 옷의 주인들처럼 우아했어.

　　이미 말했듯이 중심은 없었고 다른 것들보다 더 큰 루카ruka●도 없었어. 하지만 시간이 흐르면서 아마 우리 존재가 불러일으킨 낯섦 때문인지 점차 밤은 우리 쿠트랄을 중심으로 조직되었지. 로사는 마차로 가서 선물들을 가져왔어. 인디오들은 거울을 보며 즐거워했는데, 어쩌면 바보 같아 보일지도 모르지만 난 완벽히 이해가 됐지. 그들은 거울에 비친 자기 모습에서 아름다움을 봤고 실제로 참 아름다웠거든. 햇빛과 눈빨 때문에 생긴 주름으로 얼굴에 깊게 고랑이 패고 머리가 하얗게 센 노인들도, 갓 출산해 젖이 불어난 여자들도, 전사 옷을 입은 남자들조차도, 여자 전사들도 모두. 이 인디오들 사이에서, 내 사람들, 내 부족 사이에서 일은 오로지 적성, 바람, 필요성이라는 기준에 따라서만 분배되기 때문이지.

● 수생 습성을 가진 남아메리카 지역의 설치류 동물. 신장이 1.5미터에 달하며 무게가 80킬로그램 이상 나가는, 쥐처럼 생긴 동물.

● 마푸체 원주민들의 전통 가옥으로 마푸체 문화와 정체성의 중요한 부분을 구성한다. 원뿔형 지붕을 얹은 원형 구조에 창문이 없고 내부가 하나의 열린 공간으로 이루어졌으며, 공동으로 짓는 것이 일반적이다.

우리는 또한 사탕수수술과 남은 포도주, 지난 폭풍우 동안 자란 검은 수탉들을 선물했어. 카우카는 수탉들을 무척 마음에 들어 했고, 나는 카우카가 깃털을 휘날리며 칠흑같이 검은 전사 옷을 입은 모습을 상상했지. 카우카가 불 근처에서 자기 활을 팽팽히 당겨 줄을 부드럽게 조이는 모습을 본 적이 있어. 강하고 검으며 가장 밝게 빛나는 밤처럼 광채를 뿜었지. 불을 지피자, 다른 이방인들도 다가왔어. 포로로 잡혔던 영국 여자들이 모두 자유롭게 돌아다니며 리즈와 새로운 소식을 주고받았지. 여왕의 삶, 갓 세이브 허God save Her(신께서 여왕을 보호해 주시길), 철도 건설 진행 상황, 왕의 전설적인 감기, 새로운 기계의 힘, 탄광 노예 제도, 고향의 에메랄드빛 초원에서의 행복, 번갈아 가며 영국을 가볍게 핥기도 했다가 채찍으로 세게 후려치기도 하는 바다의 힘에 대해. 또한 새로운 삶에 대해, 이미 리즈가 조금은 맛보았고 나머지도 더 알게 될 자유에 대해, 다시는 빳빳한 목깃이나 굳게 오므린 다리로, 심지어 영국의 초록색 초원으로도 돌아가지 않을 자유에 대해 이야기했어. 독일 과학자들은 흡사 도깨비불에 비춰 몸을 재구성하려는 듯 뼈를 모으며 돌아다녔고 인디오들을 즐겁게 하려고 공룡 화석에 자기 이름을 붙이며 우쭐댔지. 그들이 저마다 로트Roth●라 부르는 뼛조각이나 폰 훔볼트Von Humboldt●라 부르는 이끼 식물의 흔적, 리즈의 반지처럼 투명한 돌속에 든 섬세한 작은 잎사귀들을 보여주자마자 인디오들은 웃다가 눈물까지 흘렸어. 아르헨티나 공화국에서 추방된 이들은 자기네 음모에 급급해 도무지 가까워지지 않았지. 인디오들은 그들을 좋아하진 않았지만 참아 줬고, 우리도 그들을 좋아하지 않았어. 그들과는 아주 일시적인 동맹, 배신으로 가득하고 항상 변덕스럽지만 불가피한 관계 이상은 이룰 수 없다는 것을 알았거든. 가우초들은

● 산티아고 로트Santiago Roth(1850~1924). 스위스 출신의 아르헨티나 고생물학자. 파타고니아 전역을 탐험하며 멸종된 화석 포유류를 연구했다. 특히 아르마딜로의 조상 격인 거대 포유동물 글립토돈트glyptodont의 화석과 인간의 유골을 함께 발견해 선사 시대에 멸종된 거대 동물과 인간이 공존했음을 증명한 것으로 유명하다.

● 알렉산더 폰 훔볼트Alexander von Humboldt(1769~1859). 독일 탐험가이자 자연과학자로서 근대 지리학의 창시자로 불린다. 1799년부터 5년간 라틴 아메리카 전역을 탐험하며 수많은 동식물을 채집하고 기록했다. 그는 모든 생명체가 고도, 기온, 지질 등 환경과 유기적으로 연결되어 있다는 '생명의 망Web of Life' 개념을 제시했으며, 그의 연구는 라틴 아메리카를 과학적으로 규명하는 근간이 되었다. 소설에서는 서구의 지적 권위주의를 풍자하기 위해 인용되었다.

수백 명이나 됐어. 우리 쪽 가우초들은 에르난데스에게서 도망치게 우리가 도와준 사람들인데 이미 현지인처럼 옷을 입었지. 다른 이들도 많았는데, 그중 한 남자가 세 가닥으로 길게 땋은 머리를 흔들며 내 것처럼 분홍색 깃털로 장식된 튜닉을 입고 허리에 리본까지 맨 채 아주 우아하게 움직였어. 이미 내가 말했지, 인디오들 사이에서는 옷도 생활 방식도 성별에 의해 결정되지 않는다고. 그 사람은 홍학처럼 꾸민 여자로 보였어. 수염 자국에서 남자의 기미가 살짝 느껴질 뿐이었지. 그가 가까이 다가오자 에르난데스가 말한 것이 사실이라는 걸 알게 됐어. 그는 피에로였지. 이제는 쇠라기보다 깃털로 만들어진 사람 같았어. 멀어지고 싶었지만 그 뒤로 내 아이들이 따라왔지. 말로 다 할수 없어, 그 느낌을 표현하지 못하겠어. 아이들의 작은 머리에 코를 파묻고 내 새끼들의 향기에 휩싸인 채 거기 머물 때 내 몸이 느낀 행복을, 내 영혼의 충만함을 말이야. 아이들은 예뻤고 날 너무꽉 안는 바람에 피에로의 말을 들어야만 했지. 인디오들은 사랑 이야기를 좋아했고 피에로는 자신이 겪은 일과 겪지 않은 일까지 모두 노래했어. 그게 피에로가 살아가는 방식이었거든. 인디오들은 에르난데스만큼 예술을 감상할 줄 알지만, 가우초들의 시가 담긴 책을 자기가 썼다고 속이지는 않아. 피에로는 이미 우리와 라울에 대해 들려줬을 것이고, 또 누가 알겠어, 다른 시들도 들려줬을지. 나는 피에로가 다가오게 뒀고 그가 기타를 들고 내 앞에 마주 앉게 내버려뒀지. 우리 모두 피에로의 노래를 들었어.

아, 내 인생의 치니타

아, 내 인생의 치니타!
하느님께 얼마나 간절히 빌었는지 몰라
그대와 다시 만나개◑ 해 달라고
그대에게 용서를 빌며
그대의 친구가 되게 해 달라고
내 마음속 깊이 간직한 치나.

그대는 땋았던 머리를 잘랐고,
나는 오히려 머리를 길게 땋았네

◑　호세 에르난데스의 『가우초 마르틴 피에로』(1872)에서 피에로는 수차례 발음과 철자의 오류를 보인다. 이는 피에로가 정규 교육을 받지 못한 계층이라는 점을 드러내기 위한 장치였는데 본 소설에서도 이러한 특징을 그대로 유지해 피에로는 종종 발음과 철자의 오류를 범한다.

삶은 이토록 놀라움으로 가득해
우리를 늘 깨닫게 하지
사랑하는 이들에게 저지른 악행은
반드시 그 대가를 치르게 된다는 것을.

호세피나, 그대에게 말할게
참 예쁜 이름을 가졌군
내가 그대에게 큰 죄를 지었음을 잘 안다네.
나도 그만큼 깊은 고통을 겪었으니
부디 이 못난 고백을 듣고
나를 용서해 주오.

라울을 죽인 건 바로 나였어,
내가 그의 목을 베자 그는 파랗게 질렸고,
이내 죽음의 빛으로 하얗게 변했지.
그는 아름답고 강인했지만
내 파콘이 더 매서웠고
나는 이미 이성을 잃은 뒤였어.

그는 그대 때문에 나를 버렸다네,
목장주가 사생아를 버리듯
소가 배설물을 남기고 떠나듯

냔두가 마른 밀밭을 등지듯
치망고가 꽃을 짓밟듯
돼지가 포크를 내던지듯.

나는 카드놀이로 그대를 얻었다네
엘 네그로에게 사탕수수술을 진탕 먹여
그는 비명마저 잃었지
그는 천하에 몹쓸 놈이었고
나도 딱히 더 나을 것 없었으나
결국 난 지금 그대의 친구로 여기 있구나.

그대가 내게서 그를 빼앗았듯
나도 그대 곁에서 그를 빼앗았지
너는 질투 때문일 거라 여겼겠지만
사실 나는 늘 두려웠다네
그가 우리 사이를 말할까 봐
그가 내 연인이었던 시절을,
우리의 그 은밀한 뒤얽힘을 발설할까 봐.

그 뒤로 번듯한 가정을 꾸리려 했다네
집과 아내와 아이를 얻고,
거의 그 삶에 다다랐을 때

대령이 나를 망쳤지
군대는 지옥이었고
난 피를 흘리며 죽음 가까이 갔어

쉴 새 없는 노역뿐이었다네
대령의 목장을 일으키기 위해
여기에선 쟁기질 저기에선 삽질
한순간도 쉴 틈 없이
게으름은커녕 도망치는 건 입도 뻥끗 못 했어
말뚝에 묶여 채찍질을 당해야 했으니까.

빵은 한 조각뿐인데 매질은 끝이 없었다네
우리 급여는 안 주고
주인이 다 가로챘지
경찰 노릇을 하는
그 망할 놈의 치망고들에게만
고기를 좀 던져 줬어.

나의 치나여, 나는 비쩍 말라
사순절의 사냥개 같았다네
돼먹지 않은 대령이 말했지
우리가 아르헨티나를 세운다 했지만

우린 그저 그놈의 목장을 세웠을 뿐이야.

나는 슬픔 속에 잠겨, 내 사랑
마침내 노래를 부르기로 마음먹었지
기타만이 내 친구였다네
일하느라 지친 목동들을 위해 노래를 부르며
그들 마음을 달래 주는 것이
내 유일한 일이었어.

지내는 게 나아지기 시작했지,
붙잡혔던 천여 명의
가우초들이 나를 존중했어.
하지만 에르난데스는 도둑놈이야
내가 지은 시를 훔치기 시작하더니
내 노래로 책을 만들어 버린 거야.

그자는 책에 제 이름을 써넣고,
더러운 제 속셈을 집어넣어 구절을 바꿨다네.
봐, 마치 내가 노래한 양
"억울하면 판사와 친구가 되라!"고 바꾼 것을.
하지만 판사는 누구의 친구도 아니야
그저 대령에게 복종할 뿐.

그 뻔뻔한 자가 내 시를 훔쳐
책으로 냈다는 소식을 듣자마자
나는 곧장 군인 녀석에게 덤벼들었다네.
그 자식은 사흘 밤낮 나를 말뚝에 묶어 고문했지,
내게 물도, 음식도 주지 않았고
그마저도 끝이 아니었어.

그 작자가 내게 와서 물었다네
그 시가 정말 내 것이라고
진심으로 믿는 거냐고.
난 끈덕지게 그렇다고 했고
게다가 그 한심한 놈이 바꾼 구절들은
죄다 형편없다 맞섰어.

그가 내게 얼마나 채찍질을 했던지
등이 찢어졌다네
피가 터져 나오기 시작하더니
마치 샘물처럼 콸콸 솟구쳤지
그 교활한 자식은 날 죽이려 했어,
거의 뼈가 부러질 지경이었지.

어느 밤 온몸이 빛에 휩싸인
크루스○가 나타났다네,
그는 내 몸을 묶던 줄을
제 파콘 날로 끊어 버렸지
우리 둘은 자유를 향해 함께 달렸어
여명이 밝아 올 무렵이었지.

그는 나를 오두막집에 숨겼고
우리는 말들과 함께 잠을 잤어
아무도 우릴 보지 못하게.
그는 밤이면 사냥을 나갔고
낮이면 요리를 해 줬다네.
내게 젖 먹이는 것 빼곤 다 해 줬지.

그이는 내게 비스카차 국물을 떠먹였고
쥐 에스카베체 *escabeche*○,

○　『가우초 마르틴 피에로』(1872)에도 나오는 인물. 무장
경찰대와 충돌한 피에로가 그들에게 잡히기 직전에 나타나
그를 구해 준 뒤 깊은 우정을 나눈다. 크루스cruz는 스페인어
로 '십자가'를 의미하는데, 피에로는 크루스와 처음 마주했을
때 "가우초의 가슴을 움직이는 성인聖人의 강복降福이 있었던
것 같다."고 기술한다.
○　생선이나 고기를 살짝 익힌 뒤 식초, 기름, 각종 향신료
를 섞은 소스에 재우거나 조리는 요리법. 주로 차갑게 식혀 먹
으며, 식초 덕분에 보존성이 높고 강렬한 산미가 특징.

기니피그와 치망고로 만든 스튜,
암소 뼈를 고아 만든 수프,
냔두 알로 만든 토르타,
옴부잎 샐러드를 만들어 줬어.

무덤 속 예수처럼 누워,
나는 이틀 만에 기운을 차렸고,
사흘째 되던 날 그는 내게 입을 맞췄다네.
나는 그의 씁쓸한 침맛을 알게 됐고
그가 내게 올라타며 더 많은 걸 알게 됐지.
그 뒤로 난 결코 다른 삶을 원하지 않게 됐어.

온 하늘이 내 엉덩이에 내려앉았지.
나는 박차 espuelas○를 벗어던졌다네,
더 이상 기다리고 싶지 않았어
그를 깊이 빨아 주고 싶었거든
나는 그를 향한 내 욕망을 채우기 시작했고,
온전한 자유를 맛보았지.

그를 온전히 내 안에 들이며

○ 구두 뒷굽에 달린 금속제 도구. 톱니가 달렸거나 뭉툭한 막대기가 튀어나온 형태. 말을 타고 달릴 때 말의 옆구리를 툭툭 치거나 자극을 줘 말이 더 빨리 달리게 하거나 방향을 바꾸게 지시하는 역할을 한다. 가우초 정체성과 공격성을 상징하며, 이러한 굴레를 벗어던진다는 뜻으로 쓰였다.

내가 느낀 기쁨은
차마 말로 다 설명할 수 없다네
그의 음경은 낙원 같았어
그 덕분에 나는 신을 보았고
신의 은혜에 감사하게 됐지.

진정으로 사랑받고 못 박히듯
그 사랑을 온몸으로 느끼며
이런 쾌락을 느끼도록
나를 태어나게 하신 것에 대해.
아, 예수여, 얼마나 놀라운 일인지.
저 이성애자 남자들이 얼마나 어리석은지!

여기 도착했을 때
우린 천막을 지었지,
다른 이들이 하듯
말가죽을 엮어서 만들었어,
작은 부엌과 거실이 있는 집에서
나는 크루스와 함께 참 행복했다네.

하지만 신은 우리에게
너무 많은 행복을 주진 않더군.

천연두가 들이닥쳐
우리 우정을 앗아가 버렸지.
박차를 가할 데가 없어,
내 좋은 사람 크루스를 앗아 갔어.

그의 곁에서 무릎을 꿇고
나는 그를 예수님께 맡겼다네.
내 눈앞에서 빛이 사라지고
끔찍한 실신이 나를 덮쳤지,
크루스가 숨을 거둔 걸 봤을 때
난 벼락을 맞은 듯 쓰러졌어.

그러니 이젠 알겠지, 나의 치나.
내가 이 모진 대가를 치른 건
예전에 내가 그대에게 저지른
그 저열한 악행들 때문임을.
아이들은 내가 데려와
바로 여기 그대 곁에 있다네.

날 용서해 주겠어, 호세피나?

인디오들이 우리를 에워싸며 다가오는 바람
에 우리는 짓눌리듯 서로를 껴안았고, 한동안 포
옹을 풀지 못했지. 내가 그를 용서하겠다고 말하자,
인디오들은 울부짖는 듯 합창을 시작했어. 처음에
는 그저 외침처럼 들리던 그 기이한 선율이 내 귀
에 음악으로 익기까지는 며칠이 걸렸지. 노래는
이내 춤으로 이어졌어. 우리는 춤을 췄지. 나는 홍
학처럼, 정확히는 타라리라 홍학처럼 물 위로 솟구
치는 춤을 추던 중에 봤어. 리즈가 오스카일 수밖
에 없는 어떤 이방인 남자와 입 맞추는 모습을. 하
지만 슬퍼할 겨를도 없었지. 카우카가 나를 다시
호수로 이끌었으니까. 나는 또다시 물속에 잠겨
입에 작은 갈대를 물고 숨을 고르면서 수면 아래
를 유영하는 법을 배웠고, 아이들의 요람처럼 흔
들리는 카누에 몸을 싣고 노를 젓는 법과 갈대숲
사이에서 바람이 우리를 흔들게 두는 법을 배웠
어. 카누 안에서 날이 밝아오는 모습을 보았지. 쿠
트랄-코 호수의 카누에서 바라보는 새벽녘이란 본
래 그 이름처럼 찬란하게 빛나는 것이니까. 나는
카우카의 루카에서, 가죽 해먹에서 함께 잠들었어.
해먹은 내 몸과 카우카 몸의 리듬에 따라 흔들렸지.
카우카의 품에 안겨 세상이 나를 흔들어 주는 것

을 느꼈어. 인디오들은 메울렌Mewlen❶, 즉 바람의 피조물이라고 하지. 루카에서 보낸 첫날밤에 나는 바람이 되어 날아올랐어. 카우카의 몸에 미끄러지듯 스치며, 거의 장밋빛을 띠는 분홍색 깃털 위에서 서서히 인디오가 되어 갔지. 카우카의 궁수 같은 손이 내 안을 탐험하게 됐어. 카우카는 강인하고 아름다워. 나는 카우카와 함께하고 싶었고, 카우카는 나를 부족의 일원으로 맞아들였어. 리즈, 에스트레야, 로사와 가족이 되는 데 걸린 시간만큼이나 짧은 시간 안에 말이야. 인디오들 사이에서 나의 가족은 한없이 넓어졌지. 내 아들들인 후안과 마르틴, 카우카의 딸이자 이제 내 딸들이기도 한 나우엘라와 카우카, 뜻밖에도 피에로와 오스카까지. 우리 가족은 피보다 진한 무언가로 이루어진 대가족이고, 이것이 바로 내 진짜 가족이야.

우리는 메울렌의 일원이 되어 가볍고 포근한 루카 짓는 법을 배웠어. 원할 때마다 별로 힘들이지 않고 해체하고 다시 조립할 수 있는 그런 집을 말이야. 우리는 새끼 양들에게 용서를 구하는 법도 배웠어. 그들 중 어떤 양도 헛되이 희생되진 않을 거라고 맹세하며, 목을 베자마자 뜨거운 피를 마시고는 가여운 양들을 꼭 끌어안은 채 사랑

---

❶ 마푸체 원주민어로 '회오리바람, 휘몰아치는 바람'을 뜻한다.

한다며 귓가에 나직이 속삭였지. 초심자에겐 소리 지르는 것처럼 들리지만 익히는데 몇 달이 걸리는 합창을 배웠고 호수에서 수영하는 법을, 깃털로 옷 만드는 법을, 활로 화살을 쏘는 법을 배웠어.

나는 카우카의 루카에서 깨어났지. 카우카는 입가와 눈에 웃음을 가득 머금은 채 아침 식사로 내게 페페리나차와 옥수수를 건네며 입을 맞췄어. 카우카의 딸들과 넷이서 아침을 먹었지. 옥수수를 두 개째 먹을 즈음에 딸들의 아버지 중 한 명이 도착해서 우리랑 같이 아침을 먹었어. 그러고는 아이들을 데려가서 노를 젓는 법과 카누에서 낚시하는 법을 가르쳤지. 창으로 물고기를 잡는 기술이었는데, 내 아이들은 마치 타고난 것처럼 척척 잘 잡더라고. 아이들은 대여섯 살 때부터 오리처럼 숙달된 솜씨로 물고기를 낚았어. 카우카는 떠났지. 나는 카우카가 전사의 옷을 걸치고 안장도 없이 말 달리는 걸 봤는데, 카우카의 몸은 흰 암말 위에서 청동색으로 반짝였어. 그날은 카우카가 보초를 섰지. 우리들 인친iñchiñ● 사이에서는, 인친은 우리가 스스로에게 붙인 이름인데, 모든 해야 할 일을 교대로 수행했지.

나는 피에로의 루카를 찾아 루카들 주위를 걷

● 마푸체 원주민어의 하위 그룹인 우일리체Huilliche어에서 '우리' 또는 '우리 두 사람'을 뜻하는 대명사. 말하는 사람, 즉 화자話者를 포함하는 개념으로 종종 쓰인다.

다가 마침내 찾아냈어. 안이 온통 깃털로 덮여 있었지. 내 아이들과 피에로의 다른 아이들이 날개처럼 보이는 해먹에서 잠들었더군. 피에로의 루카에서 아이들은 꼭 병아리 같았어. 피에로 본인도 구름 같은, 흰 깃털로 된 침대 위에서 흰색 튜닉을 입은 채 잠들었더라고. 나는 눈이 부셔 아찔해진 야생 토끼처럼 그 모습을 가만히 바라봤지. 짐승 같던 그 남자에게서 그토록 천사 같은 모습을 보리라고는 상상도 못했거든. 이제 자애로운 어머니가 된 피에로와 그의 모든 자녀와 함께 다시 아침을 먹었어. 피에로의 가족도 내 가족이니까. 그는 내게 사죄하며 자기 인생 이야기를, 크루스의 죽음으로 느끼는 고통과 가장 뛰어난 전사에 대한 자기 사랑 이야기를 들려줬어. "우리 삶은 앞으로도 항상 얽혀 있을 거야, 호세피나." 그는 자기가 배운 새로운 것들에 대해서도 얘기했어. 여전히 대령식 체조를 매일 아침 한다더라고. "그 체조가 정말 좋더라, 호세●, 읽고 쓰는 법을 배운 것만큼 말이야. 내년 여름을 위해 온갖 색깔의 깃털로 옷을 짓기 시작했어. 무지개 색깔 깃털 옷을 만들 거야. 상상이 되니, 치나?" 그는 인친의 모든 아이들을 얼마나 도맡아서 키우고 싶은지, 애 키우는 게

● 호세피나를 줄여 부르는, 일종의 애칭이다.

힘들 것 같지 않다는 얘기도 했지. 아이들은 그의 무릎 위에 앉았고, 그의 땋은 머리에 매달려서 "엄마, 엄마, 초콜릿 줘."라며 졸라댔고, 그의 기타를 가지고 놀았고, 개들까지 집 안으로 끌고 들어왔어. 나의 에스트레야는 더 이상 참지 못했지. 녀석은 너무 웃어서 입이 귀에 걸릴 지경이었어. 아이들은 에스트레야의 꼬리를 잡아당기며 놀았고 에스트레야는 아이들의 말 노릇을 하더군. 피에로에게 이제 그만 가 봐야겠다고 말했어. "영국 여자를 보러 가려는 거지? 나를 속일 순 없어. 넌 카우카랑 자는 사이잖아. 저 두 녀석을 데려가, 도움이 될 거야." 나는 내 아들들과 강아지를 데리고 한때 내 것이었던 마차로 향했어. 혼자 가는 게 두려웠거든. 마차에서 리즈와 오스카가 손을 맞잡고 차를 마시는 걸 봤지. 두 사람 다 재회의 기쁨에 무척 행복해 보였어. "쉬 이즈 조세핀She is Josephine(이 친구는 조세핀이야)." 리즈가 나를 소개했고 오스카는 자리에서 일어나 나를 안아 줬지. "테이킹 케어 오브 마이 빌러브드 와이프taking care of my beloved wife(저의 사랑하는 아내를 돌봐 줘서 고마워요)." 그는 내게 자리를 권하고 차 한 잔을 건넸어. 아이들은 내 다리에 매달렸고 그날부터 인친이 된 에스트레야는 우리랑 같이 있는 것이 기쁜 나머지 계속해서 꼬리를 흔들었지. 눈치 빠른 로사도 어느새 나타나 차 마시는 자리에 합류했어. 오스카는 에르난데스 대령을 만났던 이야기를 들려줬지. 그에게 배당된 땅은 에르난데스의 목장이 아닌 이웃 목장이었지만 대령이 찾아왔다더군. 그 늙은이는 영어로 떠드는 걸 좋아하는데 팜파에서는 그럴 기회가 많지 않으니까. 대령은 오스카의 말을 귀담아들었고 그에게 위스키를 권하며 환대했대. 대령은 오스카의 이야기를 진심으로 듣고는 자기 목장에서 관리인으로 일하라고 제안하더래. 에르난데스는 오스카에게도 농촌 산업과 팜파의 발전을 역설하며, 그의 동포들인 '여러분'이 아르헨티나 끝자락까지 철도를 놓을 것이라고 말했대. 국가 간 협력과 세계 기아의 종식이 바로 그곳에서, 두 사람이 앉은 자리에서 시작될 것이라면서. 대령이 땅을 발로 구르면서 열변을 토하는 동안 오스카는 당혹감을 감출 수 없었대. 오스카가 이 나라에서 본 것이라곤 갈비뼈가 앙상하고 배만 부어오른 가우초뿐이었거든. 에르난데스는 오스카가 산 땅이 지도상 인디오의 소유이며, 거기에 목장을 세우는 건 쉽지 않을 거라고도 했다지. 게다가 그 땅은

염소를 키우는 것 외에는 아무짝에도 쓸모없을 것
이라면서 큰소리로 껄껄 비웃더래. 대령은 오스카
더러 당신은 자유로운 사람이니 마음대로 하라며
아르헨티나가 여왕의 신민을 감옥에 가두지는 않
을 거라고, 하지만 자긴 동틀 때 목장으로 돌아갈
것이니 같이 가거나 원하는 곳으로 가라고 하더래.
그렇게 그들은 형제처럼 서로를 끌어안았고 다음
날 함께 떠나기로 약속했던 거야. 하지만 이튿날
오스카가 대령의 마차로 다가갔을 때 대령은 코를
골며 자는 중이었고 오스카는 대령을 깨웠대. 늙
은 대령은 오스카를 바라봤지만 그가 누구인지 통
알아보지 못했고 그들이 한 대화도, 간밤의 일도
십중팔구 기억하지 못하는 눈치였나 봐. 오스카는
대령을 귀찮게 했다는 이유로 하루 종일 말뚝에
묶인 채 매질을 당했어. 오스카는 그제야 도망쳐
야 한다는 것을 깨달았지. 일주일간 숙취와 상처
를 추스르면서 엽총 두 자루와 차르키를 비축했대.
그는 말 목장의 철조망을 끊고 가우초들과 함께 말
들을 뒤쫓는 양하다가 달아났어. 안장도 없이 말
한 마리에 올라타고 올가미 밧줄을 던져 두 필을
더 붙잡고는 그렇게 내달렸대. 아르헨티나 군대의
말을 세 마리나 훔친 거지. 그가 팔맷돌 던지기를

활용한 유일한 사람은 아니었지만, 유일한 그링고 탈영병일 것 같았대. 그러고는 인디오들의 영토로 향했어. 리즈가 자신을 찾아올 거라는 굳건한 믿음 하나로 말이야. 오스카 역시 리즈를 나의 리즈라 부르더군. "쉬 이즈 낫 온리 뷰티풀 벗 브라이트 앤 브레이브She is not only beautiful but bright and brave(아름답기만 한 게 아니고 똑똑하고 용감하지요)." 오스카는 다시 리즈와 입을 맞췄어. 리즈는 내 손을 맞잡으며 아이들을 찾은 것에 대해 감격해했지. 내가 아이들을 얼마나 그리워했는지 안다면서. 하지만 그건 거짓말이었어. 나는 리즈한테 아이들 이야기를 거의 한 적이 없었거든. 리즈는 오스카 앞에서 나를 어루만지고 마음껏 감정을 드러낼 구실을 찾았던 거야. "네 할머니의 반지를 돌려줄게." 리즈는 또다시 거짓말을 하며 내 손을 잡았어. 그러고는 자신이 무척이나 즐겼던 내 약지를 쓰다듬으며 반지를 끼워 줬지. 그 순간, 나는 은하수의 빛이 우주에서 곧장 내 심장으로 쏟아져 들어오는 것을 느꼈어. 리즈는 내 입술에 키스했지. 신부神父의 축복만 없을 뿐, 그것은 영락없는 결혼식이었어. 오스카는 그 축복을 기꺼이 대신해 주더군. 그 역시 내게 입을 맞추며 자기 가족이 내 가족이고 내 가족이 자기 가족이라고 선언했어. 그러고는 내 아이들과 영어로 놀아 주기 시작했지. 아이들은 이미 오스카를 알았고, 그의 말도 잘 이해했어. "모든 것이 아름답게 끝났네." 로사가 중얼거렸지. 그때 사방에서 나직한 한숨 소리가 들려왔어. 숨어서 우리를 지켜보던 인디오들이 여럿 있었나 봐. 마치 이 모든 걸 알고 있었다는 듯이. 알아? 인디오들은 사랑 이야기를 참 좋아해. 게다가 그런 이야기에 눈물 흘리는 건 더 좋아하지. 그날 밤, 리즈는 『로미오와 줄리엣』의 번역본을 읽어 주기 시작했어. 그들이 밤새도록 리즈를 보내 주지 않아서 리즈는 이야기를 끝까지 읽어 주어야 했지. 용맹하고 영웅적인 전사들은 연인들의 죽음에 몇 시간이고 눈물을 흘렸어.

바로 그날 다시 버섯 의식이 열렸지. 나는 다른 여자들과 잤어. 양의 창자로 만든 껍질●을 낀 남자 여러 명과도 잤어. 그들은 무엇 하나 버리는 법이 없었지. 만일 그러지 않았다면 우리에겐 감당할 수 없을 만큼 많은 아이가 생겼을 테니까. 그 아이들을 먹일 게 없을 정도로 말이야. 나는 카우카의 루카로 돌아가기로 마음먹었어. 나는 퓨마의 형상으로 변해 네 발로 기어가면서 으르렁거렸지.

● 산업화 시대 이전에는 동물의 내장, 예를 들어 돼지나 양의 창자로 피임 기구를 만드는 경우가 많았다.

그곳에 카우카가 있었고, 나는 해먹을 향해 크게 포효했어. 그 순간 깃털이 하늘로 솟구쳤지. 나는 그 깃털들이 천천히 아래로 내려오는 걸 봤어. 마치 공중에 떠다니는 것처럼, 천천히. 그 황홀경의 끝에서 내 몸이 더는 견딜 수 없을 때까지 해먹 위에서 울부짖었지. 여름 축제는 네 달 동안 이어졌고 이윽고 막바지에 이르렀어. 그 모든 날 동안 나는 우리 인친족의 삶이 가장 찬란하게 빛나는 순간을 목격했지. 사막의 공기는 이미 내 것이 되었어. 그건 내가 인친이 되기 위한 준비 과정이었을 거야. 나는 내가 영국 여자가 되어 간다고 생각했지만 아니었어. 영국은 대기의 나라도 빛의 나라도 아니었지. 영국은 땅의 심장부에서 철을 뽑아내 그 철로 행성의 움직임을 재촉하는 나라야. 하지만 인친에서는 물이 나를 빚어냈어. 우리는 바람에서 태어나 그해 여름 축제와 윙카의 위협 속에서, 강에서 재탄생했지. 우리는 이미 아르헨티나 군대의 계획을 알아차렸어. 대령이 우리에게 이야기한 것들을 기억했고, 우리 형제들은 마을에 내려가 깃털과 가죽을 팔아 담배, 설탕, 작은 거울이나 신문을 구해 소식을 접했거든. 카우카는 자기 루카에 작은 책상과 의자를 갖췄어. 그곳에서 카우카는 시를 쓰고 인친의 협상 편지도 썼지. 그렇게 편지와 전령들이 오가고 대령이 우리에게 들려준 이야기를 돌이키며 신문에서 얻은 소식들을 통해 우리는 하나의 결론에 도달했어. 아르헨티나의 진보란 결국 철과 불의 세례가 될 것이며 우리의 갈대밭은 머지않아 피로 물들게 될 거라는 사실을.

부족한 건 무기야

가을이 찾아왔을 때 우리는 이동 중이었어. 우린 말 한 마리만으로도 속도를 잃지 않고 나아가는 작은 짐마차를 가진 민족이야. 바람처럼 움직이는 자들, 가벼운 존재들이지. 우리는 우리가 딛고 선 땅을 결코 짓누르고 싶지 않거든.

밤마다 우리의 불이 땅 위에서 별처럼 피어날 때면 우리는 앞날을 논의했어. 윙카와 맞설 수도 있었지. 우리에게 용기가 부족하진 않았으니까. 윙카답게 싸울 줄 아는 윙카들도 충분했어. "부족한 건 무기야." 오스카와 리즈를 비롯한 모든 외국인들의 반박에 아르헨티나 전사들과 반체제 인사들은 아쉬워했지만, 노인들은 내심 기뻐했지. 노인들은 생명의 가치를 누구보다 잘 알았거든. 생명은 경각에 달렸을 때야말로 더 큰 가치를 지니기 마련이니. 결정이 서서히 내려졌어. 우리는 물을 따르기로 했지. 섬들의 녹색 금으로 알려진, 북동쪽의 이파우Y pa'û◑로 향하기로 한 거야. 그곳은 여름이 아주 길고 쿠아라히kuarahy◯, 태양은 눈부시게 빛나지만 그림자로 부서지고 갈라진 땅에 닿지. 태양은 가장자리가 잎사귀들로 뒤덮여서 거의 식물처럼 보여. 피라pira◯들은 파라나강의 부드러운 등줄기를 따라 번개처럼 뛰놀고, 수백 개의 강줄기인 이시리ysyry◖가 요란하게 흐르며 강물을 드나들어. 새들은 결코 떠날 줄을 모르고, 이페ype◑들은 새끼들을 줄지어 데리고 다니며 헤엄치지. 과수티guasutí◕들은 다리가 통통하고 온순해. 사냥당할 일이 거의 없거든. 카피이kapi'y●들은 조그마한 손으로 쉴 새 없이 일해. 우리는 노를 젓지.

◑   과라니어로 '섬'을 뜻한다.

◯   과라니어로 '태양'을 뜻하거나 태양을 의인화한 표현으로 쓰인다.

◯   과라니어로 물고기를 뜻한다.

◖   과라니어로 작은 강이나 시내를 뜻한다.

◑   과라니어로 오리를 뜻한다.

◕   과라니어로 야생 사슴, 그중에서도 작은 종을 뜻한다.

●   과라니어로 카피바라, 들쥐나 설치류를 뜻한다.

그러면서 젊은이와 노인, 여자와 남자, 두 영혼을 모두 가진 자 들의 기쁨과 신체를 튼튼히 하기 위해 일 년 내내 경주와 대회를 열어. 섬의 땅은 비옥하지만 경작하기 어렵고, 아르헨티나 사람들은 게으르지. 우리는 그들이 숲으로 덮인 투후tuju◗에서 쉽게 키울 작물을 찾아내기 전까지는 우릴 내버려둘 것이라 믿었어. 우리 인친족은 배를 타고 이동하는 사람들이 되었고, 강가의 과라니족과 어울려 사는 법을 배웠어. 사푸카이 덕분에 로사는 부족 간의 훌륭한 전령이 되었지. 과라니족도 버섯과 축제를 무척 좋아하게 됐어. 그들은 축제를 비아티vy'aty라고 불러서 우리도 이제 그렇게 불러. 우리를 부를 땐 냥데Ñande◑라고 하더군.

이제 물소리, 밀물과 썰물의 리듬은 우리를 돌봐 주는 음악이야. 우리의 강은 살아 있고 개울은 동물과도 같아. 우리가 오직 먹을 만큼만 사냥한다는 것을 알고 곁을 내주지. 우리의 훌륭한 암소와 수소들도 마찬가지야. 그 녀석들은 섬을 마음껏 누비며 먹고 싸는, 우리 인친의 일원이거든. 우리의 노동은 적고도 즐거워. 물론 힘이 전혀 들지 않는 건 아니지. 우리는 왐포wampo○를 만들고,

---

◗   과라니어로 습지 또는 늪지를 뜻한다.

◑   과라니어로 1인칭 복수형의 대명사 '우리'를 뜻한다. 말하는 사람과 듣는 사람을 모두 포함시켜 일컫는 인칭 대명사다.

○   huampo 또는 wampo. 선사 시대부터 현재의 칠레 남부

강물이 차오를 무렵이면 소들을 왐포에 태워. 물이 불어나면 왐포는 이비라yvyra○의 가지에 매달린 채 물 위에 고요히 떠오르지. 그러다 물이 갑자기 빠지면 몇몇 소들은 가지에 걸린 채 남기도 해. 나뭇잎 사이에서 갈색 열매처럼 조용히 매달린 채, 공중에서 본 세상, 그 새로운 시야에 현혹되어 온화하지만 당혹스러운 눈으로 우릴 내려다보는 소들을 상상해 봐. 녀석들은 큰 소리로 울면 땅으로 떨어질까 봐 겁에 질린 듯 아주 낮고 부드럽게 신음하곤 하지. 우리는 이미 나무 꼭대기에서 녀석들을 다치지 않게 내리는 일의 전문가가 됐어. 우리는 그 일을 가볍고 부드럽게 해내지. 녀석들은 마치 하강하는 깃발처럼 공중에서 나부끼고 당혹감 섞인 울음소리가 허공을 메우곤 해.

우리는 안다이andai○와 메로merõ◑, 수박과 이비아yvy'a◐ 같은 식물들을 길러. 거의 사냥하지 않는 야생 사슴 요리를 위해, 소나 물고기 요리에

및 아르헨티나 남서부에 해당하는 지역에서 사용되어 온 배. 한 그루의 나무를 속을 파내어 만드는 것이 특징이다. 주로 해안에 사는 마푸체 원주민들이 사용했다.

○　과라니어로 나무 또는 막대를 뜻한다.

◑　과라니어에서 호박 또는 단호박 종류를 뜻한다.

◐　지역 토착 식물명. 일부 지역에서 참외 또는 멜론 종류를 뜻한다.

●　과라니어로 기쁨의 열매라는 뜻. 파파야, 패션프루트처럼 달콤한 과일을 가리킨다.

곁들이기 위해 기르는 게 아니야. 우리는 오직 깊이 생각하기 위해, 힘을 얻기 위해, 그저 마음껏 웃기 위해 그 식물들을 길러. 우리는 흙을 가득 담은 왐포에 식물들을 심고, 왐포를 나무둥치에 매어 두지.

섬에서는 빛이 두 배로 반짝여

들판은 진창이 되어 가다 이내 급경사를 이루며 갈대밭으로 내려앉아. 갈대밭에서는 개구리들이 울고 새들이 지저귀며, 강가에서는 바람이 노래를 부르지. 그 사이를 새들이 가로질러. 팜파가 물가에 선사하는 가장 멋진 순간이야. 소들은 미끄러질 위험을 무릅쓰고 물속에 뛰어들어 목욕을 하지. 강바닥 아래에서 땅이 다시 솟아올라. 같은 땅일 텐데도, 이제는 나무들로 가득 찬 모습이야. 나무뿌리들이 물가에서 맨살을 드러내지. 우리는 루카를 약간 떨어진 곳에 지어. 팜파의 강들은 잔인할 정도로 무심하게 불어나는 법이거든. 아무런 소리도 없이. 어느 날 아침 눈을 떠 보면 이미 물에 잠긴 채 깨어날 수도 있거든. 강줄기가 내는 소리와 그 변덕스러운 수위를 알아채지 못하면 말이지. 우리가 맞은편 물가에 도착했을 때, 팜파는 물에 잠겨 있었어. 몇몇은 수영해 강을 건넜지. 가장 남쪽의 조상을 둔 이들은 카누 타는 법을 기억해 냈고, 벌거벗은 채 헤엄쳐 왔어. 우리는 대륙 쪽에서 도끼 던지기 경기를 열어 나무를 쓰러뜨렸지. 아쉬운 마음으로 나무들을 베어야 했지만 우리의 뗏목이 될 생명이었기에 감사의 마음도 함께였어. 우리는 그렇게 물로 빚어졌고, 점차 나무로도 빚어졌어. 헤엄치는 사람들 중에는 오스카도 있었지. 셀크남족들은 카누를 알았지만, 뗏목을 생소해 했어. 하지만 금세 뭔지 이해하고는 "아! 왐포!"라고 외치며 우리 것보다 훨씬 근사한 배를 만들었지. "프리티 머치 베터 댄 아우어스, 달링pretty much better than ours, darling(우리 뗏목보다 훨씬 나은 걸, 달링)." 리즈가 감탄했어. 그 배들이 우리의 첫 배가 되어 소들을 강 건너로 실어 날랐지. 그 다음에는 몇몇 소들, 훌륭한 소들이 왐포를 끌었어. 발이 진흙에 빠져 허우적거릴 때, 힘껏 당겨 준 건 바로 그 소들이었지. 아름다운 소들, 우리 온순하고 사랑스러운 소들. 녀석들은 우리 마차에 실린 모든 것을 건너게 해 줬어. 우리는 경험을 통해 배웠고, 이내 왐포-루카wampo-ruka들을 짓기 시작했지. 우리는 물 위에 뜬 집들에서 살며, 그 집들을 가죽으로 만든 튼튼한 밧줄로 묶었어. 어떤 조수도 우릴 집어삼킬 수 없었지. 강물이 불어나면 우리도 함께 떠오르고, 물이 빠지면 다시 내려왔어. 때로는 물이 너무 많이 빠져 진흙에 반쯤 처박힐 때면 모기떼의 좋은 먹잇감이 되곤 했지만, 리즈가 마을에 가서 망사를 사 온 덕분에 견딜 수 있었지. 리즈는 영국식 드레스를 차려입고 마을에 갔고, 길게 설명하는 대신 천 조각 하나를 보여 줬어. 그러고는 비슷한 걸 많이 달라고만 했대. 아르헨티나 사람들은 남아서 이 그링가가 대체 무슨 짓을 하러 온 건지, 불편한 기색으로 웅성거리더래. 리즈는 귀찮은 나머지 "웨딩드레스", 어설픈 스페인어로 "신부novia", "드레스vestidou" 같은 말을 했대. 이내 그들은 한시름 놓으며 자기들과 결혼하기 위해서 수많은 그링가 군단이 상륙해 결혼식을 올리는 상상을 하며 흡족해했대. 그렇게 자신들의 혈통을 바꾸길 바라면서 말이야. 그 시절 우리는 어떤 날 아침 진흙 속에서 깨어나고, 또 어떤 날에는 나무 꼭대기 위에서 눈을 떴어. 어제까지는 섬이었던 곳이 거대한 파라나강으로 변하기도 했어. 파라나강은 마치 우리 몸의 마디마디처럼 제 몸을 여러 갈래로 나눠 사는 동물과도 같아. 그러다 가끔은 자기 안에 있는 것을 잊은 듯이 제 몸 밖으로 넘쳐흐르기도 해. 마치 섬들이 자기 몸의 일부가 아니었던 것처럼. 하지만 섬들은 강의 내장이고, 강이 그걸 기억하는 순간 우린 나무 위에서 아침을 맞이하게 되지. 우리 루카의 기둥에는 가마우지들이 매달려 있고 물살에 휩쓸려 온 나무들이 루카를 때리거나 작은 둑을 만들기도 해. 어떤 날 파라나강의 등허리는 거대한 정원으로 변해 있지. 간밤에 달빛이 비치는 어둠 속에서 잠들었던 우리가 아침에 깨어나면 사방이 부레옥잠으로 가득해. 초록빛 양배추 같은 식물들, 그 위에 핀 꽃들. 그 보랏빛 꽃들은 초록빛 속에서 더 강렬하게 빛나지. 그 초록은 저 멀리 영국의 들판에서나 볼 수 있는 밀밭의 녹색과 닮은, 아니, 더 짙고 풍부한 색이지. 살아 있는 초록, 수만 가지 색조들이 어우러진 초록이야. 우리는 그 초록을 부르기 위해 과라니어 낱말을 써. 새싹의 연한 초록은 아키aky, 밤이 다가올 때 나뭇잎 전체를 뒤덮는 초록은 오비hovy, 한여름 거의 모든 것을 집어삼키는 그 짙푸른 초록은 오비우 hovy'ũ. 하지만 아직도 많은 색들이 새 이름을 기다리지. 늘 젖어 있으면서도 마른 것처럼 보이는 갈대의 색이름, 버드나무 잎의 은빛 뒷면을 위한 이름, 파라나강과 그 물줄기를 덮은 카말로테●와 부레옥잠을 위한 이름, 나무 그늘 아래 자라는 어두운 풀들을 위한 이름, 습기가 남긴 이끼들의 이름, 줄기와 뿌리에 작은 부레가 달린 접시 같은 초록빛 식물들을 위한 이름 들을. 거대한 초록빛 접시 위에 뱀과 퓨마가 실려 천천히 떠내려오기도 해. 그들 역시 우리처럼 파라나강이 몰고 온 손님들이야. 그 강은 북쪽의 과라니 땅에서 세차게 밀려 내려오지. 그곳은 이제 조금은 우리 땅이기도 해. 왜냐하면 그들이 우리를 냥데라고 부르기 시작했으니까. 이제 인친일 뿐만 아니라 냥데이기도 한 우리. 우리는 곧 북쪽을 탐험하게 될 거야. 지금은 그들과 협상 중이거든. 그들의 비아티는 길고 복잡하지만, 축제가 끝나면 우리는 결국 새로운 우리가 될 거야. 더 거대한 우리가 되어 있겠지. 그때가 되면 왐포를 타고 몇몇은 수로를 따라 북쪽으로 향할 거야. 강력하고 거대한 파라나강을 거슬러 오를 순 없어. 강이 허락하지 않으면 말이야. 우리

● 수생 또는 습지대에 서식하는 초본 식물로 수련과 비슷하다.

는 강의 흐름을 따라야 해. 강이 가는 곳으로 함께 가야 하지. 아니면 다른 길을 택해야 해. 덜 강력한 이시리, 전쟁 기계들이 닿지 못하는 좁은 수로가 우리의 길이 될 거야. 준비가 될 때까지 싸움을 벌일 수는 없어. 우리에겐 아직 무기가 부족하니까.

나무를 관조하는 시간

이파우에서 매일 일하는 사람은 아무도 없어. 우리는 세 달 중 한 달만 돌아가며 일하지. 일하는 달에는 소들이 진흙에 빠지지 않게 돌보고, 만약 빠지면 우리 모두 함께 구해. 밀물이 갑자기 우리를 덮치지 않도록 망을 보는 것도 중요한 일이야. 소들을 왐포에 올려야 하고 풀과 물을 챙겨 준 뒤 녀석들이 평온을 되찾고 균형을 유지할 때까지 곁에서 달래 줘야 해. 마치 부드러운 목초지에 있는 것처럼 편안하게 숨을 쉴 수 있도록 소들을 어루만지는 일이지. 우리의 식물들도 왐포 위에서 자라. 흙으로 가득 찬 거대한 인공 섬들이지. 왐포가 뜰 수 있을 만큼 가볍되 뿌리가 충분히 퍼질 수 있을 만큼 흙을 담았어. 순번이 아닌 날에는 하루 종일 나무를 관조하며 시간을 보내. 땅에 누워 나뭇가지 사이로 일렁이는 빛과 그림자의 유희를 바라보는 것은 아무리 해도 질리지 않아. 가지가 출렁일 때마다 가장자리에 맺히는 그 찬란한 광휘라니. 더 이상 영국인이 아닌 리즈도 그걸 잊지 못하더라고. 영국에서 그런 빛은 오직 성인들의 기운이 감도는 성당 안에서만 볼 수 있대. 우리 잎사귀, 우리 이비라 나뭇잎들, 우리 숲 전체는 식물의 성스러움 그 자체야. 일찍 잠에서 깨면 우리는 구름 속에서 아침을 맞아. 하늘에서 내려오는 구름, 새벽녘에 강과 개울에서 피어오르는 구름, 그게 바로 파라나강의 타타티나^{tatatina}⦿지. 새벽안개는 눈부시게 빛나면서도 동시에 불투명해서 그 내부 말고는 아무것도 보이지 않게 해. 있을 수 없는, 불가능한 구름. 빛나는 것이 어떻게 불투명할 수 있을까? 런던은 일 년 중 많은 기간을 그런 구름 속에서 살아. 다만 그곳의 구름이 엔진 매연 때문에 분홍빛인 것과 달리 우리의 구름은 하느님의 뼈처럼 하얗지. 새벽안개는 우리에게 절대적인 고요를 선사해. 그동안 우리는 그저 물을 데워 마테를 우려

⦿　새벽안개. 과라니어로 '생명을 주는 안개' 또는 '공중에 뜬 물방울'을 뜻한다.

내고 아이들, 우리 미타mitã●에게 줄 옥수수를 노릇노릇하게 구울 뿐이야. 우리 아이들은 제 부모가 누구인지 알지만, 모두와 함께 살아. 모든 어른이 아이들을 돌보고, 아이들은 자기 물건을 둔 루카가 따로 있더라도 여러 루카를 오가며 살지. 우리 어른들도 마찬가지야. 나도 카우카와 함께 우리만의 집에서 살지만, 피곤이 날 덮치고 밤에 졸음이 쏟아지면 어디서든 눈을 붙일 수 있어. 내 전사의 곁이 아니더라도 괜찮아. 카레와 이야기로 나를 맞이하고 많은 밤 침대에 묶어 두는 리즈 곁에서든, 아이들에게 말 타는 법을 가르치고 능숙하게 말의 고삐를 쥐는 법을 알려 주는 로사 곁에서든. 아니면 내 아이들과 그의 아이들이 함께 복작대는 피에로 곁에서 지내기도 하는데, 그곳에서 우린 둘 다 글쓰기에 몰두해. 나는 내가 사랑하는 이들과 함께 잠들고 노래를 듣거나 놀이를 한 뒤에, 우리가 일 년 내내 기른 풀을 피우고 마신 뒤에, 그 풀들을 섞으면서 맛과 효과를 시험해 본 뒤에, 에스트레야와 함께 돌아오지. 우리는 새로운 식물들을 창조하며 살아가.

우리는 꽃 피는 세상을 일구었어. 오렌지와 오디나무가 기쁘게 자라. 섬에서는 과일나무들이

● 과라니어로 아이 또는 어린이를 뜻한다.

마치 잡초처럼 무성히 번지지. 여기엔 눈을 멀게 하다 곧장 영혼의 가장 깊숙한 곳으로 데려다주는 차도 있어. 그 차는 우릴 신성한 빛의 중심으로 데려가선 온 세상이 하나의 거대한 생명체라는 사실을 깨닫게 해 줘. 우리 자신과 이비라 나뭇잎들, 수루비 물고기들, 차하chajá◐ 새들, 기린들, 사마귀들, 부루쿠야mburucuyá○ 꽃들, 재규어들, 용들, 개미핥기들, 벌들, 산들, 코끼리들, 파라나강, 심지어 영국의 철도들과 아르헨티나 사람들이 초토화시키는 거대한 들판까지도 모두 하나로 연결되어 있지. 또 본디 자연의 맛을 그대로 간직한 풀이 있어. 달콤하고 떫은 꽃의 맛도 나고, 훈제 빵과 치파chipá◑, 레몬과 오렌지잼 맛이 어우러진 풀이지. 그 풀은 통증을 진정시키고, 우리 눈을 따뜻하게 만들어 줘. 세상을 한결 다정한 곳으로, 사람들을 함께 웃을 동료로 보이게 하지. 그 풀을 축제의 풀 yerba vy'aty이라 불러. 우리에겐 버섯도 있지. 쓴맛을 줄이려고 우리가 모과와 타라리라 물고기, 수

◐   남방 비명새라는 이름의 대형 조류를 가리킨다. 시끄러운 울음소리로 유명하다.

○   과라니어로 시계꽃Passiflora을 뜻한다. 그리스도의 수난을 상징하는 꽃으로 여겨지며, 식용 가능한 열매인 패션프루트를 맺는다.

◑   과라니어로 빵 또는 케이크를 뜻한다. 카사바 녹말가루로 만든 쫄깃한 치즈 빵을 뜻하기도 한다.

런 꽃과 부레옥잠, 신선한 들상추, 파라나강의 맑은 물, 메로, 카레 맛을 더했어. 버섯은 진지한 식물이지. 결코 혼자 먹어선 안 되고, 의식에서 함께 나눠 먹어야 해. 버섯은 땅이 우리한테 선사하는 생명이며, 땅의 태내에서 나오거든. 삶과 죽음이 뒤섞이는 거지. 버섯을 먹으면 신들이 나타날 수도 있어. 몸이 길어져 발끝을 볼 수 없거나 만질 수 없게 되기도 해. 사람과 사람 사이에 있던 경계가 사라지고, 모두가 하나가 될 수도 있지. 악마가 꼬리를 휘둘러 지옥으로 떨어질 수도 있어. 버섯을 겪고 돌아온 사람은 이전과 결코 같을 수 없지. 신의 시각으로 삶과 죽음 너머를 보게 되니까. 그 시선은 때로 두려움을 주기도 하지만, 진정한 해방을 주기도 해. 그래서 버섯을 먹을 때는 항상 샤먼이 곁에 있어야 하지. 버섯을 먹기 위해 특별히 마련해 둔 루카와 왐포도 있어. 버섯을 먹기 전에 샤먼은 항상 우리 같은 초심자들의 여정을 인도해 줄 준비를 하지. 우리에겐 또 하나의 식물이 있어. 우리가 그다지 좋아하진 않지만, 그래도 필요하니까 돌봐야 해. 물결이 거세지거나 전쟁이 터져서 하루 종일 밤낮없이 일해야 하는 힘든 시기에 우린 그 잎을 씹지. 그런 시기에 우두머리들이 필요해. 우리는 항상 몇몇 우두머리들을 둬. 그들은 돌아가면서 자리를 맡지만, 대개는 아무것도 안 하지. 하지만 위기 때가 되면 명령을 내리고, 그 시기가 지날 때까지 견뎌야 해. 카우카는 그런 우두머리 중 하나야. 카우카는 영국인 에어Air와 함께 부대를 이끌어. 에어는 하루 종일 낚시를 해도 물고기 한 마리를 못 잡고, 남은 시간엔 5행 희시戱詩◑를 흥얼거리는 사람이야. 내 나라에서는 여자와 남자가 동등한 권력을 가져. 모두가 함께 의결하기에 투표 따위엔 연연하지 않아. 우두머리는 여자일 수도, 남자일 수도, 두 개의 영혼을 모두 가진 자일 수도 있지. 피에로도 그랬어. 이 섬에 와서 피에로는 쿠루수라는 이름을 얻었지. 과라니어로 '여자'를 뜻하는 이름인데, 피에로를 여자로 만든 사람에게 바치는 헌사라고 할 수 있지. 맞아, 크루스를 의미하는 거야. 쿠루수 피에로는 과라니족과의 전쟁 시기에 우두머리를 맡았어. 처음에는 그들이 우릴 이웃으로 받아들이지 않았거든. 우리 축제에도 오지 않았고, 우리 버섯도 맛보지 않았던 시기가 있었지. 지금은 우리를 거룩한 자들marangatúl이라 불러. 나 역시 여자일 수도, 남자일 수도 있는 사람이지. 나는 몇 번이나 거센 물결 속에서 전투를 지

◑ 리머릭limerick. 5행으로 이루어진 짧고 유머러스한 넌센스 시의 한 형식. 특정 운율과 구조(AABBA)를 가진 익살스러운 노래나 시를 지칭한다.

휘했어. 우리의 곡물과 가죽 운반에 반드시 필요한 파라나강을 독점하려는 아르헨티나 사람들에 맞서 싸웠지. 파라나 카우카는 우리 전사들 중에서도 가장 용맹하고 지혜로운 사람이야. 카우카는 피비린내 나는 전투들을 이끌었어. 그 전투들은 수로를 시체로 가득 채웠지만, 강물은 그 시체를 바다로 쓸어 갔지. 물은 죽은 이들의 눈이 진주가 되길 원했거든.

그 외 시간은 온전히 우리의 것이야. 계절마다 한 달씩 우리는 노동을 해야 해. 나머지 두 달은 나무 타기 대회를 열거나 강물 위로 날아오르는 황금색 물고기들을 창으로 잡거나 갈대를 엮어 인형과 신의 형상을 만들지. 사랑과 전쟁, 노 젓는 이야기들을 노래로 들려주며 시간을 보내기도 해. 로사와 리즈, 나는 가장 빨라. 우리 셋이 함께 길을 다니는 게 몸에 배었거든. 파라나강과 그 수로를 따라 우리는 함께 나아가. 세 명이 한 몸처럼 얽혀 노를 젓지. 그렇게 우리는 모든 왐포 경주 대회에서 우승을 해. 거의 매일 아침에 훈련을 하지. 일이 없는 날엔, 비가 너무 쏟아지지 않는 날엔, 아니 가끔은 비가 억수같이 쏟아지는 날에도 우리는 훈련을 멈추지 않아. 물이 잔뜩 스며들어 무거워진 왐포를 몰고도 우리는 무적이지. 그래서 이주할 때면 동물과 식물을 운반하는 역할을 맡아. 우리는 항상 후방을 지켜. 각자 카약을 타고 밤이 되면 작은 왐포 위에 짐을 싣고 이동해. 로사는 소들을 달래지. 더 이상 무거운 짐을 지지 않는 온순한 소들도 이제 우리와 같은 인친으로서 가벼운 삶을 즐겨. 카우카와 오스카는 선두에서 나뭇가지로 덮인 카약을 타고 가. 그들은 우리 무리의 선발대이며, 우리가 이동하는 길에 무슨 위험이 도사리는지 먼저 확인하지. 우리는 천천히 강을 따라가. 물살이 우릴 밀어주길 바라면서. 섬에 닿으면 과일이 열렸는지, 강둑 위로 물고기들이 더 높이 뛰어오르는지 살피지. 공중에 매달린 듯 날아가는 벌떼들도 바라봐. 그렇게 우리는 사랑하는 사람들과 다시 만나. 고요한 밤이면 함께 잠에 곯아떨어지지. 폭풍이 몰아칠 땐 가장 튼튼한 나무에 몸을 묶고, 거센 물살 속에서도 우리 셋은 함께 버텨. 우리의 에스트레야와 동물들을 부드럽게 쓰다듬으며.

우리를 봐야 해

우리를 봐야 해. 우리의 증기선을, 소를 실은 왐포를, 루카를 실은 왐포를, 말을 실은 왐포를, 묘목을 싣고 나선 왐포를, 카누와 카약이 나란히 늘어선 우리 행렬을, 파라나강과 그 물줄기를 따라 천천히 흘러가는 우리를 봐야 해. 한 민중 전체가 고요히 강을 따라 나서는 그 장관을 봐야 해. 맑은 강물 위로, 물살이 오르락내리락하는 리듬 속에서 평화가 숨을 쉬는 강을, 수염 난 물고기들이 헤엄치고 바닥에는 끈적끈적한 진흙이 깔린 강을, 우리의 강을, 나무뿌리를 섬의 가장자리에 드러냈다 감췄다 하는 그 강을 봐야 해. 수면 위를 떠다니는 꽃들을 봐야 해. 메기들이 강바닥을 파헤칠 때 황금빛 도라도가 힘차게 물 위로 솟구치지. 마치 강의 속살에서 태양이 폭발하듯 솟구치는 그 눈부신 광경을 봐야 해. 그래, 우리를 봐야 해. 사랑을 담아 노를 저으며 고요하게 이동하는 인친과 냥데를 봐야 해. 우리는 오직 사랑으로만 파라나강의 몸을 밀어내며 가니까. 우리를 봐야 해. 깃털로 장식한 루카들이 바람에 흔들릴 때 우리 자신이 곧 동물이기에 동물 무늬를 타투로 새긴 우리의 피부를 봐야 해. 우리를 봐야 해. 하지만 그들은 결코 우리를 보지 못할 거야. 우리는 아르헨티나와 우루과이의 배들이 감히 들어오지 못하는 수로를 따라 가을에 이동하지. 추위를 피하기 위해, 그들이 기다리는 길목에 결코 머물지 않기 위해, 우리는 이동해. 안개가 짙어질 때, 파라나강의 탐욕스러운 새벽안개가 모든 것을 집어삼킬 때, 우리는 움직여. 온 세상은 하얀 맹목盲目에 뒤덮인 어둠이지. 그 안개 속에서 사물을 구분하려면 오직 소리에 귀 기울여야 해. 섬에 부딪히는 묵직한 물소리, 강물을 가르는 노의 리드미컬한 소리, 구이라_{guyra}●의 날카로운 지저귐, 이 섬 저 섬에서 멀리 또 가까이서 들려오는 개 짖는 소리들에 귀를 기울이지. 새벽안개는 가을

● 과라니어로 새를 뜻한다. 특정한 종의 새가 아니라 조류 전반을 가리킨다.

이 왔음을, 이제 나아가야 할 시간임을 알려 주는 신호야. 단 며칠 안에 일주일도 안 되어 우리는 나뭇가지와 갈대로 덮인 왐포 위에 올라타. 배의 양 옆에 갈대를 촘촘히 엮으면 우리는 물 위에 뜬 숲이 되지. 그렇게 파라나강의 일부가 되어 안개 속으로 스며들어. 카누들이 먼저 안개 속으로 잠기고 사람들과 아이들이 탄 루카가 뒤따르며 맨 마지막에는 식물과 동물들이 줄지어 가. 우리를 봐야 해. 하지만 아무도 우리를 보지 못할 거야. 우리는 마치 허공으로 삼켜지듯 안개 속으로 사라지는 법을 알거든. 상상해 봐. 한 마을이 연기처럼 증발하는 모습을. 색채와 집들과 개들과 옷가지와 소들과 말들이 유령처럼 스러지며 윤곽도 빛도 희미해지다 마침내 하얀 구름 속으로 완전히 녹아드는 모습을. 그렇게 우리는 떠나.

감사 인사

아나 라우라 페레즈Ana Laura Pérez에게.

가브리엘라 보렐리 아사라Gabriela Borrelli Azara, 마리오 카스텔스Mario Castells, 알레한드라 시나Alejandra Zina, 훌리안 로페스Julián López, 셀바 알마다Selva Almada, 그리고 실바나 라카라Silvana Lacarra에게.

인디헤나의 영토에서 완성한 퀴어 유토피아

태어날 때부터 퀴어

가브리엘라 카베손 카마라Gabriela Cabezón Cámara (1968~)는 라틴 아메리카 현대 문학의 가장 주목받는 인물 중 한 명으로 꼽히는 아르헨티나 출신 작가다. 또한 저널리스트이며 페미니스트이자 환경 운동가다. 부에노스아이레스주의 산 이시드로San Isidro에서 태어난 그는 거리에서 자동차 보험을 판매했고, 일간지 『클라린』에서 문화 부문 편집자로 근무했으며, 국립 예술 대학교Universidad Nacional de las Artes의 글쓰기 예술학과에서 강의하는 등 다양한 직업을 경험한 인물이다. 부에노스아이레스대학교에서 문학을 전공한 그는 현재 소설을 집필하면서 『크리시스』, 『파히나 12』, 『안피비아』 등의 일간지 및 잡지와 협업한다. 또한 자신이 "태어날 때부터 퀴어queer"라고 정체화한다. 그러면서도 그는 스스로를 가장 먼저 '사회 생태주의

자'로, 그다음이 '작가'라고 정의한다. 그는 다양한 활동 중에서도 자본세Capitalocene 이후의 삶에 많은 시간을 할애하며 지구의 모든 생물종과 생명체가 평등하게 살아갈 수 있게 하는 데 역점을 기울인다.● 그는 페미니즘 운동 '니 우나 메노스Ni una menos'의 공동 창안자이기도 하다.◉ 니 우나 메노

●　　자본세Capitalocene는 자본주의 체제를 지구 변화의 주체로 보고, 지구의 기후 위기를 초래하는 데 자본주의가 중심 역할을 했다고 강조한다. 자본세는 종종 인류세Anthropocene에 대한 비판적인 대안으로 제시되기도 한다. 인류세라는 용어는 인간이 기성의 자연력에 못지않게 지구 생태 변화를 추동하는 또 다른 자연력이 됐다는 현실을 표상하며 기후 변화 위기에 대한 책임을 인류 전체에 무차별적으로 귀속시킴으로써 책임 소재를 불분명하게 한다는 비판을 받는다. 2019년 「가디언」의 한 기사에 따르면 세계적으로 20개 화석 연료 회사가 1965년 이후 전체 온실가스 배출량의 3분의 1 이상과 직접 관련되어 있다. 2020년 「네이처」에 발표된 한 논문에 따르면, 세계 최상위 10% 부자는 환경에 대해 25~43%에 이르는 영향을 미치는 데 비해 최하위 10% 빈자는 3~5%의 영향을 미친다. 요컨대 지구 환경 문제는 모든 사람에 의해 동등한 비중으로 유발되는 것이 아니라 일부 사람들, 특히 자본을 가진 이들에 의해 유발된다.

◉　　니 우나 메노스Ni Una Menos는 2015년 5월, 14세 소녀 치아라 파에스Chiara Páez가 임신을 중지하지 않으려 한다는 이유로 남자 친구에게 살해된 사건을 포함한 여성 살해 사건들이 기폭제가 되었다. 이 운동은 2015년 6월 3일 아르헨티나에서 "더 이상 한 명의 여성도 잃지 않게, 더 이상 한 명의 여성도 죽지 않게Ni una mujer menos, ni una muerte más"라

스는 남성 중심 사회에서 자행되는 젠더 폭력에 맞서 투쟁하고, 페미사이드Femicide의 종식을 촉구하는 운동이다.

카베손 카마라는 2026년 현재까지 총 세 편의 소설을 출판했고 단편 소설과 그래픽 노블도 발표했다. 그는 첫 소설 『빈민가의 성모 마리아 *La Virgen Cabeza*』(2009)를 통해 라틴 아메리카 대륙에서 문학적으로 인정받으며 스타일의 기반을 구축하였다. 이 책은 성모 마리아와 대화를 시작한 뒤 빈민가에서 성녀로 추앙받는 트라베스티Travesti◐ 클레오파트라, 선정적인 언론사 기자 큐티의 사랑 이야기를 통해 종교, 사회적 배제, 정치 부패, 공권력 남용, 폭력, 성적 다양성 들을 다룬다. 이 작품은 2009년 아르헨티나의 「롤링 스톤」 잡지에서 올해의 책으로 선정되었고, 영어로 번역되

는 구호로 시작됐으며, 이후 확산되어 라틴 아메리카 전역으로 퍼져 나갔다. 이 운동은 가부장제 사회에서 고통받는 여성의 입장에 서며, 남성 중심 사회에서 자행되는 젠더 기반 폭력에 반대한다.

◐ 　라틴 아메리카 특유의 젠더 정체성. 출생 시 남성으로 지정되었으나 여성적 정체성을 지닌 이들을 지칭한다. 많은 트라베스티들이 자신을 단순히 '여성'이라기보다 고유한 제3의 성으로 정체화한다. 과거에는 비하하는 멸칭으로 쓰였으나, 1990년대 이후 아르헨티나 인권 운동을 거치며 당사자들이 사회적 배제와 차별에 맞서 스스로 쟁취한 역사적·정치적 명칭으로 재정의되었다.

어 『슬럼의 성모 마리아*Slum Virgin*』(2017)라는 제목으로 출간됐다.

　『너는 신의 얼굴을 보았지*Le viste la cara a Dios*』(2011)는 인신매매 조직에 납치된 젊은 여성 베야Beya가 끊임없는 고문과 강간으로부터 벗어나려고 탈출을 모색하는 이야기를 다룬 단편 소설이다. 2002년 인신매매 조직에 납치된 아르헨티나의 마리타 베론Marita Verón을 연상시키는 이 작품은 마리타가 살아서 돌아오기를 바라는 마음과 함께 성매매 조직의 노예가 된 모든 소녀들, 청소년들, 여성들에게 헌정되었다. 이 작품은 2013년에 『베야*Beya*』라는 제목의 그래픽 노블로 출간됐고, 그림은 이냐키 에체베리아Iñaki Echeverría가 담당했다. 그해 카베손 카마라와 이냐키 에체베리아는 아르헨티나 사회에 인신매매 실상을 알린 공로를 인정받아 알프레도 팔라시오스Alfredo Palacios 상을 받았다. 이 상은 아르헨티나 문화와 사회에 기여한 개인 및 기관, 특히 인신매매와의 투쟁에 기여한 이들을 기리기 위해 아르헨티나 상원이 수여하는 상으로, 아르헨티나의 유명한 법조인이자 라틴 아메리카 첫 사회주의 입법가 알프레도 팔라시오스의 이름을 따서 명명되었다.

2014년에 출간된 중편 소설 『금발 흑인의 로맨스*Romance de la negra rubia*』는 건물에서 강제 퇴거되지 않으려고 자기 몸에 불을 지른 여성 시인의 이야기를 다룬다. 분신 사건이 미디어로 확산되면서 시인은 명성을 얻고 이를 통해 지역 사회를 돕는 데 기여하게 된다. 이후 퍼포먼스 예술가로 전 세계 투어를 시작하고 다양한 형태의 사랑을 경험한다. 이 소설은 패러디와 아이러니를 통해 권력관계, 정치 선동, 낭만적인 사랑에 대한 전통적인 개념 등 다양한 주제를 탐구한다. 또한 권력 집단으로부터 특혜나 이익을 얻으려고 희생과 죽음을 교환 수단으로 삼는 가치관을 조명한다. 이 작품은 그의 이전 두 작품인 『빈민가의 성모 마리아』(2009), 『너는 신의 얼굴을 보았지』(2011)와 함께 '어둠의 3부작'을 형성한다.

두 번째 장편 소설 『치나 아이언의 모험*Las aventuras de la China Iron*』(2017)은 아르헨티나의 대표적인 가우초 문학이자 국민 서사시인 『가우초 마르틴 피에로*El Gaucho Martín Fierro*』(1872)를 페미니스트와 퀴어의 관점에서 재해석한 스핀오프*spin-off* 작품이다. 『가우초 마르틴 피에로』는 19세기 후반 국가의 근대화 정책이 주인공 마르틴 피에로의 가정을 파괴하고 아르헨티나 주류 사회가 가우초를 부랑자나 범죄자 취급하는 등 근대화 시기 가우초들이 겪은 애환을 다룬다. 반면 『치나 아이언의 모험』은 원작에서 피에로가 징용된 사이에 행방불명되었던 피에로의 아내가, 도리어 자유를 찾고자 스스로 길을 떠난 것이라는 상상으로 쓰인 일종의 성장 소설이다. 이 작품은 10개 이상의 언어로 번역되었는데 그중 영어 번역본은 『치나 아이언의 모험*The Adventures of China Iron*』이라는 제목으로 출간되어 2020년 인터내셔널 부커상 파이널리스트에 올랐고, 프랑스어 번역본은 프랑스 4대 문학상으로 꼽히는 메디치 외국 문학상 파이널리스트에 올랐다.

세 번째 장편 소설 『오렌지 밭의 소녀들*Las niñas del naranjel*』(2023)은 스페인에서 여자로 태어났으나 남자의 삶을 살면서 아메리카 정복에 몸담은 실존 인물 카탈리나 데 에라우소Catalina de Erauso(1592~1650)의 삶을 재구성한다. 카탈리나는 어린 시절을 수녀원에서 보내지만, 누명을 쓰고 탈출한다. 탈출 과정에서 남자 옷을 입고 나귀 몰이꾼, 상인, 병사, 선원으로 다양한 삶을 경험한다. 이 작품은 종교의 잔인성과 여성 및 원주민에 대한 학대를 날카롭게 비판하면서도, 식민지의 역사 속에서 미래에 대한 희망을 전달하는 따뜻하고 초현실적인 퀴어 소설이다. 그중 영어 번역본은 『우리는 녹색이고 전율해*We Are Green and Trembling*』(2025)라는 제목으로 출간되어 2025년 가장 권위 있는 미국 문학상인 전미도서상을 수상했다.

그 외에도 여러 상을 받았다. 그중 코넥스Konex상은 아르헨티나 문화, 과학, 기술, 스포츠, 문학 분야에서 분야별로 가장 뛰어난 인물의 업적을 인정해 시상한다. 카베손 카마라 작가는 2014~2017년 문학 업적을 인정받아 이 상을 수상했다. 그는 메디페 필바 재단Fundación Medifé Filba에서 살아 있는 아르헨티나 작가가 전년도에 출판한 최고 소설에 수여하는 상도 받았다. 또한 과달라하라 도서전에서 소르 후아나 이네스 데 라 크루스Sor Juana Inés de la Cruz상을 수상했는데, 이는 스페인어권 여성의 문학적 업적을 인정해 수여된다. 그의 작품은 이미 지리적인 경계와 장르를 초월하는 문학 현상으로 자리매김했다는 평가를 받는다.

한편 2024년 11월에는 일부 보수 세력, 특히

아르헨티나 부통령인 빅토리아 비야루엘을 중심으로 한 그룹이 『치나 아이언의 모험』이 부에노스아이레스주 정부 소속 중등 교육 단계 학생들을 위한 권장 도서 목록에 포함된 것을 반대해 금서목록을 작성하려는 시도가 있었다. 하지만 문학계와 시민 사회의 강력한 반발로 무산되었다. 이 사건은 표현의 자유와 문학의 사회적 역할에 대한 논의를 촉발시켰다. 작가 가브리엘라 카베손 카마라는 현재도 활발히 창작 활동을 이어 가며, 라틴 아메리카 문학의 다양성과 깊이를 넓히는 데 기여하고 있다.

인디헤나, 언어를 찾는 모험

『치나 아이언의 모험*Las aventuras de la China Iron*』은 가브리엘라 카베손 카마라가 2017년에 발표한 소설이다. 이 작품의 주인공은 자기만의 고유한 이름을 갖지 못한 채 여자 가우초 또는 소녀, 더 나아가 여성, 아내, 여자 하인 등을 의미하는 '치나 *china*'라는 일반 명사로 불린다. 이는 케추아 원주민어 단어로 강한 인종적·계급적 함의를 내포하는

데, 대문자로 표기될 경우 소설 속 주인공의 이름으로 사용된다. 주인공의 성姓인 아이언은 스페인어로 옮기면 피에로Fierro다. 이는 아르헨티나 가우초 문학을 대표하는 인물인 마르틴 피에로Martín Fierro를 연상시킨다. 실제로 저자는 아르헨티나에서 이미 고전인 『가우초 마르틴 피에로』(1872)를 염두에 둔 채 피에로의 아내에 대한 이야기를 구상했고, 작중에서도 주인공 '치나'는 마르틴 피에로라는 가우초의 아내로 제시되며, 마르틴 피에로도 주요 인물로 등장한다.

이 소설은 주인공인 치나가 에스트레야라는 이름의 개, 스코틀랜드 여자 엘리자베스, 로사리오라는 이름의 가우초와 함께 여행하며 겪는 다양한 사랑과 모험을 다룬다. 남편 피에로가 군대에 징용되자, 치나는 자유를 찾아 떠난다. 그는 새로 사귄 친구 엘리자베스와 함께 마차를 타고 대평원 팜파를 가로지른다. 치나는 엘리자베스와 함께하며 새로운 언어, 관습, 지식을 습득한다. 또한 영국의 과학과 문명을 알아가는 한편 영국의 제국주의에 대해 깨닫는다. 또한 팜파가 품은 다양하고 풍부한 동물 및 식물군과 마주하며 아르헨티나의 풍요로움을 생생히 느끼기도 하며, 근대 국가 건설에 수

반되는 무자비한 폭력을 목격하기도 한다.

이 작품은 중심인물들의 여정旅程을 중심으로 총 세 개 파트로 구성된다. 각 파트는 서사가 진행되는 공간적 배경을 중심으로 구분된다. 1부는 사막, 2부는 요새, 3부는 내륙 깊숙한 곳이라 불리던 원주민 영토를 배경으로 한다. 치나는 사막으로 불리기도 하는 팜파를 횡단하면서 살아 있는 생명체와 이미 죽은 생명체의 흔적이 공존하는 팜파의 자연을 흠뻑 느낀다. 아르헨티나 팜파는 일반적으로 광활한 초원 지역이다. 팜파 서부에 건조 지역이 있기는 하지만 팜파는 문자 그대로의 '사막(강수량이 적어서 식생이 보이지 않거나 적고, 인간의 활동도 제약되는 지역)'과는 다르게 초목이 풍부하고 생명력이 넘치는 지역이다. 그런데도 아르헨티나에서 팜파는 종종 '사막'으로 불렸는데 그 이유는 다음과 같은 맥락 때문이다.

19세기 아르헨티나 정부는 원주민이 지배하는 지역을 국가 권력의 범위 밖으로 보고 이곳을 '문명'의 영역에서 제외된 '빈 땅' 또는 '사막'으로 묘사했다. 이는 팜파에 사는 원주민의 존재를 보이지 않게 하는 정치적 전략으로, 원주민을 몰아내고 유럽으로부터 이민자를 유치해 이 땅을 개척

하기 위한 정당성을 제공했다. 이러한 이데올로기는 도밍고 파우스티노 사르미엔토의 저서 『문명과 야만*civilización y barbarie*』에 등장하는 이분법적 세계관과 관련이 깊다. 사르미엔토는 아르헨티나 근대 문학의 선구자요, 교사, 언론인, 군인, 장관, 외교관 들을 거쳐 대통령까지 역임하면서 아르헨티나의 국부國父로 추앙받았다. 아르헨티나가 스페인으로부터 독립한 뒤 온전한 근대 국민 국가 건설이 당면 과제였을 때 사르미엔토는 당시 자국의 혼란스러운 현실을 문명과 야만의 대립 때문이라고 봤다. 그는 가우초, 로사스, 연방주의, 지방 호족, 스페인, 시골, 팜파, 카우디요 들을 야만의 상징으로 간주해 철저히 배격하고 지양해야 할 것들로 여겼다. 반면 유럽, 북미, 도시, 부에노스아이레스, 중앙 집권주의 들을 문명의 상징으로 여겼고, 이것이야말로 아르헨티나가 선진적으로 발전하기 위해 추구해야 할 가치로 보았다.

'문명과 야만'이라는 대립적인 세계관 때문에 아르헨티나는 백인을 중시하고 유럽 중심적인 사고가 강하다는 특징을 보인다. 또한 원주민을 포함한 유색인 전반에 대한 인종 차별도 두드러진다. 가장 단적인 예로 1878~85년에 있었던 '사막의 정복conquista del desierto 또는 campaña del desierto'을 들 수 있다. 이 사건은 아르헨티나의 파타고니아와 팜파 영토를 대단위로 분할해 헐값에 고위 장교, 정치가, 외국인 자본가에게 매각할 목적으로 지역 원주민인 마푸체족, 란켈족, 테우엘체족의 공동체를 궤멸한 군사 원정이다.

'문명과 야만' 세계관은 이 소설의 1부와 2부에서 지속적으로 제시된다. 2부의 공간적 배경인 요새 겸 목장에는 가우초들과 그들을 통솔하는 에르난데스라는 이름의 군인이자 목장주가 등장한다. 에르난데스 대령은 치나 일행에게 소, 농촌 산업, 아르헨티나의 근대화를 위한 희생 등 19세기 아르헨티나 국가의 현실과 지향을 갈파한다. 그러면서도 가우초가 야만적 존재로 폄하되는 세태에 대해서는 비판적인 시각을 드러내기도 한다. 작중 인물 에르난데스 대령은 바로 『가우초 마르틴 피에로』의 저자 호세 에르난데스José Hernández (1834~1886)를 가리킨다. 호세 에르난데스는 시인이자 기자, 군인, 정치인이었다. 작중에서 치나 일행과 대령의 만남은 2부의 핵심 내용으로, 저자는 이를 통해 국가의 역할, 국경, 가우초 문화, 아르헨티나의 역사에 대해 반추한다. 에르난데스 대령과의 만남은 치나로 하여금 아르헨티나 역사의 모순을 인식하게 하고, 가우초와 국경에 대한 지배적인 서사를 비판하는 기회를 제공한다. 그러면서 치나는 시대의 사회·정치적 구조에 저항하며 아르헨티나에서 시행되던 진보와 문명의 개념을 비판하는 강력한 여성으로 변화한다.

　　3부의 공간적 배경인 '내륙 깊숙한 곳'은 사전적으로 오지, 즉 해안이나 도시에서 멀리 떨어진 대륙 내부 땅을 의미한다. 식민 시대부터 원주민의 질서가 우세한 공간을 가리킬 때 쓰는 표현이기도 하다. 치나 일행은 징용된 남자들을 찾아 원주민들의 영토에 당도한다. 그들은 원주민들의 일상생활을 눈으로 직접 보며 원주민을 야만의 표상으로 제시하는 아르헨티나 사회의 편견과 부조리를 인식한다. 그들은 원주민들의 가치관과 세계관을 받아들이며 자연과 어우러지고 다양한 정체성을 경험한다. 그들은 타라리라 물고기, 하늘을 나는 새, 말이 되기도 하면서 다채로운 감정과 사랑을 겪는다. 동시에 혈연과 사회 제도로 묶였던 관계로부터 진솔한 의사소통을 통해 돈독한 관계를 이룬 이들로 가족의 범위를 확장하고 인간 외 생명체와 조화를 이루는 생활을 추구한다.

작중 인물들이 쓰는 언어에 대해서도 언급하는 것이 좋을 듯하다. 1부에서는 치나와 엘리자베스가 서로 다른 모어를 구사하는 사람들임을 드러내려고, 또 그들이 상대의 언어에 대한 지식이 거의 없는 상태에서 각자 자기 모어로 발화함에도 서로가 말하려는 바를 잘 이해한다는 점을 나타내려고, 스페인어와 영어를 섞어 썼다. 2부에서도 아르헨티나 국가의 가치관과 모순을 대변하는 에르난데스와 그의 이야기를 경청하며 제 의견을 표명하는 엘리자베스는 상대의 언어를 섞어 가며 소통하는데 이는 존중을 드러내는 한 방식으로 보인다. 3부에서는 중심인물들이 원주민들의 낯선 세계에 진입하고 마푸체어, 과라니어 표현들이 종종 제시된다. 3부에 제시된 원주민어 단어들은 아르헨티나에 사는 스페인어 화자를 포함한 스페인어권 화자 대다수에게 낯선 표현이다. 그럼에도 불구하고 저자가 원주민어 표현들을 적극적으로 사용한 것은 등장인물과 마찬가지로 독자들에게도 '낯섦' 또는 '이방인 효과'를 불러일으키기 위한 의도로 보인다. 치나 일행이 이러한 단어들, 특히 '인친'이나 '냥데'처럼 '우리'를 의미하는 단어들에 익숙해질수록 그들은 원주민 공동체의 일원으로, 이 영토의 자연을 구성하는 일부로 더욱 몰입하게 된다. 소설 속 물리적 여정이 새로운 언어로의 여정과 맞물리게 하려는 것이 저자의 의도로 보이기 때문에 이 번역본에서도 최대한 원주민어 표현의 발음과 의미를 옮기려고 했다.

이 작품의 국내 첫 번째 독자로서 소설이 품은 매력과 의미를 충분히 전하고 싶은 욕심에 시대 배경 등에 대한 이야기를 다소 길게 했다. 한국어로 옮기는 작업에서 가장 부담스러웠던 표현 중 하나는 '인디오indio'라는 용어다. 라틴 아메리카에서는 '그 지역에 본디부터 살고 있는 사람들'을 지칭할 때 '인디헤나indígena(원주민)'라는 표현을 쓰도록 권장한다. 이 단어는 스페인어권에서 '원래부터 그 땅에 살던 민족들'을 뜻하는 중립적인 표현이면서 존중을 담았다고 여겨지기 때문이다. 이에 비해 인디오는 1492년 콜럼버스가 아메리카에 도착했을 때, 자신이 인도India에 도착했다고 착각하고 이 지역 사람들을 인디오(인도 사람)로 부르기 시작한 뒤 식민 지배 과정에서 굳어진 표현이다. 이는 오해에서 비롯된 표현인 데다가 오늘날에는 종종 경멸적·부정적인 뉘앙스를 내포한다는 점에서 사용을 지양하는 추세다. 하지만 작중에서 19세기 아르헨티나의 시대 분위기, 즉 원주민을 야만의 대상으로 간주하고 폄하하던 시대상을 재현하려고 이 용어를 썼기 때문에 나 역시 인디헤나나 원주민이 아닌 인디오로 옮겼다.

『치나 아이언의 모험』 번역 과정에서 카베손 카마라 작가와 이메일로 소통하며, 또한 여러 기사와 인터뷰를 통해 저자에 대해 알게 될수록 자신이 추구하는 세계를 구현하고자 작가와 활동가로서 열정적으로 활동하는 모습에 절로 숙연해졌고 존경심이 들었다. 이렇듯 매력적인 작가를 한국에 처음으로 소개하게 돼 진심으로 기쁘게 생각한다. 한국어판 출간을 앞둔 지금, 특히 감사드리고 싶은 분들이 있다. 원고가 많이 늦어졌는데도 끈기 있게 기다려 주시고 세심하게 원고를 살펴 주신 움직씨의 나낮잠 노유다 대표님 덕분에 많이 배울 수 있었다. 꼼꼼하게 번역하고자 애썼지만, 그럼에도 발생한 오역은 전적으로 역자의 몫이다.

2026년 봄,
조혜진

치나 아이언의 모험
Las aventuras de la China Iron

2026년 3월 5일 첫판 1쇄 발행

지은이 ✳ 가브리엘라 카베손 카마라
옮긴이 ✳ 조혜진
디자인 ✳ 이기준
책임편집 ✳ 노유다

펴낸이 ✳ 나낮잠
펴낸 곳 ✳ 움직씨 출판사
등록 2015년 1월 9일 제395-251002015000006호
주소 경기도 고양시 덕양구 삼원로 73, 808호 (우편번호 10550)
전화 031-963-2238 팩스 0504-382-3775
이메일 oomzicc@queerbook.co.kr
홈페이지 queerbook.co.kr

온라인스토어 oomzicc.com
트위터 x.com/oomzicc
인스타그램 instagram.com/oomzicc
페이스북 facebook.com/oomzicc

인쇄 ✳ 넥스프레스

ISBN 979-11-90539-28-9 03870